유배지에서 쓴 아빠의 편지

유배지에서 쓴 아빠의 편지

박영경 지음

산지니

책을 내면서

　책 한 권 내야겠다, 생각한 것은 지난 해 10월쯤이다. 다니던 직장을 그만두기 얼마 전이었다. 회사문을 나서야 할 때가 다가왔음을 알아차린 순간, 책 한 권 써야겠다 다짐했고 회사문을 나서야 했던 순간, 글쓰기는 시작됐다. 그리고 세 번의 짧은 여행. 길에서, 책상머리에서 글은 이어졌고 이제 두 딸에게 보내는 편지를 묶으니 한 권의 책이 됐다.

　책 한 권 내야겠다, 마음먹은 이유도 밝혀둬야겠다. 퇴사 기념으로 아이들에게 기억에 남을 선물 하나 해야겠다고 생각하다 편지와 책을 떠올렸다. 아빠의 빠른 은퇴를 누구보다 걱정하던 두 딸에게 아빠의 이야기를 들려주면서 마음 한켠에 혹시라도 품고 있을지 모르는 불안을 말끔히 씻어주고 싶어서다. 아무쪼록 이 책이 녀석들에게 두고두고 사랑의 징표로 남았으면 좋겠다.

　한 권의 책은 나를 위해서도 있어야 했다. 마침표가 필요해서다. 하나의 인생이 끝났으니 그 인생에 부치는 송사 한마디는 있어야 하지 않겠나, 생각했다. '하나의 인생' 보다는 '하나의 길' 이라는 표현이 더 어울릴 것 같다. 만 19년 동안 걸어온 기자의 길을 접고 이제 새로운 길을 걸어가야 하니 하나의 길이 끝나고 또 하나의 길이 시작되는 지점에 이정표 하나쯤은 세워둬야겠다, 싶었던 거다.

유배지를 배경으로 깐 이유가 궁금하실지도 모르겠다. 나에게든 그 누구에게든 삶은 때때로 번민과 방황의 시간에 갇히기도 하는 것이니 살아갈 날을 위해선 지혜와 용기가 필요할 것 같아서다. 길을 잃거나 헤매지 않는 지혜는 어디서 얻는지, 거머리처럼 달라붙는 좌절과 절망을 기어이 떨쳐내는 용기는 또 어디서 나오는지, 유배의 그 간단치 않은 여정을 버텨낸 유배자의 정신과 자세에서 한 수 배우고 싶었던 거다.

세상에 내놓는 책이긴 하지만 실린 글들은 어디까지나 사신(私信)이다. 두 딸에게 보내는 아빠의 편지다. 그렇다 보니 독자 입장에선 이거 뭐야, 싶은 이야기들이 가끔 나온다. 사신이니 가족끼리만 독해 가능한 대목이 들어 있는 건 어쩔 수 없다. 해량바란다.

또 여행과 역사 이야기가 뒤섞이는가 하면 단상을 담은 글도 더러 있다. 난삽하다, 헷갈린다고 타박을 주어도 할 말은 없다. 부끄럽고 송구한 일이지만 그것들도 두 딸에게 들려주고 싶은 아빠의 이야기라는 것으로 둘러대야겠다. 거듭 해량바란다.

이쯤에서 만에 하나, 이 책을 집어 들지도 모르는 분들에게 미리 양해를 구해야 할 것 같다. 책을 읽다 보면 역사 속 인물이나 사건 이야기가 꽤 많이 나올 것이다. 제 딴에는 책을 뒤지고 인터넷을 돌아다니느라 애썼지만 역사를 이야기한다는 것은 아무래도 부담스럽다.

제대로 공부하지 않은 자가 무엇에 대해 쓴다는 것, 특히 역사를 말하는 것은 위험천만한 짓이라는 것, 잘 안다. 연구자도 학자도 아닌 주제에 감히 역사를 들먹이다 보니 오류가 한두 군데가 아닐 것이다. 부끄럽고 송구한 일이다. 그저 역사에 약간의 관심이나마 두고 살던 사람이 자식에게 이런저런 이야기를 들려주다 보니 그런가보다, 쯤으로만 생각해주시면 감사하겠다. 아빠의 편지임을 앞세워 무식을 용기 삼아 글 쓰는 무모함을 너그럽게 이해해주시기 바란다. 달랑 책 한 권 내면서 이렇게 주문사항이 많으니 거듭 송구한 마음뿐이다.

기자로 만 19년을 살았다. 글을 쓰고 다듬는 일이 내 밥벌이의 전부였다. 그런데도 글은 여전히 버겁기만 한 상대다. 어지럽고 볼품없는 글을 한 권의 책으로 묶어주신 출판사 식구들, 특히 원고를 꼼꼼하게 살펴주시고 맛깔스럽게 편집해주신 김은경, 권경옥, 권문경님에게 고마운 마음을 전하고 싶다.

서문은 짧을수록 좋은 것일 텐데 쓰다 보니 대책 없이 길어졌다. 해도 아내와 두 딸에게 들려줘야 할 말이 남아 있다. 우선 별 볼일 없는 사내랑 이 풍진 세상을 살아내느라 수고 많으신 아내에게 한마디 하지 않을 수 없겠다. "당신이 있어 난 행복하답니다." 봄에 받았어야 할 편지를 가을이 되어서야 열어 보게 되었지만 그 시간을 즐거운 마음으로 기다려준 민하 인하에게도 전한다. "고마워! 너희가 있어 아빠 행복하단다."

2008년 9월
글쓴이

차례

제3부 새 길을 찾아서

제1부

유배지로 향하는 길

사람의 마음은 거울이 물건을 비추는 것과 같아 능히 사소한 기미도 볼 수가 있다. 취하고 버림을 반드시 결단하는 것은 밝은 것이다. 용기는 밝음에서 나온다. 밝으면 미혹되지 않는다. 미혹되지 않으면 흔들리지 않는다.

1. 편지를 시작하며

사랑하는 나의 천사, 민하 인하에게.

참 오랜만에 너희에게 편지를 쓰는구나. '오랜만에' 라고 해놓고 보니 이런 편지를 띄우기는 처음이 아닌가, 싶기도 하네. 간간이 가족 홈피나 너희 미니홈피에 글을 남기기도 했고 더러 이메일을 보내기도 했지만 그걸 편지라고 우길 순 없겠지? 마음을 제대로 전하기는커녕 그저 소식을 묻거나 당부의 말만 잔뜩 늘어놓다 그쳤으니 말이다.

그러고 보면 아빠도 속도의 시대에 젖어 살았던가보다. 정성으로 따지면 편지라는 이름이 민망하기조차 한 글들을 그저 빨리 배달된다는 이유만으로 편지랍시고 서둘러 보냈던 거지. 네티즌들은 느리게 배달되는 편지를 두고 달팽이에 빗대 '스네일 메일' 이라고 비꼰다더니만 아빠도 그 네티즌들만큼이나 경박했던 것 같구나. 편지는 속도의 문제가 아니라 마음의 문제인데 말이다.

두 딸이 열네 살, 열한 살이 될 때까지 자신의 마음을 꾹꾹 눌러 담은 편지를 부치지 못한 아빠. 아직 어리다고, 지금 바쁘다고 둘러댔지만 그건 다 아빠가 무심했던 탓이란다. '메일이라도 보내는 아빠가 어디 흔한가'라고 변명하진 않을게. 다만 하나, 비록 편지에는 턱없이 모자란 글들이지만 그것들도 다 아빠의 가슴 한켠에서 나왔으니 마냥 서운해하진 않았으면 좋겠구나.

너희도 잘 알고 있을 거야. 아빠의 가슴과 머리는 언제나 민하 인하로 채워져 있다는 걸 말이다. 너희는 아빠가 살아가는 이유란다. 아빠의 생명이요, 아빠에게 살아가는 힘을 끊임없이 채워주는 화수분이지. 민하의 그 보드라운 마음과 인하의 그 해맑은 미소로 이해해주렴. 그래도 이 말은 해줘야겠지? "미안하다, 고맙다, 그리고 사랑한다."

이제부터 아빠는 너희에게 제법 긴 편지를 쓸 거란다. 그 편지에 아빠의 마음을 꾹꾹 눌러 담아 띄우려고 해. 그 속에 아빠가 살아가면서 늘 품고 있는 생각들, 살아오면서 느꼈던 마음들, 너희에게 꼭 들려주고 싶었던 이야기들, 아빠가 본 세상풍경 등을 차곡차곡 쟁여둘 작정이야. 편지를 읽다 보면 아빠가 감명 깊게 읽었던 책이나 감동 먹은 시, 잊지 못할 영화, 가슴 저 밑바닥에 꼭꼭 묻어두었던 기억들과도 만나게 될 거란다. 그리고 무엇보다 여행과 역사 이야기가 많은 분량을 차지할 것 같구나.

아빠는 11월 말부터 내년 초까지 세 번 정도의 여행을 계획하고 있단다. 우선 전라도를 찾을 것이고 그 다음엔 경기도와 강원도를, 또 그 다음엔 제주도와 남녘의 섬들을 돌아다닐 생각이야. 그 세 번의 여행은 유배지를 중심으로 이어질 텐데 이를테면 유배지 기행인 셈이지. 아빠가 오래 전부터 마음에 두고 있던 테마여행의 하나란다. 다만 유배의 흔적이 남아 있는 경우가 그리 많지 않다 보니 길을 나선 김에 유배지 주변에 있는 문화유적들도 둘러볼 작정이야. 발걸음이 닿는 곳마다 그곳에 얽힌 역사와 인물 이야기, 그것에서 배우고 깨닫게 되는 마음들, 그리고 여행에서 얻는 단상들을 들려주려고 해.

너희가 아직 어린 까닭에 알아듣기 힘든 말도 간혹 있을 것 같구나. 때론 주절주절 이어지는 글에 "무슨 편지가 이리 길어", 투정을 부릴지도 모르겠다. 해도 지겹다, 귀찮다 말고 들어주렴.

이런저런 생각과 이야기와 마음들을 굳이 편지에 담아 보내고자 하는 이유는 마음과 마음, 영혼과 영혼, 사람과 사람을 이어주는 다리 가운데 편지만 한 것도 없기 때문이란다. 사람의 향기를 맡을 수 있는 데다 말로는 다 담아낼 수 없는 사랑을 전할 수 있고 수북이 쌓인 그리움을 보내기에도 제격이지. 게다가 얼굴을 직접 대하지 않으니 쑥스럽지 않아서 좋고, 무릎에 앉혀 들려주는 이야기처럼 정겹게 다가갈 수 있어서 좋고, 다른 글이나 말보다 훨씬 오래 기억에 남을 것 같아서 좋기도 하고 말이다. 물론 가장 큰 이유는 너희가 자라나는 동안 아빠의 마음속 풍경을 보여주는 편지를 자주 부치지 못해 늘 미안한 마음을 품고 살아서란다.

편지를 시작하니 아빠 가슴에 작은 소망 하나가 싹트더구나. 이 편지가 아빠와 너희가 편지로 대화를 나누며 서로의 마음을 들여다볼 수 있는 계기가 되었으면 하는 거지. 공부 하느라, 스케이트 타느라 늘 바쁜 아빠의 천사들. 그래도 짬을 내 아빠에게 편지를 띄워주면 좋겠구나. 그런 편지가 하나둘 이어지다 보면 아빠와 너희의 마음은 어느새 한 걸음 더 다가서 있을 테고 어느 순간 산 같은 행복이 우리 곁에 자리하고 있을 테니 말이다. 아빠 벌써부터 산의 품에 안긴 것처럼 마음이 넉넉하고 푸근해지는데, 민하 인하는 어떤지 모르겠구나.

다만 한 가지 너희에게 미리 일러둬야 할 게 있어. 이 편지는 아주 느리게 배달될 거라는 거야. 시속 8미터의 속도로 달리는(?) 달팽이처럼 말이다. 더군다나 다른 편지들과는 달리 소인도 없을 것이고 하나씩 차례대로 너희 책상 위에 내려앉지도 않을 거란다. 한꺼번에 무더기로 와다닥 너희 품에 안길 거야. 왜 그런지 아니? 아빠는 이 편지들을 책으로 묶어 너희에게 선물할 생각이거든. 결국 너희는 아빠가 쓴 편지를 몇 달 뒤에 한 권의 책으로 읽게 되는 셈이지.

사실 책 내는 일이 아빠에겐 퍽이나 겸연쩍은 일이란다. 어쭙잖은 책 한 권 낸답시고 멀쩡한 나무 몇 그루 절단내는 일이 영 마뜩찮기 때문이야. 세상에 없어도 좋을 책 한 권 내기 위해 세상에 꼭 있어야 할 나무들을 싹둑 잘라내는 일이 얼마나 미련하고 어리석은 일이겠니.

그래서 다른 사람들이야 어떻든 나라도 그러지 말자, 했지. 세상에 있으면 좋을 책이 아니라면 괜한 짓 하지 말자, 했단다. 아빠가 너무 까탈스러운 걸까? 나름대로 공들여 책을 펴내는 사람들을 질투했던 걸까? 자신은 게을러서 그렇게 못 하니 괜히 심통이라도 부렸던 걸까?

그랬던 아빠가 생각을 고쳐먹기로 했단다. 세상에 있으면 좋을 책을 펴낼 자신이 있어서가 아니야. 나무들에겐 참 미안한 일이지만 우리 가족을 위해 책 한 권 갖는 것도 괜찮겠다, 싶어서지. 한 권의 책에 민하와 인하 그리고 엄마에 대한 사랑을 새겨 넣어 그걸 오랫동안 간직하고자 해서란다.

이름 남기는 일 따위에 아빠는 진작부터 관심이 없었어. 아빠가 소망한 것이 있다면 사랑하는 사람들의 가슴에 좁쌀 한 톨처럼 작은 기억으로나마 남는 거였지. 인생은 그것으로도 충분히 고마운 일이니 말이다. 그래서 사는 동안 정성을 다하자, 헛된 욕망에 발목 잡히지 말자, 후회할 일이라면 눈길조차 주지 말자고 스스로를 채근했단다. '요란하지 않게 그러나 진실되게, 화려하지 않게 그러나 당당하게.' 신념이라고 하기엔 좀 그렇지만, 하여튼 그게 아빠의 평소 생각이었어. 늘 그렇게 살고자 했지만 얼마나 그렇게 살았는지는 모르겠구나.

뜬금없이 책을 내겠다고 하니 너희나 엄마가 생뚱맞다는 표정을 짓지나 않을까 걱정이 되기도 해. 하지만 상상해보렴. 훗날 아빠가 너희 곁을 떠난 뒤에라도 이 책을 펼치기만 하면 활자 하나하나에 아로새겨진 아빠의 사랑을 느낄 수 있지 않을까? 그 책이 너희에겐 더없이 소중한 추억이 되고, 힘들고 외로울 때마다 너희에게 위안을 주는 다정한 동무가 될 수도 있겠다, 싶구나.

그래서 책을 내기로 한 거란다. 사랑을 남기기 위해, 사랑하는 너희의 가슴속에 오랫동안 살아 있기 위해 말이다. 괜한 욕심을 품었다면 나무들이 좋아할 리 없겠지. 하지만 사랑을 남기고자 해서라면 이해해주지 않을까? 사랑의 메아리로 남고자 한다면 나무도 용서해주지 않을까? 그래도 싫다고 할지 모르겠지만 이번만큼은 나무에게 미안한 짓을 해야겠구나.

2007년 11월 16일 이 편지를 쓴다. 오늘은 아빠가 사직서를 낸 날이란다.

부숴질 수는 있으나
패배할 수는 없다

혜밍웨이의 소설 『노인과 바다』는 단 한 줄의 문장에 들어 있단다. "부숴질 수는 있으나 패배할 수는 없다." 주인공인 늙은 어부 산티아고의 입에서 독백으로 흘러나오는 말이야. 대체 노인에게 무슨 일이 있었기에 이렇게 혼잣말을 했던 걸까?

세 달 가까이 허탕만 치던 노인이 하루는 배보다 큰 고기를 잡았대. 그동안 한물간 어부라고 놀림을 받았으니 그 기쁨은 이루 다 말할 수 없었겠지. 그런데 갑자기 상어 떼가 달려들더니 애써 잡은 고기를 물어뜯지 뭐야.

노인은 홀로 그놈들과 사투를 벌이기 시작했지. 항구로 돌아오는 내내 피투성이가 되도록 말이야. 몸은 이미 녹초가 됐지만 노인은 싸움을 멈추지 않았고 마침내 상어 떼를 물리쳤다. 하지만 항구에 도착해보니 배에 매어둔 물고기는 뼈만 앙상했다는구나.

그걸 보고 노인은 한숨을 내쉬었을까? 처량하게 울기라도 했을까? 해답은 노인의 독백에 들어 있단다. "희망을 버리는 것은 죄를 짓는 것이야. 인간은 패배하기 위해 태어나지 않았지. 파괴되어 죽을 수는 있지만 패배할 수는 없어…" 그리고 스르르 잠이 드는데 노인은 꿈에서 초원을 노니는 사자를 본다는구나.

결국 노인이 잃은 것은 물고기뿐이란다. 용기와 희망은 잃지 않았던 거야. 그래서 외롭고 버거운 싸움이었지만 끝내 상어 떼를 물리칠 수 있었고, 뼈만 남은 물고기를 보고서도 주저앉는 게 아니라 초원의 사자를 꿈꿀 수 있었던 거지. 노인은 자신의 말처럼 '부숴질 수는 있으나 패배할 수는 없는 사람' 이었던 셈이란다.

누구나 살아가면서 실패를 겪기 마련이야. 하지만 잊지 말아야 할 것은 용기와 희망을 잃지 말아야 한다는 거지. 그래야 다시 일어설 수 있고, 다시 도전할 수 있는 거란다. 그런 사람은 인생에서 결코 패배하지 않는 법이란다. 헤밍웨이는 그걸 이야기하고 싶었던 거야.

로망 롤랑이라는 소설가가 이런 말을 했대. "내가 영웅이라고 부르는 자들은 마음으로 위대했던 자들이다." 귀가 먼 베토벤을 두고 한 말이야. 음악 하는 사람이 들을 수 없으니 얼마나 참담했겠니. 하지만 베토벤은 운명 앞에 무릎꿇지 않았고 마침내 환희에 찬 걸작들을 만들어낸단다. 그래서 베토벤을 마음으로 위대했던 자라 부른 거지.

자기 삶의 주인이기에 언제나 당당한 사람, 가야 할 길이 있기에 걸음을 멈추지 않는 사람, 실패를 두려워 않기에 넘어지면 다시 일어서는 사람. 산티아고 노인도, 베토벤도 그렇게 살았으니 '부숴질 순 있으나 패배할 수는 없는 사람', '마음으로 위대한 사람' 이라 불러도 괜찮겠지?

2. 아빠는 왜 편지를 쓰는 걸까

너희가 궁금해할지도 모르겠구나. 아빠는 왜 갑자기 편지를 쓰겠다고 하시는 걸까. 왜 갑자기 책을 내겠다고 하시는 걸까. 시간이 조금 흐르면 너희에게 찬찬히 설명도 하겠지만 편지와 책을 생각한 것은 아빠가 회사를 그만두기로 했기 때문이란다. 회사를 나온 기념으로 너희에게 선물 하나 해야겠다, 싶었는데 어떤 게 좋을까 궁리하다 편지와 책을 떠올린 거지.

너희에게 주는 선물이지만 아빠 자신을 위해서도 편지와 책은 필요했단다. 가던 길을 접었으니 새 길을 찾아야 하는데 새 길을 가기에 앞서 이정표 같은 걸 하나 남겨두고 싶어서란다. 아빠는 지금 인생의 1막을 끝내고 2막을 준비하는 중이야. 1막에서 2막으로 넘어가는 사이, 그 막간의 시간에 가장 필요한 일은 1막을 차분하게 정리하고 2막을 튼실하게 준비하는 것이겠지. 편지와 책을 생각한 것은 그래서란다. 그것들이 1막에 미련을 품거나 2막을 두려워하는 마음을 싹 가시게 만들어줄 거라 믿어서지.

물론 편지와 책을 생각한 가장 큰 이유는 우리 가족의 사랑과 행복을 지키고자 해서란다. 아빠의 빠른 은퇴가 우리 가족을 움츠려들게 만들지도 모르기 때문이지. 사랑과 행복을 꼭 붙잡아줄 듬직한 수호천사로 편지와 책을 모시기로 한 셈이야. 우리 곁에서 영원히 타오르는, 그래서 아무리 매서운 추위도 거뜬히 이겨내게 만들어주는 사랑과 행복의 모닥불로 여겨도 좋을 것 같구나.

아빠의 퇴직이 너희에겐 상처의 기억으로 남을지도 모르겠다. 아빠의 마음이 아리고 시린 이유는 그래서란다. 하지만 너희도, 아빠도 아주 조금, 아주 잠깐만 아파하면 좋겠구나. 이까짓 상처에 너무 오래 아파하면 다들 엄살부린다고 놀릴 지도 모르니 말이다. 다만 잊어야 할 것은 잊되 알아야 할 것은 알아야겠지. 그래서 여기에 아빠의 퇴직에 대해 몇 자 적어두려 해. 이젠 너희도 마냥 어리기만 한 나이가 아니니 아빠의 마음을 솔직하게 털어놓는 게 좋을 것 같아서란다.

2007년 11월 20일이 아빠의 퇴직일이야. 1988년 11월 1일 회사문에 들어섰으니 만 19년 20일 만에 그 문을 돌아 나온 거지. 햇수로 치면 꼬박 20년이구나. 결코 적다고 할 수 없는 세월을 한 직장에 머물렀던 셈이야. 그러고 보면 아빠도 어지간히 엉덩이가 무거운 사람인가 봐. 한 직장에서 정년을 맞는 무던한 분들도 계시지만 직장이나 업을 바꿔가며 또 다른 인생을 살아가는 분들이 더 많은 세상이니 말이다.

20대 후반부터 40대 후반에 이른 지금까지 집과 더불어 아빠 삶의 무대였던 곳. 이제 그곳으로 다시는 돌아갈 수 없다고 생각하니 아빠 마음도 착잡하구나. 20년을 아침저녁으로 오가던 길이 하루아침에 끊긴 마당에 어찌 황망한 마음이 들지 않고 회한이 없겠느냐.

너희가 궁금한 것은 아빠가 회사를 그만둬야 했던 이유겠지. 회사에서 그러더구나. 살림살이가 힘들어졌으니 부부사원의 경우 두 사람 중 한 사람은 물러나줬으면 좋겠다고. 가슴에 구멍이 뚫린다는 기분, 그때 처음 알았단다.

잠 못 이루는 밤을 몇 날 보낸 다음 아빠는 결론을 내렸어. 그러겠다고, 그리고 나가는 쪽은 아빠가 될 거라고 말이다. 뜻밖에도 큰 망설임은 없더구나. 회사를 위해서나, 우리 가족을 위해서나, 엄마나 아빠를 위해서나, 아빠가 떠나는 게 옳다고 생각했지. 아빠보다 엄마가 더 많은 열정을 품고 사니 당연한 결정이었단다.

그렇다고 부부사원을 걸고넘어지는 회사의 태도를 수긍했던 건 아니었어. 그 논리는 지금도 받아들일 수 없단다. 부부여서 회사에 들어간 것도 아니요, 부부라고 무슨 특혜를 받은 것도 아니니 말이다. 하지만 더 따져 묻진 않았어. 누군가는 배에서 내려야 한다는 현실은 인정하기로 해서였지. 오직 일을 중심에 놓고 판단해주길 바랬지만, 그래야 설령 나가더라도 미련이나 회한을 품지 않게 될 거라 생각했지만 그걸 기대하기엔 너무 늦었다는 생각이 들더구나.

하지만 아빠는 회사를 원망하거나 미워할 생각이 없단다. 그러면 아빠의 지난 20년이 너무 초라해질 것 같아서야. 또 곰곰이 생각해보면 회사는 아빠에게나 우리 가족에게나 참 고마운 존재였기 때문이지. 엄마와 아빠가 만날 수 있었던 것도, 기자로 살면서 꿈을 키울 수 있었던 것도, 너희를 낳아 이렇게 예쁘고 건강하게 키울 수 있었던 것도, 좋은 사람들과 반가운 인연을 맺을 수 있었던 것도 다 회사 덕분이었으니 말이다.

　부부가 이만치 오래 함께 다닐 수 있었던 것도 고마운 일이요, 부부가 나름대로 능력을 펼칠 수 있는 기회를 누릴 수 있었던 것도 은혜로운 일이지. 그렇다면 회사가 어려워진 지금, 혜택을 많이 본 사람이 먼저 물러서주는 것도 예의이겠다 싶더구나. 새로운 미래, 다른 인생을 위해서도 원망을 품지는 않을 생각이야. 돌이킬 수 없는 시간이니 미련도 아쉬움도 그냥 툴툴 털어내고 가려고 해. 아프고 쓰린 기억이 있더라도 그걸 떨쳐낸 다음에라야 기쁨의 날을 맞을 수 있을 테니 말이다.

　티베트 사람들은 그런다더구나. 과거는 이미 흘러갔으니 마음에 둘 필요가 없고 미래는 아직 오지 않았으니 걱정할 필요가 없다고. 그러니 오늘에 충실하며 하루하루 정성을 다해 살아가면 그뿐이라고. 맞는 말이지. 과거의 바짓가랑이를 붙들고 늘어지면 내 몸과 마음도 과거의 늪에서 허우적거릴 뿐이고, 미래의 신기루에 눈길을 빼앗기면 내 몸과 마음도 가뭇없이 사라질 것인데 그렇게 살다간 오늘도 내일도 놓치기 십상일 거야.

　이런 말 들어봤니? '카르페 디엠!(Carpe diem!)' 라틴어로 '오늘을 즐겨라!' 는 뜻이래. 〈죽은 시인의 사회〉라는 영화 덕분에 한때 엄청 유행했던 말이지. 영화에서 키팅이라는 선생님이 학생들에게 즐겨 들려주던 말인데 억압과 통제에 짓눌려 감수성과 상상력을 잃어가는 제자들에게 영혼의 자유를 되돌려주고자 외친단다. '카르페 디엠!'

　'죽은 시인의 사회' 란 학교 내 비밀동아리의 이름이야. '죽은 시인' 은 꿈과 사랑을 잃어버린 청춘들을 의미한다는구나. 그리고 '카르페 디엠!'을 일깨워주는 키팅 선생님을 제자들은 이렇게 부른단다. "오 캡틴, 마이 캡틴!" '당신이 나의 진정한 선장'이라는 말인데 휘트먼이라는 시인이 링컨 대통령에 대해 쓴 시의 한 구절이라는구나. 존경의 표현이지.

퇴직이 아빠에게 즐거움을 주고 있기도 하단다. 우선 자유가 주어졌지. 물론 그만큼 불안도 커졌지만 말이다. 그리 길진 않겠지만 얽매이지 않은 채 여유를 즐길 수 있다는 게 참 좋구나. 특히 너희와 함께하는 시간이 늘어났다는 것이 아빠에겐 여간 신나는 일이 아니란다.

빼놓을 수 없는 것이 책읽기의 즐거움이야. 마음을 다스리지 못하다 보니 한동안 아빠는 단 한 권의 책도 읽어내지 못했단다. 하지만 이제부턴 마음껏 읽을 수 있으니 이 또한 축복받은 일이다, 싶구나.

글쓰기도 새로 얻은 즐거움의 하나란다. 기자의 글이 아니라 아빠 자신의 글을 쓸 수 있게 된 거지. 아빤 앞으로 무얼 하든 글쓰기를 게을리하지 않을 작정이야. 그러고 보니 퇴직이 아빠에게 참 여러 가지 선물을 안겨다준 셈이구나. 편지와 책도 거기서 나왔으니 말이다. 어쨌거나 고마운 일이라 여길 참이다.

아빠 산을 오르내리면서 한 가지 배운 게 있단다. 길이 끝나는 곳에서 길은 다시 시작된다는 거야. 하나의 길이 쭈~욱 계속되는 경우도 있지만 대개의 길은 어디쯤에선가 끊어지고 끊어진 길은 다시 다른 길로 이어진다는 거지. 넓고 평탄한 길을 걸을 때도 있지만 끊어질 듯 이어지는 길로 산을 휘감고 돌기도 해야 한다는 걸 말이야.

새 길이 보이지 않을 땐 어쩌냐구? 다시 신들메 고쳐 맨 다음 희망을 품은 채 즐거운 마음으로 걸어가면 얼마 뒤 새 길을 만나는 법이란다. 다만 그때 옆에서 누군가가 길벗이 되어주고 어깨를 두드려준다면 걸음이 한결 가벼워지겠지. 민하 인하가 그 아름다운 동행의 주인공이 되어줬으면 참 좋겠구나.

인생을 제대로 살려면 이 세 가지가 있어야 한대. 사자의 심장, 매의 눈, 숙녀의 손. 사자의 용기와 매의 예리한 시선, 그리고 숙녀의 부드러움을 갖춰야 한다는 거지. 더러 사자의 심장과 매의 눈으로도 충분하다지만 숙녀의 부드러움이 없으면 삶이 너무 공허해지지 않을까? 그래서 아빠는 인생의 2막, 새로운 길 위에서 사자의 심장으로 달리고, 매의 눈으로 보고, 숙녀의 손으로 만지기 위해 지금부터 찬찬히 준비해나갈 생각이야. 너희는 사자의 등에 앉아, 매의 날개에 올라, 숙녀의 손을 잡고 아빠와 함께 행복의 나라로 가는 중이야. 아빠 말 믿지?

자신을 지키는 일

│ 새로운 길을 간다는 것은 누구에게나 참 버거운 일이지. 길이 낯설면 낯설수록, 험하면 험할수록 몸은 점점 무거워질 것이고 마음은 차츰 흔들릴 것이고 정신은 나날이 갈라지겠지. 하지만 아무리 어렵고 힘들어도 끝끝내 놓지 말아야 할 것이 있단다. 그건 바로 자신이 지켜온 삶의 자세나 지키고자 했던 삶의 가치들이지. 그것마저 잃어버리면 삶 전체가 무너져 내릴 것이기 때문이란다. 물론 고단한 일이긴 하지. 가던 길을 가는 사람도 힘들어 하는데 하물며 새 길을 걷는 사람에겐 더할 테지. 해도 무언가를 얻거나 이루기 위해 자신을 버리거나 팽개치는 일은 말아야 하는 거란다. 뼈아픈 후회만이 남을 것이니 말이다.

다산 선생은 '수오재의 기문'이라는 글에서 이렇게 말씀하신단다. "내 밭은, 내 집은, 내 뜰의 꽃나무와 과일나무는, 내 책은, 내 옷과 양식은 지키지 않아도 된다. 그것들은 도둑이 훔쳐가기도 힘들거니와 훔쳐간다 한들 천하의 모든 것을 죄다 없앨 수 없으니 다시 구할 수 있는 것들이다. 하지만 유독 '나'라는 것만은 그 본성이 달아나길 잘해서 출입이 일정하지 않다. 이익이 꼬드기면 그리로 가고, 재앙이 겁을 주어도 그리로 가는데, 일단 가기만 하면 돌아올 줄을 모르니 붙잡아 만류할 재간이 없다. 그러니 고삐를 매고 줄로 묶으며 빗장을 걸고 자물쇠를 채워서 나를 굳게 지켜야만 할 것이다." 천하만물은 지키지 않아도 오직 나만큼은 마땅히 지키고 살아야 한다는 말씀이야.

화이부동(和而不同, 조화를 추구하되 동화되지는 않는다는 뜻)의 표상으로 불리는 오리대감 이원익(1547~1634)이 이런 말을 했단다. "사람의 마음은 거울이 물건을 비추는 것과 같아 능히 사소한 기미도 볼 수가 있다. 취하고 버림을 반드시 결단하는 것은 밝은 것이다. 용기는 밝음에서 나온다. 밝으면 미혹되지 않는다. 미혹되지 않으면 흔들리지 않는다."

　마음의 거울에 비춰보고 취할 것과 버릴 것을 준엄하게 하지 않고서는 이익을 좇다 부끄러움을 잃은 채 구차한 행동을 하며, 허물을 쌓게 되고 미혹에 빠지며, 마침내 흔들리다 무너지고 만다는 충고지. 마음의 거울을 닦으며 마음을 알고, 용기를 얻고, 의심하지 않고, 머뭇거리거나 흔들리지 않으면서 자신의 길을 걸어가라는 말씀이란다.

3. 유배지를 찾아서

'언제든 시간이 되면 아이들 손잡고 전국의 유배지를 한번 찾아봐야지.' 아빠는 직장생활 하는 내내 이런 생각을 품고 있었단다. 아빠가 존경하는 역사 속 인물들 가운데 상당수가 유배의 쓴잔을 마셔야 했던 까닭이지. 하지만 게으른 탓에 미루고 또 미루다 끝내 실행에 옮기지 못했구나. 그러고선 이제 아빠 혼자 유배지 여행을 떠나니 너희가 눈을 흘겨도 딱히 변명할 수도 없겠다.

왜 하필 유배지냐고? 유배지를 찾겠다니 아빠가 지금 유배된 자의 처량한 심사를 느끼시나보다, 넘겨짚을 지도 모르겠지만, 아니란다. 그렇지도 않고 그럴 수도 없으니 괜한 걱정은 말거라. 물론 아빠에게도 양희은 아줌마의 노래처럼 '못다 한 노래'가 있으니 아쉬움이 남지 않을 수 없고, 뚜벅뚜벅 가던 길을 갑자기 멈춰야 했으니 때때로 머릿속이 백짓장처럼 될 때도 있지. 마음을 다잡고자 암만 노력해도 한숨을 어쩌지 못하는 날도 가끔은 있더구나.

운주사

해도 그건 유배자의 처지에 비할 바가 못 된단다. 유배자에 비하면 지금 아빠 앞에 놓인 고독은 고독 축에 들지도 못할 거야. 이 정도의 번민에 흔들리면 그건 철없는 짓, 사치스런 투정에 다름 아니지 싶구나. 세상을 둘러보면 감당키 힘든 고통을 부여안고 살아가면서도 미소 잃지 않고 희망 접지 않는 사람들이 백사장 모래알처럼 많단다. 그러니 아빠는 한숨 내쉬거나 고개 숙일 처지도 아니고, 그럴 자격도 없는 셈이지.

유배지를 돌아보고자 하는 것은 고난의 세월을 예감하면서도 소신을 굽히지 않은, 불의와 타협하지 않은 자의 강건한 삶을 더듬어보고 싶어서란다. 전남 화순의 능주 땅으로 쫓겨간 정암 조광조 선생이 그런 경우지.

또 유배의 땅에서 결코 좌절하지 않은, 내공을 다지며 폭과 깊이를 더해간, 그리하여 새날을 설계하고 인생의 꽃을 피워낸 자의 위대하고 웅숭깊은 영혼을 들여다보고자 해서란다. 전남 강진으로 유배된 다산 정약용 선생이 그런 분이지.

특히 정암과 다산은 아빠가 젊은 시절부터 흠모해오던 분인데 유배지 기행의 첫 순례지로 능주와 강진을 잡은 것도 그래서란다. 정약용 선생의 다산초당은 14년 전에 한 번 다녀온 적이 있다만 정암의 적려유허지는 초행길이라 마음이 더 설레기도 하는구나.

유배를 고독의 형벌이라 부른단다. 외부와 단절된 곳에 갇히니 사람을 만나기도 힘들 뿐더러 한을 품는다 해도 그 서러운 목소리에 귀 기울여줄 사람 없으니 고독은 더할 수 없는 고통으로 다가오겠지. 더군다나 언제 돌아갈지, 아니 영원히 돌아갈 수 없는 것은 아닌지 늘 불안이 따라다니고 그래서 원망과 한탄, 허무와 절망을 곱씹으며 끝내 스스로를 멸시하고 파괴하는 경우가 대부분이었다는구나. 먹고 입는 것만 궁색했던 게 아니라 삶 자체가 초라해졌던 거지.

하지만 유배의 모멸감을 재기의 출발점으로 삼았던 사람도 많았단다. 참담한 현실을 받아들이면서 울분과 격정을 가라앉힌 다음 걸어온 길을 반성하고 새 길을 찾아낸 유배자들. 그래서 어떤 이는 더 큰 정신을 품은 채 무대에 다시 서고, 어떤 이는 학문과 예술의 숭고한 결정체를 안은 채 가족의 품으로 돌아오는 것이지.

아빠는 그분들에게서 한숨과 절망을 딛고 일어서는 의지, 유배의 세월을 수련의 시간으로 삼는 지혜를 배우고자 한단다. 그들의 인생에서 얻는 깨우침을 인생의 좌표로, 삶의 지침서로 삼고자 하는 것이지. 그게 우리가 역사를 공부하는 의미란다. 과거의 거울을 제대로 응시함으로써 오늘을 제대로 들여다보고 내일을 제대로 준비하는 것, 말이다.

유배자에게서 배워야 하는 가장 큰 덕목은 가슴 가득 꿈과 희망을 품는 일이 아닐까, 싶구나. 사랑하는 가족의 얼굴을 새기든, 사람이 사람답게 살 수 있는 세상을 떠올리든, 더 큰 행복과 더 환한 미소가 있는 내일을 그려보든 말이다. 그것들이 삶을 떠받쳐주는 땅이자 삶을 품어주는 하늘이자 삶을 인도해주는 북극성이자 삶과 삶을 이어주는 끈이기 때문이란다. 그것들이 있어야 흔들리지 않고 길을 걸을 수 있기 때문이지.

또 하나는 정성을 다하는 거란다. 씨를 뿌리든, 밭을 갈든, 밥을 짓든, 심지어 먹고 마시고 쉴 때조차도 말이다. 하는 것도 아니요 안 하는 것도 아닌 어정쩡한 자세로는 뭣 하나 제대로 해낼 수 있는 일이 없기 때문이야. 대충대충 설렁설렁 하다간 나중에 후회할 일만 남기 때문이지.

이쯤에서 아빠가 너희에게 부탁 하나 해야겠구나. 언제 어디서든 꿈과 희망을 품고 살아라는 거야. 무얼 하든 모든 정성을 다하라는 거야. 공부할 때도, 책 읽을 때도, 운동할 때도, 놀 때마저도 꿈과 희망을 품고 정성을 다하라는 말이다. 그래야 지혜롭고 씩씩하고 건강한 사람으로 자라날 것이기 때문이란다.

때론 힘들고 겁나고 어렵기도 할 거야. 하지만 힘들다고 포기하고, 겁난다고 주저앉고, 어렵다고 도망치면 평생 산에 오를 수 없는 법이란다. 산 너머에 어떤 세상이 펼쳐져 있는지 모른 채 살아갈 수밖에 없단다. 한 걸음 한 걸음 있는 힘을 다해 오르다 보면 어느새 정상에 설 것이고 그땐 세상 그 무엇과도 바꿀 수 없는 희열을 맛보게 될 거야. 그러면 그 다음 산이 아무리 높더라도 자신 있게 넘을 수 있는 것이지. 민하 인하가 "또 잔소리, 또 간섭" 한다고 푸념을 늘어놓을 지도 모르겠구나.

다산 선생은 유배지에서 두 아들 학유 학연에게 편지를 종종 보냈대. 선생이 마흔 살이던 1801년 9월에 쓴 편지의 말미에 이런 대목이 나오더구나. "내가 밤낮으로 빌고 바라는 것은 오직 너희가 열심히 독서하는 일뿐이다. 능히 선비의 마음씨를 갖게 된다면야 내가 다시 무슨 여한이 있겠느냐. 이른 새벽부터 밤늦게까지 부지런히 책을 읽어 이 아비의 애절한 마음씀을 저버리지 말거라."

이듬해 보낸 편지는 더 절절한데 어찌 보면 협박조에 가깝단다.

"너희들이 참말로 독서를 하고자 않는다면 내 저서는 쓸모없는 것이 되고 말 것이다. 내 저서가 쓸모없이 된다면 나는 할 일이 없게 된다. 그렇다면 앞으로 나는 마음의 눈을 닫고 진흙으로 빚은 사람처럼 될 뿐 아니라 열흘이 못 가서 병이 날 뿐이다. 병이 들면 이 병을 고칠 수 있는 약도 없을 것이니 곧 너희들이 독서하는 것은 내 목숨을 살려주는 것이 아니겠느냐! 너희들은 이런 이치를 생각하거라."

다산 선생의 마음과 아빠의 마음이 어찌 둘이겠느냐. 자식을 걱정하는 마음은 세상 모든 아버지가 다 같을 거야. 책을 읽든 공부하든 운동하든 뛰어놀든 언제나 희망을 품어라, 꿈을 키워라, 모든 정성을 다하거라. 그것이 아빠가 민하 인하에게 밤낮으로 빌고 바라는 것이란다.

유배지 유감

　역사책을 읽다 보면 유배라는 말을 참 자주 접하게 된단다. 누구누구가 어디어디에 유배됐다는 기록이 숱하게 나오지. 특히 당쟁이 심했던 데다 처형보다는 유배를 선호했던 조선의 역사를 훑다 보면 유배사를 몇 권이라도 쓸 수 있겠다, 싶어.

　하지만 막상 유배의 흔적을 더듬어볼라치면 난관에 부딪히기 일쑤란다. 기록은 있는데 유적은 드문 까닭이지. 유배자의 이름과 지명만 남아 있을 뿐 유배자가 살았던 마을이며 가옥, 기타 그를 추억할 만한 것들을 찾기란 쉽지 않은 노릇이야.

　한국의 대표적인 유배지로 북녘의 북청이나 선천은 일단 제쳐두더라도 제주도, 전남의 강진 나주 광양과 크고 작은 섬들, 경남의 거제 남해, 경기의 강화 교동, 강원의 영월 강릉 등이 꼽힌단다. 그러나 이들 지역에 유배의 흔적이 남아 있는 경우는 그리 흔하지 않아. 대개는 정확한 위치도 알 수 없을 뿐더러 터가 남은 경우라도 표지석 하나 없이 방치되는 경우가 다반사지.

　물론 그렇지 않은 곳도 있긴 해. 제주의 추사적거지나 강진의 다산초당, 화순의 정암 유허비나 남해 노도의 서포 유허지, 그리고 영월의 단종 유배지처럼 제법 말끔하게 단장된 곳이 있기는 하단다. 예술과 학문으로 후손들의 존경을 받거나 비극적인 삶으로 애잔한 심정을 갖게 하는 유배자들은 그나마 유배의 흔적이 남아 있고 또 가꿔지고 있는 셈이지.

　하지만 그 많았던 유배객들을 생각하면 가뭄에 콩나듯 한다는 표현이 어울릴 법하구나. 더군다나 이들에 필적할 만한 분들도 비석이나 표지석, 아니면 안내판 하나 달랑 서 있는 경우가 태반이야. 쫓겨난 임금 연산군과 광해군, 성리학의 거두 송시열과 정온, 조선의 개국공신 정도전과 구한말의 지사 최익현 등등이 그런 경우란다.

유배도 엄연히 한국사의 한 페이지요, 유배자의 숫자도 많은데 유배의 흔적은 왜 드문 것일까. 우선 세월에 깎이고 패인 탓도 있을 것이고 개발과 성장 시대를 거치면서 망각되고 훼손되었을 수도 있을 거야. 또 하나 유배가 죄인에 대한 형벌이다 보니 유배지를 불명예의 기록으로 간주하는 사고도 한몫 거들었지 싶구나. 무관심을 넘어 애써 잊어버리고 싶은 자국으로 여겼던 후손들도 많았을 테지.

그나마 최근 들어서 각 지자체가 자기 고장의 유배지에 눈을 돌리고 있다는 사실은 반가운 소식이야. 관광자원으로 활용하겠다는 것이지만 그렇게 해서라도 유배의 흔적을 다시 더듬어볼 수 있다면 고마운 일이겠지. 특히 제주도가 남제주에 유배문화관을 세우기로 했다는 것은 유배문화를 다시금 되돌아보게 한다는 점에서 한껏 기대를 품게 만드는 대목이란다.

4. 길을 나서다

너희는, 어쩌면 엄마도 몰랐을 거야. 왜 아빠가 직장을 나온 뒤 처음으로 맞는 월요일 아침, 서둘러 길을 나섰는지 말이다. 울렁증을 걱정해서란다. 돌아갈 일상이 없으니 다시 일상이 시작되는 월요일이 꽤나 힘들 것 같아서지. 몸이라도 움직여야 마음을 다잡을 수 있겠다, 싶더구나.

하지만 그런다고 울렁증이 가시는 건 아닌 모양이야. 버스 정거장으로 향하는데 아이나 어른이나 저마다 분주한 일상으로 돌아가는 모습이 자꾸 눈에 밟히더구나. 순간, 푸념도 아닌 것이 반문도 아닌 것이 꼬리를 무는데, 별 수 없더라구. 그냥 머릿속을 헤집고 돌아다니게 놔둘밖에. '저 부산한 풍경 속에 언제나 나도 들어 있었는데…' 하든 말든, '갈 곳 없는 이의 황망함이 이런 것인가' 하든 말든.

괜히 바쁜 척 걸음을 재촉해도, 약속이라도 있는 척 휴대폰을 매만져도 어색하긴 마찬가지더구나. 허기사 그럴 만도 하지. 다들 말끔히 차려입고 제자리로 돌아가는데 등산복에다 벙거지모자까지 눌러썼으니 말이다. 게다가 자세나 표정은 또 왜 그렇게 어정쩡하고 어벙한지.

익숙한 풍경에서 걸어 나와 낯선 풍경으로 들어서는 느낌. 당분간은 그럴 것 같구나. 역시 무슨 일에든 적응기간이 필요한가봐. 그나마 여행이라도 떠나기에 망정이지 집에 있었다간 어쨌겠나, 싶었지. 속으로 생각했단다. 새로운 일상으로 들어서기 전까진 월요일 울렁증에 대처하는 법이나 익혀야겠다고.

엄마가 아침 출근길에 그러더구나. "조심하시구요." 안쓰런 표정마저 보이는데 혼자 보내는 길이 못내 걱정스러웠던가봐. 그래서 아빠가 한마디 했단다. "혼자 싸돌아다니는 데는 이골이 났었는데 뭘⋯." 엄마는 눈을 살짝 흘기며 그랬지. "그게 언제 적 일이예요. 그때랑 지금이 같아요?"

아빤 젊은 시절 혼자 가는 여행을 참 많이 했더랬지. 돌아보면 그 여행이 아빠에게 큰 자산이 됐던 것 같애. 사람은 혼자만의 여행을 통해 세상과, 또 자신과 대화하면서 조금씩 성숙해지는 법이거든. 그 시절 아빤 3~4만 원 정도 모이면 가방을 꾸렸고 짧게는 3~4일 길게는 일주일 이상 산하를 누볐단다.

요즘도 가끔 그때 그 여행의 풍경들을 떠올리곤 해. 직지사 아래 낡은 여관집, 앞을 가늠할 수 없을 만큼 퍼부어대던 눈발, 꽁꽁 얼어붙은 이화령, 밤이 깊어갈수록 사람들로 붐비던 용산역, 대전역 앞 허름한 여인숙, 술과 담배에 찌든 심야완행열차⋯. 가방 하나 달랑 멘 채 아빠는 걷고 또 걸었단다. 워낙 걷기를 좋아한 까닭에 어지간한 거리는 두 발로 해결했지. 물론 주머니 사정이 여의치 않기도 했지만 말이다.

그렇게 걸었던 것이 단순히 걷기를 좋아해서만은 아니었던 것 같구나. 헝클어진 머릿속, 엉킨 가슴속을 풀어헤치고자 걷고 또 걸었던 걸 거야. 가만히 한 곳에 머물러 있을라치면 온갖 잡념들이 거머리처럼 달라붙고 그러면 가슴은 이내 막혀오기 때문이겠지. 답답증에서 벗어나는 방법을 아빠는 혼자 가는 여행, 혼자 걷기에서 찾았던가봐.

안도현이라는 시인은 '걷기의 즐거움'을 "어슬렁거려야 미세한 데 눈길을 줄 수 있고, 세상이 요구하는 질서의 뒤편을 응시할 수 있는" 것이라고 하더구나. 시인은 프랑스 학자 브르통이 쓴 『걷기 예찬』에서 한 수 배웠던 모양이야. 브르통은 걷기를 이렇게 정의한단다. "걷는다는 것은 세계를 온전하게 경험한다는 것이다. 걷는 것은 자신을 세계로 열어놓는 것이다. 세계를 이해하고 남들과 나눔으로써 그 세계에 의미를 부여하는 것. 시간과 공간을 새로운 환희로 바꾸어놓는 고즈넉한 방법이다."

젊은 시절 아빠는 왜 혼자 길을 나섰던 걸까. 누구에게나 그렇듯 20대는 번민과 방황의 시간이란다. 아빠도 그 무렵, 어떻게 살아야 하나, 어디로 가야 하나, 묻고 또 물었더랬지. 돌아올 때마다 해답을 찾았던 것은 아니었지만 그 혼자만의 여행이 아빠를 키워주었던 것만큼은 분명한 것 같구나.

그러고 보니 아빠 혼자서 떠나는 여행은 근 20년 만이네. 엄마랑 만나 사랑하고 결혼하고 너희를 낳고 기르는 동안 혼자 짐을 꾸린 적은 없었으니 말이다. 근데 20년 만의 나 홀로 여행이 20년 전의 여행과는 사뭇 다르게 다가오는구나. 질문이 많다는 게 닮긴 했지만 그 시절의 여행이 갈피를 잡지 못하는 배회였다면 지금의 여행은 새로운 시작을 위한 모색이니 어둡고 힘든 길이 아니라 밝고 즐거운 길인 셈이지.

다만, 명색이 아빠요, 남편이라는 작자가 아이와 아내를 남겨두고 혼자 길을 나서니 그게 못내 아쉽고 미안하구나. 이런저런 핑계나 변명거리를 찾아보지만 어떻게 둘러대든 발걸음이, 마음이 무겁긴 마찬가지일 거야.

이렇게 생각해주면 안 되겠니? 늘 가족 곁에 머무느라 자신만의 시간을 누리지 못했으니 며칠 간의 휴가를 줬다고 말이다. 그 짧은 휴가에서 우리 가족은 더 많은 걸 얻게 될지도 몰라. 물론 당장은 서운하겠지만 잠깐이라도 떨어져 있어야 서로를 더 마음에 품을 수 있고, 며칠 뒤 더 반갑게 만날 수 있고, 하여 더 큰 행복을 만들어나갈 수 있을 것이기 때문이지.

그래, 아빠의 여행을 그리운 것을 더 그리워할 수 있는 시간으로 여겨주렴. 길 위에 서면 그리움이 싹트고, 그리움이 쌓이면 글이 빚어지고, 글이 쌓이면 책이 나오고, 그러는 사이 우리 가족의 사랑과 행복도 쑥쑥 자라날 거란다. 여행이든 글이든 책이든 사랑이든 행복이든 그 모든 것을 이어주는 것은 결국 그리움인 것 같구나.

아빠가 너희에게 꼭 들려주고 싶은 시가 한 편 있단다. 정희성 시인의 '한 그리움이 다른 그리움에게' 라는 건데 약간 길긴 하지만 한 번 찬찬히 읽어보렴.

어느 날 당신과 내가/날과 씨로 만나서/하나의 꿈을 엮을 수만 있다면/우리들의 꿈이 만나/한 폭의 비단이 된다면/나는 기다리

리, 추운 길목에서/오랜 침묵과 외로움 끝에/한 슬픔이 다른 슬픔
에게 손을 주고/한 그리움이 다른 그리움의/그윽한 눈을 들여다볼
때/어느 겨울인들/우리들의 사랑을 춥게 하리/외롭고 긴 기다림
끝에/어느 날 당신과 내가 만나/하나의 꿈을 엮을 수만 있다면

1979년 세상에 나왔으니 나이로 치면 서른 살이나 먹은 시야. 아빠
는 마지막 구절이 참 좋더구나. 그리움과 그리움이 만나 하나의 꿈을
엮을 수 있다면 우리 모두 행복의 나라로 갈 수 있을 것 같아서지. 사
랑하는 연인이든, 옷깃이 스칠 뿐인 사람들이든, 갈라진 남과 북이든,
늘 가슴 맞대고 살아가는 우리 가족이든 말이다. 이제 이 시를 들려준
이유를 알겠니? 아빠의 여행을 아빠와 너희가 하나의 꿈을 엮을 수 있
는 과정으로 생각해줬으면 하기 때문이야.

엄마 아빠는 이 시 덕분에 즐거운 추억 하나를 선물받기도 했단다.
몇 해 전 엄마가 일본에서 근무하고 있을 무렵 아빠가 칼럼에 이 시를
인용했다가 동료들로부터 마누라 사랑을 공적인 공간에 늘어놓아도
되느냐는 둥 짓궂은 농담을 들어야 했거든. 엄마와 떨어져 지내는 데
다 칼럼 제목마저 '그리움이 그리움에게'였으니 그런 혐의를 받을 만
도 했지. 내용은 그게 아니었지만 어쨌든 엄마 아빠에겐 기분 좋은 추
억 하나가 남게 된 거야.

사실 아빠는 마음속 그리움을 드러내 보일 만큼 배포 있는 사람이
못 돼. 수줍음 많고 낯가림 심한 성격이다 보니 마음을 표현하는 데 서
투르단다. 엄마가 타박을 줘도 "그렇게 타고났는데 어쩌라구" 하고
말았지.

전라선

그런데 나이를 한두 살 먹다 보니 품고만 있는 사랑보단 살짝살짝 내비치는 사랑이 더 낫겠다, 싶더구나. 그래서 이제부턴 마음을 내보이는 기술을 배우려고 해. 한 그리움이 다른 그리움에게 한 걸음 더 다가설 수 있게, 그리하여 하나의 꿈을 엮을 수 있게 말이다. 나이가 든다는 건 이런 것인가봐. 세상을 다른 시선으로 볼 수 있도록 하는 것. 세월이 준 고마운 선물이지.

부전역발 순천행 무궁화호 열차. 순천까지는 장장 4시간 30분이 걸린다더구나. 차로 달리면 2시간 30분 정도라니 갑절이나 걸리는 셈이지. 그런데도 굳이 기차를 고른 이유는 서두르고 싶지 않아서란다. 차를 몰면 편할진 몰라도 차창 밖 풍경을 감상할 수도 없을 뿐더러 그 풍경들을 보면서 세상과, 또 아빠 자신과 이야기를 나누는 것도 힘들기 때문이지.

스치는 풍경들을 대충대충 눈에 담는 게 아니라 맛나는 음식을 음미하듯 찬찬히 들여다보는 것, 그러는 동안 삶의 은밀한 의미를 물으면서 마음을 가다듬고 새로운 길을 그려보는 기회. 아빠는 기차여행의 묘미를 만끽해볼 참이다. 부럽지?

그리움이 나를
밀고 간다

　　　│ 다른 물건을 살 때도 그렇지만 제목에 이끌려 책을 집어들 때가 종종 있단다. 『그리움이 나를 밀고 간다』도 그런 경우지. 독일 작가 헤르만 헤세의 에세이를 묶어놓은 책인데, 아마 많은 독자들이 멋드러진 제목에 반해 한 번쯤 손을 내밀지 않았을까, 싶구나.

　　'그리움이 나를 밀고 간다.' 무엇인가를, 누군가를 그리워한다는 것은 그것이 있는 곳으로 그 사람에게로 나를 데려가는 이유가 되고 나를 밀고 가는 힘이 된다는 뜻이야. 인생을 여정에 비유한다면 그리움은 여정에 없어서는 안 될 나침반이요 길동무요 희망이라는 거지. 사막을 건널 때 소금과 물을 챙기듯 인생에선 그리움을 품어야 한다는 말이다. 나를 밀고 가는 그리움. 사랑이라 불러도 좋을 그 그리움이 삶을 살아 움직이게 만든다는 거야. 그 대상이 자연이든 사람이든.

　　헤르만 헤세가 누군지 아니? 민하 또래쯤이면 헤세의 『데미안』이나 『수레바퀴 아래서』를 읽고 사색에 젖어드는 친구도 제법 있을 것 같은데. 아직 만나지 못했다면 꼭 한 번 읽어보렴. 순수라는 게 어떤 것인지, 삶은 또 무엇인지 어렴풋하게나마 깨닫게 될 거란다.

　　헤세는 인간의 내면을 투명하게 보여주는 소설 말고도 인생과 자연의 서정을 노래하는 산문집과 여행기를 여러 권 내기도 했어. 그래서 헤세를 서정과 내면의 작가라고들 부른단다. 그의 글을 읽다 보면 가슴 한구석에 평화와 안식이 찾아드는 것을 느끼게 될 거야.

헤세는 이런 글도 썼단다. "아침과 저녁 사이에 낮이 있듯이 나의 삶도 여행에 대한 충동과 고향을 그리는 향수 사이에서 흘러가고 있다. 아마 나는 언젠가 여행과 먼 곳이 내 영혼 속에 자리할 때까지 나아갈 것이다. 자기 안에 고향을 갖는다는 것! 그럴 때 삶은 또 얼마나 달라질 것인가!"

무슨 말이냐 하면 무엇인가를 동경해서 떠나고, 무엇인가에 향수를 느껴서 돌아오는 것이 인생이라는 거야. 동경과 향수가 인생이라는 수레의 두 바퀴라는 말인데, 동경과 향수를 일깨우는 힘이 바로 그리움이란다. 그리움이 자기 안에서 살아 숨쉬도록 해야 내면과 영혼을 쉼 없이 깨우고 울릴 수 있는 것이고, 떠날 수 있고 돌아올 수 있다는 거지. 그러므로 그리움은 삶을 견뎌내게 하고, 삶을 넉넉하게 만들어주고, 삶을 아름답게 장식해주는 보석 같은 존재라는 말씀!

5. 남녘땅을 가로지르며

육중한 몸을 들썩거리며 한 걸음 한 걸음 앞으로 내딛는 기차. 움직이기조차 힘에 부친 듯 덜컹, 역을 힘겹게 빠져나오더니 어느 샌가 레일 위를 미끄러지듯 잘도 달리더구나. 도시의 거리 뒤쪽으로 밀려난 철길 옆에는 도시에서 밀려난 사람들의 집들이 다닥다닥 어깨를 맞댄 채 웅크리고 있었단다. 투명하기까지 한 하늘을 이고 달리길 10여 분. 어느덧 도시는 저만치 물러나고 기차는 낙동강과 이름 모를 산들을 왼쪽, 오른쪽에 번갈아 거느리며 남녘의 들판을 가로질러 나아갔지.

야트막한 산에는 잎을 다 떨군 채 벗은 몸으로 선 나무들이 서로 몸을 부비고, 수확을 끝낸 논에는 간간이 먹이를 구하러오는 새들만 보일 뿐이었어. 죄다 마실 나가셨는지 집들은 하나같이 인기척이 없었고, 대신 까치밥 몇 개 달랑 남은 감나무가 빈 집을 지키고 있었지. 바람에 떠밀려 이리저리 흩날리는 낙엽들과 그 바람이 좋은지 살랑살랑 몸을 흔들어대는 억새들, 그 뒤로 낙동강은 휴식을 취하는 듯 호수처럼 고요하더구나.

차창은 화첩 같았어. 하나의 풍경이 잡히나 싶더니 금세 새 풍경이 옛 풍경을 밀어내니 말이야. 쉼 없이 다른 풍경을 내걸고 있으니 두툼한 전시도록을 빠르게 넘기는 듯했지. 풍경들이 다가왔다 멀어지기를 반복하는 사이, 기차는 변변한 대합실도 없는 간이역들을 차례로 들러 길손들을 보내고 또 맞더구나. 기차는 겨울 문턱에 다다른 산하를 그렇게 뚜벅뚜벅 잘도 걸어가고 있었어.

열차 안을 둘러보니 승객이라고 해봐야 고작 열 명 남짓. 월요일 아침이니 그럴 만도 했지. 추억여행이라도 떠나는지 잘 차려입은 아주머니 4명이 둘러앉아 수다를 떨고 있었고, 아들집에 들리러 가시는지 짐꾸러미가 한가득인 할머니 몇 분은 자식 자랑에 여념이 없었어. 할아버지 한 분은 지난 밤 술이 과하셨던지, 아니면 볕이 좋아서 그런지 기차에 오르시고부터 내내 졸고 계시더구나.

한참을 달려온 기차가 잠시 호흡을 가다듬는 곳, 하동이었어. 기차가 읍내를 벗어나는가 싶더니 이내 너른 품 가득 햇살을 받고 있는 섬진강이 반겨주더구나. 먼 길을 달려와 이제 바다를 만날 채비를 서두르는 강. 흐르는 듯 마는 듯하는 강 위를 기차는 덜컹덜컹 요란한 소리를 내며 건너갔단다.

창 밖으로 시선을 던지니 저만치 낮은 언덕배기에 자리 잡고 앉은 마을이 참 정겹더구나. 두런두런 둘러앉아 늦가을의 기울어진 햇살을 한가로이 쬐고 있는 집들. 강은 흐르고 있었지만 물질하는 배는 보이지 않았어. 작은 배 몇 척만이 상반신을 뭍에 올린 채 잠시 쉬고 있을 뿐이었지.

지리산 품에서 솟아나와 숱한 계곡을 지나 산들을 휘감아 돌고 들판을 가로지르며 예까지 이르렀을 섬진강. 자전거 타고 산하를 누비던 김훈은 '시간과 강물'이라는 글에서 이렇게 말한 적이 있단다.

"겨울 섬진강은 적막하다. 돌길에 자전거가 덜컥거리자 졸던 물새들 놀라서 날아오른다. 겨울의 강은 흐름이 아니라 이음이었다. 강은 자신의 내면을 들여다보는 인간의 표정으로 깊이 가라앉고 있었고 물은 속으로만 깊게 흘렀다. 가파른 산굽이를 여울져 흐르는 젊은 여름 강의 휘모리장단이나 이윽고 하구에 이르러 아득한 산야를 느리게 휘돌아 나가는 늙은 강의 진양조장단도 들리지 않았다."

중학교 1학년 국어책에 실린 글이라니 민하도 밑줄을 그어가며 읽었겠지. 그렇더구나. 섬진강은 김훈이 찾았을 때처럼 여전히 말이 없었어. 겨울이 코앞인 이 계절이 강에게도 내면으로 잠기는 시간인가 보다, 했단다. 떠나온 산과 계곡을 되돌아보며 회상에 젖는 것도 같았고 곧 눈앞에 펼쳐질 바다를 마음속에 그려보며 기대를 품는 것도 같더구나.

멀리 흘러온 깊은 강. 산과도, 들과도, 바람과도 어울리기 싫었던 모양이야. 그저 저 혼자 안으로 안으로만 흐르기로 작정한 것 같았어. 재첩을 훑어 올리는 아낙들도 보이지 않았고 기차가 덜커덩거리며 다리를 건너도 놀라서 날아오르는 새마저 없었단다. 아무 소리도 들리지 않았지. 침묵 위에 포개지는 건 또 하나의 침묵뿐. 강은 입을 다물고 귀를 닫고 눈을 감은 채 명상에 젖어든 것 같더구나.

강이 안으로 흐르는 것은 흐르지 못하는 계절을 채비하는 걸 거야. 지금은 환절기, 추위가 발목을 붙들고 늘어져 결국엔 온몸을 얼어붙게 만들 겨울이 문지방을 넘어서려 하니 말이다. 강은 진즉에 알아차렸던가봐. 지금은 밖으로 향할 것이 아니라 안으로 들어가야 한다는 것을. 무언가를 품속으로 끌어들이고 그 품안에서 다시 무언가를 키워내야 한다는 것을. 정신을 가다듬고 마음을 다잡아야 그 엄혹한 계절, 얼음장같이 차가운 체온으로라도, 강 밑바닥을 기어서라도 흘러내릴 수 있다는 것을. 그렇게 참고 기다린 다음에라야 찬란한 봄날, 다시 너른 품을 펼쳐 보이며 흐름의 희열을 만끽할 수 있다는 것을.

거울처럼 빛나는 강물 위로 시선을 던지니 반짝반짝 너희 얼굴이 비치더구나. 강물처럼 살아주길 바라는 아빠의 소망이 담긴 이름, 민하와 인하. 쉽게 넘치지 않고 언제나 잔잔한 미소를 머금고 있는 강. 너른 품을 지닌 채 목마른 자의 갈증을 채워주고 뭇 생명을 안아 키우는 강. 산과 계곡을 쉼 없이 흘러내리고 들판을 고루 적신 다음 마침내 저 넓은 바다와 한 몸을 이루는 강.

아빠는 너희가 강처럼 자라주길 소망했단다. 그래서 강을 뜻하는 하(河)를 돌림자로 삼았지. 강에게서 겸손과 용기와 지혜를 배우고, 강처럼 베풀며, 강 같은 평화를 누리고 살길 바래서란다. 강과 너희의 얼굴이 포개지는 사이 얼굴엔 스르르 미소가 번지더구나.

노자 할아버지가 그랬지. 최고의 선(善)은 물과 같으니 '상선약수(上善若水)'라. 언제나 높은 곳에서 아래로 향하고, 언제나 가장 낮은 곳에 머물며, 언제나 수평을 유지하고, 언제나 모든 것을 포용하며, 언제나 다투지 않고, 언제나 만물을 부드럽게 하며, 언제나 뭇 생명을 보듬어 키우는 물. 그 물이 모이고 모여 이룬 섬진강은 아빠에게 민하와 인하의 강이었단다.

그 강 같은 너희가 아빠에게 미소를 선물하더구나. 길을 나서며 수첩 맨 앞장에 붙여두었던 가족사진. 알록달록 뿔 달린 광대모자를 쓴 아빠, 새콤달콤 향기로운 딸기모자를 쓴 엄마, 빨간 마법사 고깔에다 빨간 머리를 늘어뜨린 민하, 제 얼굴보다 훨씬 큰 하얀 토끼 머리띠를 한 인하. 언젠가 영화 보러 가서 찍었던 스티커 사진 속에서 우리 가족이 환하게 웃고 있었어.

행복한 순간을 잡아둔 사진. 그냥 사진이 아니었단다. 우리의 행복을 늘 싱싱하게 만들어주는 비타민, 언제 어디서나 우리의 행복을 지켜주는 수호천사 같더구나. 한 장의 사진만으로도 행복을 느낄 수 있으니 혼자 가는 여행길이라도 외롭고 쓸쓸할 리 없겠다, 싶더구나.

때는 점심시간. 차창에 박혀 있던 시선이 언젠가부터 출입문 주변을 서성이고 있었단다. 도시락 판매원을 기다리고 있었던 거지. 곯은 배가 아빠도 모르는 사이 자꾸 시선을 문 쪽으로 옮겨다 놓더라구. 하동에 닿을 무렵부터 그렇더니 전라도 땅으로 들어서선 아예 밥 좀 넣어달라고 속에서 생난리였단다. 아침도 챙겨먹지 못했던 데다 속이 불편해 기차에 오르기 전 화장실을 두 번이나 다녀왔으니 허기가 질 만도 했지.

그런데 꼼짝없이 배를 곯아야 했어. 승무원에게 물었더니 음식물 판매 서비스가 제공되지 않는다지 뭐야. 이유를 알 만했어. 한 객차에 고작 열댓 명 남짓 타니 수요가 없다고 그러는가봐. 타산이 안 맞다고 생각한 거겠지. 더군다나 무궁화호, 아니 완행열차를 주로 이용하는 승객들이 서민들이나 시골분들, 특히 어르신들이니 구매력이 없다고 판단한 것 같았어.

이건 한마디로 돈 안 되는 것은 모조리 걷어내겠다는 수작이다, 싶더구나. 입으로는 고객만족 어쩌고저쩌고 떠들어대지만 승객을 위한 최소한의 배려마저 경영합리화 타령에 저만치 밀려난 셈이지. 모두들 돈, 돈 하는 세상이니 어쩌겠냐마는 그래도 사람대접이 이래선 안 되지, 빈정거림은 좀체 잦아들지 않더구나. 유행어는 이럴 때 써먹으라고 있는갑다, 했지. "이런 된장, 증말 짜증 지대로다."

여느 때 같으면 오전업무 챙기느라 부산하게 움직이고 있을 무렵. 그 시간에 열차 타고 남도를 횡단하며 한가한 생각이나 하고 있는 아빠 자신이 낯설게 느껴지기도 하더구나. 이런 모습도 며칠 지나면 익숙해질까? 차창으로 파고드는 볕을 피하지도 않은 채 아빠는 물드는 단풍과 물들지 않는 소나무를 하염없이 바라보고 있었단다.

단풍과 소나무

저만치 산은 아직도 단풍들의 세상이었어. 이맘때쯤이면 다 지고 말아야 할 터인데 무슨 미련이 그리 많은 지 빛바랜 잎들을 여태 매달고 있더구나. 단풍나무 사이에 서 있는 소나무 한 그루. 다 물드는 세상에 저 혼자 물들지 않으니 그 모습이 기특하기도 하고 측은해 보이기도 했단다.

산도, 세상도 아직은 단풍의 시간. 물든 것들이 세상을 호령하는 세월이야. 그러면 물들지 않는 것들은 잊혀져야 하고 물들지 못하는 것들은 숨을 죽여야겠지. 저마다 잔뜩 멋을 부리고 선 단풍들 속에 혹, 홀로 물들지 않는 것이 있기라도 한다면 큰일이야. 자리를 비켜달라고 등을 떼밀지도, 눈에 거슬린다고 베어버릴지도 모르니 말이다.

단풍은 소나무를 유혹하는 모양이야. 함께 물들자고. 빨강도 좋고 노랑도 좋고 보라도 괜찮다고. 물드는 게 나무의 삶이라고. 물들어야 살 수 있다고. 물들기만 하면 산을 다 가질 수 있다고.

하지만 소나무는 그럴 생각이 없는 것 같았지. 변함없이 푸르더구나. 단풍이 암만 요란한 세월이라 해도 산에는 물드는 것이 있으면 물들지 않는 것도 있어야 하는 법. 단풍이 좋은 계절이라고 소나무마저 단풍들 순 없지 않은가. 늘 푸르다 죽을지언정 너희처럼 물들지는 않으리라. 그렇게 말하는 듯했어.

단풍이 소나무를 윽박지르고 있었는지도 모르겠구나. 물든 것들 속에 물들지 않는 것이 있다면 산의 마음을 훔치지 못한다고. 그러니 함께 물들지 않을 거라면 함께 살 수 없다고. 물들지 않으면, 물들지 못하면 베어질 것이라고.

해도 소나무는 잘도 버티고 서 있더구나. 해마다 단풍드는 철만 되면 속을 끓이고 가슴 졸였을 터. 그런 세월을 살면서 마음의 날을 갈고 또 가느라 이파리는 어느새 바늘처럼 뾰족해지고, 이리저리 채이면서도 몸을 세우고 또 세우느라 휘고 구부러진 자세로 사는가봐.

가만, 생각해보니 불안하고 측은한 쪽은 소나무가 아니라 단풍이더라구. 단풍의 화려한 나날이라고 해봐야 고작 한 달 남짓. 산의 마음을 훔쳤다지만 지고나면 그뿐, 금세 잊혀지고 말테니 말이다. 그리고 초라한 행색을 부끄러워하면서 겨울을 나야 할 테니 말이야. 사람 사는 세상도 다를 건 없지 싶더구나.

6. 겨울나무로부터 봄나무에로

 순천은 왠지 모르게 정이 가는 도시란다. 속사정이야 모르지만 우선 요란하지 않아 좋고, 볼거리가 푸짐한 것도 끌리는 대목이지. 무엇보다 민하와 함께 여행하던 추억이 묻어 있는 곳이어서 그런지도 모르겠구나. 8년 전인가, 둘이서 낙안읍성이랑 송광사를 둘러보던 기억이 지금도 새록새록 피어나니 말이다.

 순천은 부산에서 전라도로 가는 기차의 종점이자 벌교 보성 화순을 지나 목포로 가는 기차의 출발점이란다. 경상도와 전라도를 오가는 기차여행의 길목인 셈인데 아빠는 출발 전부터 순천에서 하루를 묵기로 마음먹었더랬어. 이유는 두 가지였단다. 순천만의 낙조와 추억 회상. 순천만 낙조는 몇 해 전부터 벼르고 있었으니 이번 여행길에 밀린 숙제를 해결하기로 한 것이고, 추억 회상은 민하와 했던 부녀여행을 반추해보고 싶었던 까닭이지.

 순천역에 내리니 오후 2시 40분. 점심을 건너뛰다 보니 속에선 금방이라도 시위를 벌일 태세더구나. 근데 역사 주변이라지만 간단히 요기할 만한 곳은 눈에 띄지 않더라구. 겨울해가 짧은 만큼 길을 서둘러야겠기에 결국 늦은 점심마저 포기하고 순천만으로 가는 버스에 올랐단다.

대대포구 입구에서 내려 1킬로미터쯤 걸어가니 드디어 순천만. 막상 도착하고 보니 해는 아직 기울 생각이 없는 것 같더구나. 해질 무렵까진 적어도 1시간 이상 기다려야 할 것 같아 느릿느릿 주변을 어슬렁거리기 시작했지.

순천만 일대는 이런저런 시설들이 제법 잘 갖춰져 있더구나. 자연생태관하며 갈대숲 산책로하며 전망대하며, 자연생태공원으로 어디 내놔도 빠질 것 같지 않았어. 물론 아쉬운 것이 있긴 했는데 분식코너처럼 가볍게 요기할 만한 곳은 보이지 않는다는 거였지.

순천만의 넓이는 대략 800만 평. 흑두루미 저어새 같은 희귀종과 천연기념물은 말할 것도 없고 청둥오리, 갈매기, 도요 등 약 200종의 새들이 겨울을 나거나 서식하고 있다는구나. 무엇보다 광활한 갯벌 위에 펼쳐진 갈대숲이 가히 장관이야. 갈대군락만 해도 약 40만 평. 순천만은 우리나라 연안습지로는 처음으로 2006년 1월 람사협약에 등록되었대.

낙조를 기다리며 갈대숲 산책로를 걸었지. 광활한 갈대군락 사이에 만들어놓은 나무산책로는 꽤 운치 있게 꾸며져 있더구나. 산책로를 걷다 나들이 온 가족의 기념사진을 찍어줬단다. 김~치, 하며 웃는데 다정한 그 가족을 보니 두고 온 식구들 생각이 간절했어. 내년 봄에는 우리도 여기서 김~치, 하며 깔깔 웃는 모습을 상상하는 것으로 위

순천만

안을 삼았지.

시간도 때울 겸 선상투어를 하러 선착장으로 향했단다. 순천만 갈대숲 사이를 가르며 이어진 기다란 수로를 30여 분 정도 둘러보는 코스. 짧지만 세계 5대 갯벌의 하나라는 순천만의 광활함과 살아 숨쉬는 자연을 느낄 수 있는 여정이란다. 먹이를 찾기 위해 물질하는 저어새와 갯벌을 어슬렁거리는 두루미, 물 위에 떠서 멀뚱멀뚱 탐사선을 쳐다보는 오리…. 50대 초반쯤으로 보이는 선장이 이곳저곳을 안내하는데 그 목소리가 꼭 녹음테이프를 틀어놓은 것 같더구나. 허기사 매일 똑같은 말을 반복해야 하는데 무슨 감흥이 있겠니.

그리고 마침내 펼쳐지는 낙조. 세상을 호령하듯 온 산하를 빛으로 채우던 태양은 그러나 질 때가 온 것을 알아차렸는지 각혈하듯 피를 토하고 쓰러지면서 온 세상을 선홍빛으로 물들이더구나. 가히 일품이었어. 친구며 선후배들이 평생 기억할 만한 풍경이라고 그렇게 입에 침이 마르도록 칭찬하더니 그게 허튼소리가 아니더라구. 그 비장한 장관을 갈대숲 산책로 이곳저곳을 오가며 카메라에 담았지. 하찮은 자동카메라지만 그 정염의 느낌만큼은 너희에게 전할 수 있겠기에 말이다.

낙조의 풍경이 또렷한 영상으로 맺힌 곳은 눈이 아니라 가슴이더구나. 풍경이 가슴속으로 들어와 내면에 깊은 울림을 전할 때 비로소 풍경은 기억의 저장고에 쌓이는 법. 그렇지 못하면 풍경은 한낱 눈요깃감에 불과하고 곧 잊혀지고 만다는 걸 절감했단다.

아빠가 낙조를 보기 위해 이곳까지 찾아온 이유는 단순히 눈맛을 즐겁게 하고자 해서가 아니었어. 눈앞에 펼쳐지는 처연한 풍경을 가슴에 담아두고자 해서였단다. 추락하는 인생과 일어서는 인생이 화두로 던져졌으니 낙조에게서 그 해답을 묻고 싶었는지도 모르겠구나.

그래, 지는 것은, 떨어지는 것은 슬픈 일이야. 그것이 해이든 꽃이든 삶이든 그 무엇이든. 해질녘의 저 선연한 핏빛을 보라. 온 산하를 피로 물들이는 최후. 꽃은 또 어떠냐. 뼈와 살을 차례차례 바르듯 꽃잎을 한 점 한 점 바람에 날려 보내는 연분홍 벚꽃이든 마지막 순간까지 버티고 또 버티다 단박에 봉우리째 추락하고 마는 선홍의 동백이든. 삶은 또 어떠냐, 마지못해 접어야 하는 삶이든 너무 빨리 스러져야 하는 삶이든.

그러나 지는 것이, 떨어지는 것이 모두 멸(滅)은 아니란다. 해는 내일 다시 솟구쳐오를 것이고 꽃은 이듬해 봄 다시 찬란히 피어날 테니 말이다. 삶도 그럴 것이야. 해가 지고 뜨는 것처럼, 꽃이 지고 피는 것처럼 넘어졌다 일어섰다를 되풀이하면서 이어지는 것이겠지. 그러는 사이 한층 더 너른 품과 한층 더 깊은 울림을 가질 것이고 말이야. 그러니 저무는 것들을 보고 그리 서러워하거나 슬퍼할 필요는 없는 일이지.

다만 한 가지 잊지 말아야 할 것이 있다, 싶더구나. 저 산, 저 바다를 넘어갔다 해도 해가 변함없이 빛을 머금고 있듯 삶도 비록 어둠 속으로 들어갈지언정 제 빛은 잃지 말아야 한다는 거야. 겨울이 온몸을 얼어붙게 만든다 해도 꽃은 기어이 씨앗을 품고 있듯 삶도 비록 황무지로 끌려갈지언정 희망은 품고 있어야 한다는 거지. 그래야 해가 다시 뜨고 꽃이 다시 피듯 삶도 새날을 맞을 수 있다는 것. 그걸 배우기 위해 순천만을 찾았는지도 모르겠구나.

산 아래로 지는 해를 배경으로 물새 한 마리 내려앉았다 다시 날아오르고, 바람에 휘청거리던 갈대는 다시 허리를 곧추 세우더구나. 순천만을 돌아 나오는 길. 잎을 다 빼앗긴 채 헐벗은 몸으로 공터에 홀로 서 있는 나무를 보며 이런 생각을 했단다.

저 나무도 '겨울-나무로부터 봄-나무에로'에 나오는 그 나무처럼 "두 손 올리고 벌 받는 자세로" 겨울을 나겠지. 그러면서 "속으로 불타면서 버티면서 거부하면서 밀고, 막 밀고" 올라가겠지. 그러는 사이 "자기의 뜨거운 혀로 싹을 내밀고" 하면서 "천천히, 서서히, 문득 자기의 온몸으로" 나무가 되고 마침내 "끝끝내 꽃피는 나무"가 되겠지.

순천 시내, 공용터미널 주변 분식집. 떡라면과 김밥 한 줄을 주문했더니 채 5분도 안 걸려 식탁 위에 만찬이 차려지더구나. 아침 점심 저녁을 한참에 해결하는 자리. 아빠도 모르게 젓가락과 입이 300배 재생화면처럼 돌아갔단다. 느긋한 표정으로 식당을 나와선 곧장 송광사 가는 111번 시내버스에 올랐지. 온통 어둠뿐인 들판. 차창을 바라보다 아빠는 실없는 웃음을 흘렸단다. 8년 전, 민하와 둘이서 순천 이곳저곳을 쏘다니던 풍경을 떠올렸기 때문이지.

그 해 여름, 엄마가 유럽으로 배낭여행을 떠나자 일곱 살 민하는 엄마한테 데려다 달라고 어찌나 보채고 떼를 쓰던지. 그래서 민하도 달랠 겸 바람도 쐴 겸 해서 아빠가 민하를 데리고 둘만의 여행에 나선 거란다. 비가 주절주절 내리는 속에서 단행된 부녀의 1박 2일 여행.

그때를 생각하면 언제나 추억은 파노라마처럼 펼쳐지고 얼굴엔 절로 미소가 번진단다. 열차 안을 신나게 누비고 다니더니 어느새 아빠 품에 안겨 곤히 잠든 민하의 얼굴, 낙안읍성 민속마을 앞 개울가에서 오리에게 모이를 던져주며 깔깔거리던 민하의 웃음소리, 성문 아래서 비가 잦아지길 기다리는 사이 동생이 보고 싶다며 시무룩해하던 민하의 표정, 닭백숙을 맛나게 먹으며 재잘거리던 모습이나 흠뻑 젖은 가방을 말린답시고 짐을 풀어헤치던 장면, 그리고 버스에서 꽈당, 미끄러져 넘어진 아빠를 보며 울상을 짓던 일까지.

특히 잊을 수 없는 장면이 하나 있단다. 송광사를 찾았을 때였지. 식당 아주머니도, 여관 주인아저씨도 우리 부녀를 차례대로 훔쳐보고선 측은한 표정을 짓더구나. 지금 생각해보면 평일에다 비까지 뿌려대는 을씨년스런 저녁 무렵, 30대 후반쯤으로 보이는 사내가 어린 딸 하나를 데리고 절집 아래를 찾아왔으니 그 모습이 오죽 청승맞아 보였겠니.

더군다나 그땐 IMF사태로 실직이나 가족해체 같은 소식들이 이어지던 때였으니 우리 부녀도 그런갑다, 여겼던가봐. 과잉친절을 베푸시던 그분들의 안쓰러운 표정을 볼 때마다 속으로 웃음을 삼키던 일이 생각나는구나.

역시 추억은 행복을 가져다주는 묘약이자 행복을 지켜주는 힘인 모양이야. 그날의 아름다운 기억들이 아빠를 순천으로, 송광사로 다시 끌어당겼고, 홀로 가는 그 길을 아빠는 웃음 머금은 채 향할 수 있으니 말이다.

희망을 말하는
두 편의 시

　│　아빠가 좋아하는 시인 가운데 최영철이라는
분이 있단다. 89년 문학담당기자로 있을 무렵 만났으니 친분을
쌓은 지도 어언 20년 가까이 되는구나. 너희도 여러 번 뵈었으니
기억할지 모르겠다. 지난 해 3월에는 『호루라기』라는 제목이 달
린 새 시집을 전해주시면서 앞장에다 "박민하 박인하 예쁘게 살
자"라고 써주시기도 했지. 시집을 펼쳐든 아빠는 '해바라기'라
는 시를 읽다 시인형님에게서 한 수 배웠단다.

　웅덩이에 떨어진 해바라기씨/떨어지는 순간/잘못 내려앉았다는
걸 알았으나/이번 생은 이것으로 끝이라는 걸 알았으나//여기 있
지 말고 어서 도망가라고 내몬/웅덩이를 딛고 일어나/웅덩이를 무등
태우고 나가/내친김에 담 넘고 지붕 넘어/키가 훌쩍 컸다//철통
같은 그늘을 다 밀어낸 뒤/제자리로 돌아가며/웅덩이 터트려주
고 간 꽃

　어때? 웅덩이에 떨어졌어도 담 넘어 세상을 볼 만큼 자라난 해
바라기가 대견하지 않니? 해바라기에게 웅덩이는 절망이 아니었단
다. "여기 있지 말고 어서 도망가라고 내몬" 스승이자, "웅덩이를
무등 태우고 나가"도록 이끌어준 은인이야. 춥고 외로운 해바라
기에게 희망과 용기를 일깨워줬으니 말이다. 사람도 그래. 어렵

고 힘든 고통의 시간이 사람을 더 키워주는 법이란다.

조선 중기의 문인 상촌 신흠(1566~1628)의 글에서도 희망과 용기를 배울 수 있을 것 같구나. "세상에 안개가 끼지 않는 아침이 없지만/그 안개가 아침을 어둡게 만들지는 못하며/세상에 구름이 끼지 않는 낮이 없지만/그 구름이 낮을 밤으로 만들지는 못한다."

살다 보면 안개 자욱하고 구름 가득한 때를 만나게 되지만 그 힘든 순간은 그저 잠시일 뿐 아침은 언제나 밝아오고 낮은 언제나 빛으로 충만할 거라는 말씀이지. 안개는 아침에 떠오르는 해를 어쩌지 못하고, 구름은 한낮에 이글거리는 해를 어쩌지 못하니 안개 따위에 용기를 잃거나 구름 따위에 희망을 접지는 말라는 충고란다. 안개나 구름을 허위나 거짓, 불의나 간신으로도 읽을 수 있겠구나.

400년의 시차를 둔 두 시인에게서 용기와 희망을 배운 셈인데 이제 남은 일은 그 가르침을 마음에 품고 몸으로 실천하는 것일 테지. 담장을 뛰어넘는 해바라기처럼, 어둠을 걷어내는 아침과 낮처럼.

7. 사람을 귀하게 여기는 것

　밤새 비가 왔는지 서리가 내렸는지 아니면 누가 울고 가기라도 했는지 송광사 가는 길은 촉촉하게 젖어 있더구나. 어둠이 채 가시지 않은 새벽, 그것도 혼자서 걷는 산길. 간간이 들리는 소리라곤 졸졸졸, 개울을 타고내리는 물소리와 짹짹짹, 이 나무 저 나무를 부지런히 옮겨 다니는 새소리가 전부였단다.

　근데 어째 좀 으스스하다 싶었어. 벌건 대낮이라도 산중에 혼자 있으면 오싹할 텐데 어둠이 걷히지 않은 산 속에 홀로 있으니 살짝 겁이 날 만도 했지. 걷다 보니 아빠도 모르게 걸음이 빨라지고 걸음걸음마다 괜히 힘을 주게 되더라구.

　매표소에서 절집까지는 걸어서 10여 분. 걷는 내내 사람은 보이지 않더구나. 허기사 이 이른 시간에 절집을 찾는 이가 몇이나 될까. 길을 너무 서둘렀나 싶다가도 이내 생각을 고쳐먹었단다. '혼자 있는 게 어쩌면 나을 지도 모르지. 이른 아침 산 속에서 낯선 사람을 만난다고 상

상해보라. 내가 놀라든 그 사람이 가슴 졸이든 아니면 둘 다 기겁하든 할 것 아닌가.'

산행을 다닐 때도 종종 느끼는 거지만 산에서 가장 겁나는 존재는 사람이란다. 새나 나무야 언제나 사람을 반겨주지. 간혹 새소리에 놀라고 바람소리에 오싹하고 나무의 흔들림에 소스라치는 것은 새나 바람이나 나무 탓이 아니라 사람의 마음에 달린 문제야. 자연에 있는 것들이야 자신을 해꼬지하거나 위협하지 않는 한 달려드는 법이 없으니 말이다.

산길을 혼자 걷다 보니 산의 주인이라도 된 것 같은 착각에 빠지기도 했단다. 물론 어림 반푼어치도 없는 소리지. 절집에 사는 스님들도 산의 주인이 될 수 없을진대 어찌 스쳐지나가는 길손이 주인이 될 수 있겠니. 새와 나무, 바람과 개울이 밤새 산을 지켰으니 산의 주인은 누가 뭐래도 그것들일 거야.

무릇 주인이란 제 품에 있는 모든 것들과 희로애락을 함께하며 늘 보듬어 안아 지켜주는 존재여야 한단다. 희생하되 생색내지 않고, 인내하되 괴로워하지 않고, 사랑하되 대가를 바라지 않고, 지켜주되 호령하지 않는 이, 그가 진짜 주인이지. 산에서건 들에서건 농촌에서건 도시에서건.

절집에 다다르니 부도탑들이 장승처럼 서서 길손을 맞아주더구나. 대웅전으로 가는 길목에 서서 대문구실을 하는 우화문(羽化門). 이름 그대로 날개를 단 듯 금방이라도 날아갈 듯한 날렵한 자세로 개울 위에 다리를 걸치고 있단다. 우화문과 어깨를 대고 있는 임경당의 단아한 생김새도 눈길을 붙들어맸지. 개울에 고스란히 비치는 임경당과 우화문이 참 인상적이었어.

우화문을 지나 대웅보전으로 가는 길. 마당에 앉아 있던 꿩 한 마리가 푸드덕 날아가더구나. 녀석이 있던 자리를 가만히 내려다보니 가지런한 빗자국이 눈에 들어오는데 정갈한 빗자국으로 봐서 초보수행자나 막내스님의 솜씨는 아닌 듯했지.

조계산 송광사. 정식명칭은 승보종찰 조계총림이래. 신라 말 혜린 선사가 창건하고 고려 중엽 보조국사가 중창한 이후 열여섯 분의 국사와 많은 고승을 배출했으며 해인사 통도사와 더불어 한국의 삼보사찰 가운데 하나란다.

불가에서 귀하게 여기는 세 가지 보물, 곧 삼보 가운데 송광사가 가진 보물은 무엇인가. 법보사찰 해인사에서는 팔만대장경이 보배요, 불보사찰 통도사에서는 부처님 진신사리가 보배요, 승보사찰 송광사에서는 부처에 이르고자 하고 부처님의 말씀을 전하는 승려들이 보배라는 뜻이야. 그러니까 송광사는 불가의 보물들 가운데 특히 사람을 귀하게 여기는 곳인 셈이지.

물론 모든 중생을 보물처럼 소중히 모셔야 한다는 뜻도 품고 있을 테고 스님들이 수행을 통해 보석처럼 다듬어지길 바라는 마음도 담고 있을 거야. 많은 사람들이 송광사를 마음에 두는 이유 가운데 하나는 아마도 법보사찰의 위엄이나 불보사찰의 위세보다는 사람을 귀하게 여기는 것에 있을 것 같더구나.

사람을 귀하게 여기는 것만큼 소중하고 고마운 일이 또 있을까. 사람을 귀하게 여길 줄 알아야 제 주변을 사랑할 줄 알고, 세상을 보듬어 안을 줄 알고, 세상에 온기를 전할 줄 아는 법이란다. 내가 누군가를 귀하게 여길 때라야 그 누구도 나를 귀하게 여길 테고 그러면 우리 모

송광사

두 서로를 귀하게 여기게 되겠지. 그런 세상에서라야 사람의 삶은 온 전할 수 있을 거야.

부처님의 가르침도, 스님들이 수행하는 것도 다를 건 없어. 나를 비우고 그 자리에 너를 받아들이는 것, 나와 더불어 너도 귀하게 여기는 것, 거기서부터 평화가 시작되고 사랑이 솟아나는 거지. 힘이 세거나 힘이 없거나, 많이 가졌거나 적게 가졌거나, 잘났거나 못났거나 사람들이 서로를 소중한 보물처럼 생각해야 온 누리에 행복이 깃들지 않을까.

사람을 귀하게 여기라는 말은 자기 자신을 귀하게 여기라는 가르침이기도 하단다. 자기 자신을 사랑할 줄 알아야 남도 사랑할 수 있는 법이니까. 불가에서 자주 인용되는 글귀에 '천상천하 유아독존'이라는 말이 있지. 하늘 위와 하늘 아래에 오직 내가 유일하게 존재한다는 뜻이래.

얼핏 보면 지독한 독선의 냄새가 풍기기도 하지. 하지만 그게 아니란다. 오직 내가 유일하게 존재한다는 것은 남을 무시하거나 남을 배제하라는 말이 아니야. '나'라는 존재가 세상에서 유일한 것이니 자기 자신을 끊임없이 사랑하고 믿고 보석처럼 다듬으라는 뜻이지. 자기사랑 자기연민 자기신뢰를 말씀하신 거야. 그렇게 자신을 사랑하고 용서하는 사람이라야 남도 그렇게 사랑하고 용서할 수 있는 거라는 가르침이란다.

'사람을 귀하게 여기라.' 요즘 같은 세상에 그걸 실천하고 살기란 만만찮은 일이지 싶구나. '나'만 챙기려드는 사람들의 틈바구니에서 '너'를 귀하게 여긴다는 것은 웬만한 내공을 갖추지 않고서는 버거운 노릇일 거야. 저마다 저희들끼리 미소짓거나 한숨쉬거나, 웃거나 울

거나, 환호하거나 절규할 뿐 서로에게 손을 내밀진 못하는 세상이다
보니 '사람을 귀하게 여기라' 는 말이 아득하게 들릴 법도 하지.

　사람들은 누구나 칼을 품고 사는 것 같구나. 칼은 무엇인가를 베야
하는 운명을 지녔지. 칼이 존재하는 한 언제든 누구든 그 칼에 베일 수
밖에 없단다. 칼 앞에 승자와 패자의 구분은 무의미해. 지금 승리의 기
쁨과 여유를 누리는 자도 언젠가 칼날에 베이고 말 것이기 때문이야.
결국 긴 시간을 놓고 보면 칼은 끝없이 패자를 만들어낼 뿐이란다.

　사람을 귀하게 여기고자 한다면 우선 칼을 내려놓아야 해. 칼을 들
고 있는 한 서로를 귀하게 여기는 일은 불가능해서란다. 칼을 들고 있
으면서 사랑과 용서를 말하는 것은 위선이지. 칼을 든 채 누군가를 안
아주는 것은 있을 수 없는 일이니 말이다. 결국 칼을 내려놓아야 사람
이 보이고 사람을 귀하게 여길 수 있는 거란다. 오랜 시간을 두고 보면
칼을 버리는 세상에서라야 모두가 승자가 될 수 있는 거지.

　송광사의 매력 가운데 또 하나는 찾기가 비교적 수월하다는 거야.
언덕길을 산책하듯 10여 분 남짓 걸어 올라가면 닿을 수 있으니 이만
큼 친절한 절집도 드문 셈이지. 그것도 사람을 귀하게 여기는 마음에
서 나왔겠지, 싶더구나.

　수행하는 스님들 입장에서야 불편할 수도 있을 거야. 찾는 이가 많
아지면 우선 번거로울 테고 마음을 흔드는 것도 정신을 흩뜨리는 것
도 많아질 테니 말이다. 해도 어쩌겠니. 그것마저도 스님이 넘어야 할
공부의 산이요, 수행의 계곡인 것을. 해를 맞으며 산길을 내려오는 내
내 생각했단다. '저곳에 가면 사람을 귀하게 여기는 사람들을 만날 수
있을까.'

측은한 마음

　'사람은 사랑으로 사는 거래요.' 아빠 가슴 깊숙한 곳에 꽂혀 있는 말이란다. 지난 해 3월 아빠가 퇴직을 고민할 무렵 민하가 아빠에게 보낸 편지글 말미에 써놓았던 구절이지. 아빠는 평생 이 말을 잊지 못할 것 같구나. 민하가 아빠에게 큰 가르침을 줬으니 고맙다고 인사부터 드려야겠지?

　사람이 사랑으로 사는 거라면 그 사랑은 어디서 나오는 걸까. 사랑은 대체 무얼 먹고 자라며 어떻게 사람과 사람을 이어주는 걸까. 아빠가 보기에 사랑은 측은한 마음에서 나오는 거란다. 우리가 누군가를 측은하게 바라볼 때 비로소 사랑이 움트는 것이지. 측은한 마음이 사랑을 자라게 하고 결국 사람과 사람을 이어준단다.

　측은, 가엾고 불쌍하다는 뜻이야. 측은지심, 남을 불쌍하게 여기는 타고난 착한 마음을 말해. 맹자 왈, "사람의 본성은 본래 착하다" 했는데 착한 근본이 바로 측은한 마음이지. 맹자는 사람이 갖춰야 할 덕으로 '인의예지(仁義禮智)'를 꼽는단다. 그 맨 앞에 나오는 게 측은지심이지. 맹자 말씀은 이래. "불쌍히 여기는 마음은 어짊의 극치다. 그 다음이 부끄러운 마음이요, 사양하는 마음이요, 옳고 그름을 아는 마음이다. 의와 예와 지가 거기서 나온다."

　가령 한겨울 지하철에서 이런 풍경을 마주하면 어떨까. 성치 않은 몸으로 편지봉투나 껌을 파시는 할머니. 가슴 한구석에서 이런 마음이 일어날 게다. '날씨도 찬데…지하철 오르내리기도 힘드실 텐데…가족은 안 계시나…집에 가면 편히 쉬시기라도 하나….'

그 마음이 바로 측은지심이란다. 남의 불행을 차마 모른 척하지 못하는 마음. 그 마음이 우리로 하여금 연민을 일깨우고 가슴을 움직이게 만드는 것이지. 이쯤에서 그친다면 측은한 마음은 동정에 머물고 말 거야. '세상은 왜 저들의 고단함을 덜어주지 못하나, 세상은 왜 저들의 눈물을 닦아주지 못하나…' 질문이 이렇게 이어질 때 측은한 마음은 비로소 세상의 모든 가슴에, 거리마다 사랑과 행복의 나무를 심을 수 있는 거란다.

물론 측은한 풍경을 보고서도 은근슬쩍 눈을 감거나 휴대폰에 고개를 처박고 있는 사람들도 있긴 하지. 하지만 그들도 측은하긴 마찬가지란다. 삶이 갈수록 팍팍해지니 측은한 마음마저 잃어가는 것이고, 군중 속에 있되 저마다 홀로이다 보니 휴대폰을 말동무 길동무로 삼는 것이니 말이다.

지하철을 나와도 다를 건 없단다. 측은한 풍경과는 아무 상관없다는 듯 하늘은 변함없이 푸르고 빌딩들은 나날이 솟구치고 차들은 저마다 어디론가를 향해 달리지. 순간, 넘쳐나는 욕망이 측은한 마음마저 앗아가는 건 아닌지, 우리 사는 세상이 다시 측은하게 느껴지기도 할 게다.

측은지심은 사랑의 마지노선이란다. 그 마음마저 사라지면 사랑은 무너져 내리고 말겠지. 그러니 지금 당장 사랑까진 못한다 해도 측은한 마음만은 놓치지 말아야 한단다. 그래야 민하의 말처럼 '사람이 사랑으로 사는' 날을 기약할 수 있을 테니 말이다.

8. 정암 선생을 만나다

정암 조광조 선생의 적려유허비를 찾아가는 길. 그러고 보니 여덟 번째 편지에서 비로소 유배지에서 쓴 편지를 시작하는구나. 제목을 '유배지에서 쓴 아빠의 편지'라 달아놓고선 주절주절 다른 소리만 늘어놓았던 셈이네.

순천발 목포행 무궁화열차. 기차는 삐거덕대며 잠에서 막 깬 남도의 들판을 쉬엄쉬엄 걷듯 에돌아갔어. 영락없는 진양조장단이었지. 서둘지 않고 느릿느릿 달리다 간이역을 차례대로 들르는데 그 이름이 한결같이 낯설더구나. 조성 예당 두량 광곡 이양…. 차창이 풍경을 바꾸는 사이 기차는 낮은 산들과 한가한 들판 사이를 수줍게 지나갔단다.

장이 서는 날이었던가봐. 능주 읍내는 시끌벅적하고 오가는 이들도 많더구나. 정암 조광조(1482~1519) 선생의 적려유허지까지는 읍내에서 걸어서 5분여 남짓한 거리. 유허비만 남아 있겠거니 했는데 기와지붕을 얹은 정문부터 나름대로 위엄을 갖추고 있었어. 유허비와 누각은 물론 선생이 머물던 초옥과 선생을 기리는 사당 등이 기와담장을 두르고 있는데 생각보다 규모도 크고 말끔하게 정비돼 있더구나.

열린 대문 안으로 들어서면 작은 돌들이 깔린 마당이 손님을 맞는단다. 대문 왼쪽의 작은 문을 지나니 비각 안에 높이가 3미터쯤 되는 비석 하나가 당당한 풍채로 서 있는데 그게 바로 적려유허비야. '정암 조선생적려유허추모비'. 적려란 유배를 뜻하고 유허는 남은 흔적이라는 뜻이니 유배 흔적이 남아 있는 곳에 세운 비석이라는 뜻이지. 유배지에 세운 일종의 추모비인 셈인데 비석의 주인공인 정암은 1519년 기묘사화 때 이곳에 유배 왔다가 한 달여 만에 사약을 받아든대. 비각 옆에는 노란 은행잎이 수북이 쌓여 있고 이름 모를 키 큰 나무 두 그루가 호위무사처럼 지키고 서 있더구나.

추모비를 세운 때는 1667년, 그러니까 정암이 세상을 떠나고 149년이 되어서란다. 당시 능주현 목사가 세월이 오래되면 유허지마저 손상되고 잊혀질까 염려해 비를 세웠대. 우암 송시열이 지었다는 비문에 그 내력이 적혀 있더구나.

"…아! 이제 정암 선생께서 돌아가신 지 149년이 되었는데도…그 은혜를 생각함이 오래될수록 더욱 잊지 아니하고 모두 말하기를 우리나라로 하여금 삼강오륜의 윤리를 알게 하여 이적(되놈)과 금수(짐승)가 되는 것을 면하게 하는 것은 오직 정암 선생의 덕택이라 하여…" 글 중에 나오는 이적이라는 말은 만주의 여진족을 낮잡아 부르는 말로 청나라에 대한 멸시의 뜻이 담겨 있어.

뒷문으로 들어가면 '적중거가'라고 쓰여진 작은 초가가 나온단다. 유배 중 머물던 집이라는 뜻인데 배소, 적소라고도 부르지. 초가와 선

조광조 적려유허비와 적중거가

생의 영정을 모신 영정각 등은 1986년 복원했다는구나. 초가 앞에는 어린 소나무 세 그루가 참 앙증맞게 서 있었어.

정암은 화강암 같은 사람이란다. 겉은 차가우나 속에는 마그마를 품고 있었으니 말이다. 원칙과 소신을 저버리지 않는 조선 선비의 본보기라 해도 괜찮을 듯싶구나. 적려유허지 뒤쪽에는 1597년 능주의 유림들이 정암의 절의를 기리고자 지었다는 죽수서원이 있어. 죽수란 대나무를 뜻하니 정암의 성품과 삶을 상징하기에 걸맞은 이름인 셈이지.

지나치다는 소리를 들을 만큼 강직하고 꼿꼿하고 깐깐하고 단호한 그의 성품을 엿볼 수 있는 일화가 있단다. 송시열이 쓴 '심곡서원강당기' 라는 글에 나오는 이야기야.

"김굉필이 맛난 음식을 얻어 장차 어머님께 받들어 보내려 하였는데, 지키는 자가 조심하지 않다가 고양이가 낚아채가는 바가 되었다. 공이 자못 매서운 소리로 나무랐다. 그러자 조광조가 앞으로 나아가 말했다. '선생님께서 어버이를 봉양하시는 정성이 참으로 지극하십니다. 하지만 군자의 말기운은 잠시라도 함부로 해서는 안 됩니다.' 김굉필이 자기도 모르는 사이에 무릎 앞에 놓인 손을 잡으며 말했다. '내가 네 스승이 아니라 네가 참으로 내 스승이로구나.'"

김굉필(1454~1504)은 조선의 내로라하는 성리학자 가운데 한 사람이지. 1498년 무오사화 때 평안도 희천으로 귀양을 갔는데, 여기서 정암을 만나 스승과 제자의 인연을 맺는대. 조광조의 아버지가 인근 고을에서 벼슬을 하고 있었던지라 자연스레 인연이 닿았던 거지. 송시열이 전하는 일화는 정암의 나이 17세 때란다. 고래고래 소리치며 하인을 야단치는 스승에게 한방 먹이는 제자와 시건방지다 싶은 제자를 권위로 누르지 않고 잘못을 인정하는 스승. 스승이나 제자나 어금버금하는 선비들인 셈이지.

곧은 성품에다 품행이 단정하고 학문이 출중했던지라 정암은 젊어서부터 선비들의 존경을 받는단다. 그리고 벼슬길에 오르자마자 중종의 총애 속에 개혁을 주도해나가지. 특히 사리사욕을 채우는 데 급급했던 훈구대신들에게 비판을 서슴지 않는대. 훈구대신이란 나라에 큰 공을 세운 높은 신하들을 말하는데 이들이 세운 공이란 중종반정을 말하는 거야. 이들은 연산군을 쫓아내고 중종을 임금 자리에 앉힌 공신들로 그 권세가 하늘을 찌를 듯했지.

하지만 정암은 눈 하나 깜짝하지 않았대. 임금의 언행에 잘못이 있을 경우에도 거침없이 직언을 했다니 훈구대신이라고 겁을 먹을 정암이 아니었지. 그는 임금이 화라도 낼라치면 "임금이 위세로 신하를 대하는 것은 옳지 않습니다"라고 말했다는구나. 참 어지간히도 깐깐했던가봐.

이렇다 보니 훈구대신들은 정암을 몰아낼 궁리에 열중한단다. 온 나라 인심이 모두 조씨에게로 갔다는 소문을 퍼트리는가 하면 나중에는 나뭇잎에 벌레가 좋아하는 감즙을 발라 '주초위왕'이라는 글씨를 새겨 넣기도 하지. 조씨가 왕이 된다는 뜻인데 여기서 조씨란 조광조를 말하는 거란다.

누가 봐도 모함인 걸 알겠지만 중종은 훈구대신들의 공세를 못 이기는 척하면서 죄를 묻는다는구나. 중종은 지나치게 곧고 바른 정암의 자세나 그의 이상을 감당하기에는 그릇이 작았던 임금이란다. 또 정암이 말하는 도학정치, 곧 왕이나 높은 벼슬아치들이 인의(仁義)를 기반으로 군자의 도를 몸소 실천해야 한다는 주장에 부담을 느꼈던 모양이야.

아마 온 나라의 선비와 백성들이 정암을 떠받드는 것도 못마땅히 여겼겠지. 실록에는 이런 기록도 있단다. "조광조가 귀양길에 오를 때 거리를 지나가던 모든 사람들이 옷깃을 모으고 절을 했다. 이렇게 인심을 얻은 것이 죄가 된 것이다."

하지만 정암은 타협하지 않는단다. 대체 이 양반은 뭘 믿고 이렇게 꽉꽉하게 굴었던 걸까? 그가 믿는 것은 임금의 올바른 마음이었다는구나. 그는 이렇게 말했대. "선비가 이 세상에 태어나서 믿는 것은 오직 임금의 밝은 마음뿐입니다. 망령되이 나라의 병통이 이익과 욕심에 있다고 생각했으므로 그것을 막아 나라의 명맥을 영원히 새롭게 하고자 했을 뿐 다른 뜻은 전혀 없었습니다."

정암은 결국 사지로 내몰렸고 유배간 지 얼마 뒤 사약을 받아든단다. 그러면서 자신의 심정을 담은 글을 한 편 썼다는구나. "임금을 어버이처럼 사랑하였고/나라를 내 집처럼 근심하였네/해가 세상 아래를 굽어보니/거짓 없는 이 마음을 밝게 비추리."

가족들에게 남긴 유언도 정암다운 말이야. "내가 죽거든 관을 얇게 만들고 두껍게 하지 마라. 먼 길을 가기 어렵다." 피를 토하며 쓰러지는 최후의 순간에도 선비의 꽂꽂한 자세를 잃지 않았던 거지. 때는 1519년 12월 20일, 그의 나이 서른여덟이었다는구나.

너무 곧아서 미움을 사고 너무 혁신적이어서 모함을 받다 보니 이상을 미처 펴보지도 못한 채 갑자기 불어 닥친 바람에 한 떨기 꽃잎처럼 처량하게 떨어지고 마는 정암. 그는 성리학적 이상주의에 머물러 있었다는 비판을 받기도 하지만 선비의 삶을 보여주는 것만으로도 가슴에 새겨둘 만한 인물이지.

읍내 정류장에서 운주사 가는 버스시간표를 확인한 다음 커피도 한잔할 겸, 묵직한 아랫배도 해결할 겸 근처 찻집으로 향했단다. 구석 자리에 앉아 수첩을 꺼내드는데 임금 앞에서 잘잘못을 따지는 정암과 담담하게 사약을 들이키는 정암의 모습이 눈에 아른거리더구나. 그래서 몇 자 적어뒀단다. "쉽게 휘거나 구부러지진 말아야 한다는 것을, 갖고도 부족한 게 아니라 잃고도 넉넉한 것이 진정한 선비의 삶이라는 것을."

사화와 당쟁

사화(士禍)란 선비가 화를 입는다는 뜻이야. 조선 시대에는 많은 사화가 일어나는데 연산군 중종 명종 3대에 발생한 네 번의 사화를 4대 사화라고 부른단다. 무오사화(1498)는 연산이 사림파 선비들을 몰아낸 것이고, 갑자사화(1504)는 연산이 자신의 학정을 비판하는 선비들을 죽음으로 내몬 사건이야. 기묘사화(1519)는 조광조 김정 등을 죽음에 이르게 한 것이고, 을사사화(1545)는 왕실 외척의 싸움에 선비들이 희생된 경우란다. 사화 앞에 붙는 무오니 갑자니 하는 말들은 육십간지라는 것으로 사화가 발생한 해를 가리키지.

사화는 정치하는 사람들이 편을 가르고 싸우는 데서 비롯되는데 그걸 당쟁, 당파싸움이라고 해. 이쪽이 이기면 저쪽이, 저쪽이 득세하면 이쪽이 화를 입는 식이지. 선비라는 자들이 대체 왜 죽자 살자 엉겨붙었던 걸까. 실학자 성호 이익(1681~1763)의 말을 들으면 이해하기 쉬울 것 같구나. '붕당론'에 나오는 구절이야.

"붕당은 싸움에서 생기고, 그 싸움은 이해관계에서 생긴다. 이해가 절실할수록 당파는 심해지고 이해가 오래될수록 당파는 굳어진다. …이제 열 사람이 모두 굶주리고 있다가 한 사발 밥을 함께 먹게 되었다고 하자. 그릇을 채 비우기도 전에 싸움이 일어난다."

당쟁의 원인은 밥그릇싸움이라는 말씀이지. 말이 불손하니, 태도가 공손치 못하니, 밥 먹는데 방해가 된다니 핑계를 대지만 알고 보면 밥 때문에 치고 박는다는 말이야. 성호는 '당습소란(黨習召亂)'이라는 글에선 이렇게 비꼬기도 한단다.

"당파의 폐습이 고질화되면서 자기 당이면 어리석고 못난 자라도 관중이나 제갈량처럼 여기고 가렴주구를 일삼는 자도 공수나 황패(중국 한나라 때의 청렴한 목민관들)처럼 여기고 자기 당이 아니면 모두 이와 반대로 한다."

그렇다면 대책은 뭘까. 성호는 정치를 바로 세울려면 돈이나 권력을 챙길 구멍을 막아야 하고 진정 나라와 백성을 위할 사람이 누구인지 제대로 가려내야 한다고 말한단다. 그게 어디 조선에만 해당되겠니. 국민주권시대인 요즘 같은 세월에 더 필요한 충고이지 싶구나. 정치가 돈과 권력과 명예의 수단이 아니라 나라와 백성을 살피는 일로 자리잡게 만드는 것, 그건 이제 국민의 몫이라는 거야. 그래서 이런 말도 나온단다. '국민들은 자신들의 수준 이상의 정치를 향유할 수 없다.'

9. 새 세상을 향한 꿈, 운주사

버스는 능주 읍내를 벗어나자마자 속도를 내기 시작하더구나. 창밖을 물끄러미 바라보던 시선을 찻길 쪽으로 옮겼지. 폭 10센티미터의 흰색 도로표시선. 놈은 버스와 같은 궤적을 가면서도 버스보다 더 빨리 내달리는 것 같았어. 그렇게 달리면서도 버스 아래로 살짝 숨었다, 버스에 바짝 달라붙었다, 버스에서 저만치 멀어졌다, 재주를 부리더구나.

근데 이상했어. 흰색선 너머에 길이 없는 거야. 아스팔트의 끄트머리에 그어진 흰색선은 여기까지가 차의 길임을 알리는 것일진대 그 너머에 있어야 할 사람의 길이 보이지 않더구나. 차들이 오가는 길만 있을 뿐 사람 다니는 길은 사라진 셈이지.

반듯한 인도를 기대했던 게 아니란다. 흰색선을 그은 이유가 찻길과 인도를 구분하기 위해서라면 차의 길 옆에 사람의 길도 당연히 있어야 할 터인데 그게 없으니 이상할밖에. 흰색선 너머 1미터 남짓한 땅엔 벗은 몸으로 선 나무들만이 아슬아슬하게 서 있더구나.

잠깐, 곰곰이 생각해보니 시골길은 다 그랬던 것 같았어. 아스팔트 위를 신나게 달리는 차들 옆으로 아낙들과 노인들이 위태위태하게 걸어가던 풍경. 차의 길은 점점 넓어지고 번듯하게 포장되는 반면 사람의 길은 점점 좁아지고 아예 사라지고 아무렇게나 버려졌다는 걸 그제야 깨달았단다.

세상의 길이라는 길은 죄다 처음엔 사람의 길이었을 거야. 하지만 언젠가부터 사람의 길이 차의 길에 밀려난 거지. 차가 길의 주인으로 행세하는 동안 사람들은 아스팔트와 논두렁 사이, 1미터 남짓한 길을 곡예하듯 걸어가야 하는 신세가 된 거란다. 사람이 만든 길에서 사람이 대접받기는커녕 점점 밀려나더니 이제 목숨까지 내걸어야 할 판이지.

길은 사람과 사람을 이어주기 위해 만들어졌을 텐데 이제 길은 사람과 물건을 빨리빨리 실어 나르는 데만 열중하는 것 같구나. 쌩쌩 달려야 하는 욕망 앞에 만남을 중매하는 길은 무력해진 것이지. 1미터도 남지 않았으니 이제 논두렁 앞에 배수진을 친 것 같지만 그것조차 버거워 보이더구나. 사람이 속도를 좇다 속도에서 내몰린 것이겠지.

그게 어제 오늘의 일이 아닐 텐데 아빠는 왜 이제야 알아챘을까. 그건 아마도 아빠가 차의 길에만 시선을 파묻고 있었기 때문이다, 싶구나. 차를 몰고 편하게 달리다 보니 좁아터진 사람의 길, 그 위를 걷는 아찔한 풍경에 눈길을 주지 못했던 탓이지. 속도와 편리에 익숙해지면서 사람을 잊고 있었던 셈이야.

그래, 사람은 때때로 한 걸음 뒤로 물러서서 봐야, 혹은 느리게 가면서 봐야 세상을 제대로 볼 수 있는 법이란다. 철도와 버스만 이용하는 이번 여행이 많이 불편하긴 하지만 기다림을 배우고, 사람을 생각하고, 삶을 돌이켜보는 시간을 가질 수 있어 참 잘했다, 싶구나.

능주에서 운주사 입구까지는 대략 10분 남짓. 버스에서 내려 5분 정도 걸으면 제법 너른 주차장이 나오고 저만치 매표소가 보인단다. 몇 해 전 여름, 우리 가족이 찾았을 때랑 하나도 달라진 게 없어 더 반가웠어. 너희는 기억하는지 모르겠구나. 몇 해 전 여름휴가를 대구 너희 외가에서 보내다 문상하러 전남 보성으로 가던 길에 잠깐 들렀었는데.

절집 아래까지 나와 가장 먼저 길손을 맞아주는 것은 갖가지 불상과 탑들이란다. '천불천탑 운주사'를 새삼 실감나게 만드는 풍경이지. 천불천탑이란 불상이 천 개, 탑이 천 개 있다는 뜻이야.

평일이라 그런지 찾는 이는 별로 보이지 않았어. 사방을 둘러보니 길손이라 해봐야 어림잡아 10여 명. 한적하고 고즈넉한 분위기가 좋아서 그런지 마음이 넉넉해지더구나. 이 불상 저 탑을 찬찬히 들여다보며 어슬렁어슬렁 운주사 이곳저곳을 돌아다녔단다.

운주사에는 현재 100여 개의 돌부처와 21기의 탑이 있대. 불교미술을 공부하는 사람에겐 좋은 학습장인 셈이지. 화강암 바위를 섬세하게 다듬은 솜씨가 놀라운 석조불감을 지나고, 두꺼운 밀가루 반죽을 켜켜이 쌓아올린 것 같은 원형다층석탑을 거치고, 날아갈 듯 경쾌한 자태를 하고 선 칠층석탑을 스치니 마침내 절집 앞.

매표소 근처 일주문에 걸려 있던 '천불천탑도량'이라는 편액의 글귀가 약간 권위적이라면 절집으로 들어서는 입구 옆에 달린 글귀는 한층 운치 있어 보이더구나. '천불내회운중주 천탑통출편만산'. 천불이 모여 구름 속에 살고 천탑이 나와 산을 채운다는 말이야. 정말 말 그대로 천불천탑이 있었던 걸까. 아니면 허풍을 떠는 걸까. 그리고 천불천탑이 사실이라면 왜 이곳에 천불천탑을 세우려고 한 걸까.

운주사는 전설의 절, 비밀의 절로 곧잘 불린단다. 누가 창건했는지, 천불천탑은 언제 어떻게 만들어졌는지, 이름은 왜 구름 속에 산다는 운주(雲住)와 배를 움직인다는 운주(運舟) 두 개가 있는지 등등 알아갈수록 궁금증을 더하게 만드는 절이지. 다만 『신증동국여지승람』에 "운주사는 천불산 속에 있는데 절의 좌우 쪽 허리에 석불석탑이 각기 1천 개씩 있다"고 하니 그냥 믿을밖에.

운주사는 승려 운주가 세웠다는 설이나 마고할미가 세웠다는 설 등도 있긴 하지만 통일신라 말 도선국사가 창건했다는 설이 가장 유력하대. 석탑 1천 개와 돌부처 1천 개를 조성한 이도 그분이라는구나. 도선국사는 공사를 진두지휘한 총감독쯤 되겠지.

그런데 도선국사는 왜 이곳에 천불천탑을 만든 걸까. 우리 국토를 배에 비유하면 배가 산이 많아 무거운 동쪽으로 기울 염려가 있어 서쪽인 이곳에 천불천탑을 조성해 국토가 평형을 유지하도록 했다는구나. 그대로 두면 국토의 정기가 일본으로 새어나가 나라가 망할 위험이 있다고 보고 국운이 빠져나가지 못하도록 하기 위해서였지. 한마디로 국토의 정기를 지키자는 뜻에서란다.

운주사에서 가장 눈길을 잡는 것은 절집 옆 야트막한 구릉 정상에 드러누운 부부와불이 아닐까 싶구나. 천불천탑 가운데 맨 나중에 만든 것으로 길이 12m, 너비 10m의 바위에 부부가 나란히 누워 있는 모

와불

습을 조각한 거야. 이 와불에는 이런 전설이 깃들어 있다는구나.

'이 불상이 천 번째다. 지금은 누워 있지만 불상을 다 만들면 와불
은 일어날 것이다. 그러면 천불천탑이 완성되고 마침내 새로운 세상
이 열릴 것이다. 그런데 와불을 다듬고 있는 순간 일하기 싫어한 동자
승이 첫닭 우는 소리를 흉내낸다. 이 바람에 하늘에서 내려온 석공들
이 모두 날이 샌줄 알고 하늘로 가버린다. 마지막 손질만 남은 이 거대
한 불상은 결국 와불로 남게 된다.'

이 와불이 일어서면 새로운 세상이 열린다는 생각은 통일신라 말
기의 미륵신앙과 관련이 있단다. 미륵은 석가모니 부처의 뒤를 이어
등장하는 부처야. 석가모니 부처가 미처 구제하지 못한 중생들을 구
제하는 미래의 부처. 미륵은 석가모니 부처가 입멸하신 뒤 56억 7천만
년이 되는 때에 출현한다는구나. 우리나라는 예부터 마을마다 미륵이
라 불리는 돌부처가 있을 정도로 미륵신앙이 백성들 속에 깊이 뿌리
내리고 있었대.

미륵을 따른다는 것은 구원받기를 희망한다는 것인데 그 말은 지
금의 삶이 그만큼 고단하다는 뜻이겠지. 결국 와불전설이든 미륵신앙
이든 그 속에는 백성이 핍박받는 세상을 바꿔야 한다는 생각, 모든 중
생이 구제받는 세상을 만들어야 한다는 생각, 그래서 백성들이 주인
되는 세상을 만나야 한다는 생각이 들어 있는 셈이란다. 소설 『장길
산』은 이런 미륵신앙이나 와불설화를 의적 장길산의 이야기와 접목하
기도 했단다.

일어서기만 하면 세상을 바꾸고, 천 년 동안 태평성대를 이어가고,
세상의 모든 정기를 받아 지상 최대의 나라를 연다는 와불. 여전히 누

위만 있는 와불 주변을 한 바퀴 두 바퀴 돌며 아빠는 그런 날을 상상해 봤단다.

와불과 헤어지고 산을 내려오니 칠성바위가 기다리고 있더구나. 바위에 새겨 넣은 북두칠성. 국자 모양을 한 북두칠성은 예로부터 항해의 길잡이가 되고 사람의 수명을 관장하는 별자리로 여겨졌다 하니 칠성바위에도 새로운 세상을 향한 염원과 구원받고자 하는 소망이 아로새겨진 셈이지.

완성되지 못한 천불천탑과 열리지 못한 새로운 세상. 그 미완성이 운주사의 매력인지도 모르겠구나. 완성되지 못했기에 미래에 대한 희망을 더 또렷하게 품을 수 있는 건 아닐까 싶기도 하고 말이다. 그 미완성의 매력은 곳곳에 자리한 돌부처들의 생김새에서도 느낄 수 있단다. 섬세한 솜씨로 다듬은 잘난 얼굴이기보다는 투박한 손길로 쪼아낸 질박한 얼굴. 미륵도, 염원도, 돌부처의 얼굴도 완성에 이르지 못한 셈이지. 하지만 그저 그런, 어디서 한 번은 본 듯한 그 평범한 얼굴들이 경주의 잘 생긴 불상들보다 백성들의 얼굴을 더 많이 닮은 것 같아 더 정이 가더구나.

어둠에게서 배우다

화순에서 광주를 거쳐 강진으로 가는 버스 안. 한참 졸다 깨어나 보니 달님이 버스를 따라붙고 있더구나. 혹시 길이라도 잃을까봐 따라나선 걸까. 보름이 가까워진 모양인지 달은 한껏 부풀어 반달과 보름달의 중간크기쯤 되지 싶었단다. 그 달을 바라보며 책을 읽거나 컴퓨터를 하고 있을 민하, 이 악물고 빙판을 달리고 있을 인하, 그런 민하와 인하를 엷은 미소로 바라보고 있을 엄마를 그려봤지.

어둠이 내린 차창을 응시하다 작은 깨달음 하나를 얻었단다. 밖이 어두워야 내가 보인다는 거지. 어둠이 내리고서야 비로소 나를 만날 수 있다는 거야. 어둠이 창을 거울로 만들어준 덕분이란다. 절묘한 역전의 순간이었어.

그리고 보니 어둠은 참 용한 재주를 가졌더구나. 빛이 충만할 때 창은 그저 세상풍경을 무심히 보여줄 뿐이지. 그 창 어디에도 나는 없단다. 내 눈은 세상으로만 향하지. 그러다 어둠이 번지면 창은 나를 반사하기 시작한단다. 그제야 내 눈은 나를 향하지. 바깥에만 머물던 눈이 안으로 들어오는 거야. 빛은 나를 어둡게 만드는데 어둠은 나를 밝혀주는 이 역설.

세상을 보여주지 않는 대신 자신을 보여주니 이제 어둠을 절망이라 부를 순 없겠더구나. 그저 암담함이나 헤맴, 방황이나 번민 따위만을 주는 게 아니라 삶을 되돌아보고 나를 들여다보게 만들기도 하니 어둠은 암흑으로만 존재하는 게 아니라 또 하나의 빛이기도 한 셈이지.

인생의 굽이굽이에서 맞는 어둠도 그럴 것 같구나. 어둠이 내린 내내 어둠을 멍하니 보고 있을 게 아니라 어둠이 반사하는 자신을 응시하고 묻고 배우고 깨우치고 찾고 해야겠지. 그러다 보면 어느 샌가 동이 터오고 마침내 새 길이 열릴 것이니 그땐 어둠을 축복이라 여겨도 좋겠지. 오늘 어둠에게서 한 수 배운 셈이다.

10. 영랑의 생가에서

아뿔싸! 늦잠을 잤단다. 지난 밤, 글을 정리하느라 잠자리에 늦게 들었던 탓이야. 날씨도 공범이었어. 어제 저녁 분명 은은한 달을 봤더랬는데 아침에 일어나니 웬 먹구름. 모텔을 나서니 무겁게 가라앉은 하늘에다 비까지 부슬부슬 뿌리더구나.

발걸음이 향한 곳은 김영랑 시인의 생가. 모텔에서 생가까지는 불과 700여 미터밖에 되지 않더구나. 늦잠을 잔데다 다산초당 가는 길도 서둘러야겠기에 아침도 거른 채 걸음을 재촉했지. 강진군청 옆 주택가 안쪽, 살짝 경사진 오르막 한가운데 너른 품을 열어놓은 채 길손을 맞아주는 영랑 생가.

키 큰 은행나무 두 그루가 입구를 지키고 선 영랑 생가는 참 아기자기하게 꾸며져 있더구나. 누구든 속으로 영랑의 품성과 얼굴과 시를 빼닮았다, 생각할 정도야. 서정시인의 생가답게 갖가지 꽃들을 여기저기 심어뒀고 정갈한 정원에는 영랑의 시를 새겨둔 시비도 여러 개 놓여 있단다. 생가 입구 맨 앞에 서 있는 시비의 주인공은 '돌담에 속삭이는 햇발'. 민하도 한 번쯤 지그시 눈감은 채 외워본 작품이지 싶구나.

돌담에 속삭이는 햇발같이/풀 아래 웃음짓는 샘물같이/내 마음 고요히 고운 봄길 위에/오늘 하루 하늘을 우러르고 싶다//새악시 볼에 떠오는 부끄럼같이/시의 가슴에 살포시 젖는 물결같이/보드레한 에메랄드 얇게 흐르는/실비단 하늘을 바라보고 싶다

영랑 시인의 본명은 윤식이란다. 영랑은 시인으로 활동하면서 썼던 호. 그는 1903년 이곳 강진에서 태어났대. 부유한 지주 가정에서 한학을 배우면서 자랐고, 1917년 휘문의숙에 입학한 뒤 3·1운동 때에는 강진에서 의거를 주도하다 일본경찰에 체포돼 6개월 간 옥고를 치르기도 했다는구나.

영랑 시인은 일본 유학을 다녀온 뒤 시문학동인으로 활동하면서 1935년 첫 시집인 『영랑시집』을 펴냈단다. 섬세하고 영롱한 서정을 노래하던 시인은 일제강점기 말 신사참배 거부운동에 나서기도 했고 광복 후에는 민족운동에 참가하기도 했대. 그러다 6·25전쟁 때 서울에 은신해 있다 세상을 떠났다는구나.

영랑은 한국 사람들이 참 좋아하는 시인이란다. 우리말을 다루는 솜씨가 김소월 이후 가장 뛰어나다는 평을 듣고 있지. 아마 많은 사람들이 영랑의 시를 외우고 있을 거야. '돌담에 속삭이는 햇발'도 유명하지만 '모란이 피기까지는'이 더 사랑받지 않을까 싶구나. 마지막 대목만 읽어볼까? "…모란이 지고 말면 그뿐, 내 한 해는 다 가고 말아

/삼백예순날 하냥 섭섭해 우웁네다/모란이 피기까지는/나는 아직 기다리고 있을 테요, 찬란한 슬픔의 봄을."

시가 참 예쁘지? 영랑의 시를 읽다 보면 사람이 참 맑아진다는 느낌을 갖게 된단다. 아마 그래서 교과서에도 실렸겠지만. 사실 아빠는 젊은 시절 영랑 시인을 그리 좋아하진 않았어. 부잣집 도련님의 낭만 타령, 순수 타령 같은 걸로 여겼지. 식민지의 다른 지식인들은 목숨을 내걸고 싸우고 있는 판에 한가롭게 돌담에 속삭이는 햇발은 무슨…, 그런 생각이 많았던 모양이야. 그래서 14년 전 엄마랑 함께 강진에 왔을 땐 생가를 찾을 생각도 않았단다.

하지만 이번엔 꼭 한 번 둘러보고 싶더구나. 중년에 접어들면서부턴 영랑의 시가 은근슬쩍 다가오대. 세상사에 찌들다 보니 그의 해맑고 단아한 시에서 작은 위안이나마 얻고자, 가슴 가득 맑은 기운을 충전하고자 했는지도 모르겠다. 그것도 세월이 준 고마운 선물이겠지.

문간채를 지나 안채 앞마당에 들어서면 우선 눈에 밟히는 것이 안채를 두르고 있는 동백나무들. 나란히 줄지어 선 채 생가를 품고 있더구나. 초가이지만 제법 큼지막한 안채나 마당 왼편에 자리한 샘도 말끔하게 생겼어. 안채 마당에서 오른편으로 더 들어가면 집 가장 깊숙한 곳에 터를 잡은 사랑채가 다소곳한 자세로 손님을 맞아준단다. 안채나 샘 등은 다 복원된 것들인데 사랑채는 영랑이 살던 그때 그 모습 그대로래.

찬찬히 이곳저곳을 둘러보는 내내 영랑 생가를 찾길 참 잘했다 싶더구나. 더군다나 아침나절이라 다른 방문객도 없으니 영랑이 뿜어내는 맑은 기운을 아빠 혼자서 마음껏 호흡하는 호사를 누린 셈이지. 딱하나 아쉬웠던 건 얄궂은 날씨였단다. 쾌청한 날이었으면 오죽 좋을

내마음고요히 고흔봄길우에

돌담에소색이는 햇발가치
풀아래우슴짓는 샘물가치
내마음고요히 고흔봄길우에
오날하로 하날을 우러르고십다
새악시볼에 떠오는 붓그림가치
詩의가슴을 살프시젓는 물결가치
보드레한 에메랄도 알게흐르는
질비난 하날을 바라보고십다

영랑 생가와 시비 '돌담에 속삭이는 햇발'

까 싶더라구.

젊은 시절, 아빠는 일제강점기를 살았던 예술인들을 생각할 때면 항상 이런 질문을 던지곤 했단다. 예술이 우선이냐 삶이 먼저냐. 예술가로서는 빼어났지만 한 사람의 인간으로서는, 한 사람의 지식인으로서는 실망스러운 양반들이 많았기 때문이었지. 예술과 삶, 둘 중 하나에 굳이 방점을 찍어야 한다면 아빤 삶 쪽이었단다. 삶이 시궁창 같다면, 그래서 세상에 악취를 풍긴다면 그 속에서 나온 예술이 아무리 향기롭다 해도 그건 달콤한 유혹일 뿐, 악의 꽃일 뿐이라고 생각했지.

이육사와 이상화 시인을 좋아했던 건 그래서인지도 모르겠구나. 육사 시인, 기억나니? 몇 해 전 안동으로 가족여행 갔을 때 육사문학관을 들른 적이 있는데 말이다. 농암종택에서 하룻밤 묵고선 다음날 아침 퇴계서원을 거쳐 그곳을 찾았더랬지. 문학관 뒤뜰에 있는 육사의 조각상 앞에서 가족사진도 찍고 말이야.

육사는 조국의 광복을 위해 떨치고 일어선 항일운동가이자 부드러우면서도 강직한 문체로 우리 민족의 희망을 노래한 시인이란다. 그의 대표작인 시 '광야'를 읽다 보면 조국과 민중과 역사에 대한 그의 확고한 신념을 느낄 수 있을 거야. 시는 이렇게 끝맺지. "…지금 눈 내리고/매화 향기 홀로 아득하니/내 여기 가난한 노래의 씨를 뿌려라.//다시 천고의 뒤에/백마 타고 오는 초인이 있어/이 광야에서 목놓아 부르게 하리라." 초인은 조국의 독립을 이룰 사람들이요, 그들이 목놓아 부를 광야는 조국의 광활한 터전이니 이 말은 비록 지금 우리가 나라를 빼앗긴 신세지만 내일이면 독립을 이뤄내 민족의 영광을 되찾으리라는 선언인 셈이야.

육사의 본명은 원록이란다. '육사'는 그의 호인데 대구형무소에서 3년간 옥고를 치를 때 달았던 수인번호 '64'에서 따온 거래. 육사는 1943년 일제에 다시 체포되고 광복을 1년 앞둔 이듬해 베이징 감옥에서 눈을 감는단다.

이상화도 일제에 맞섰던 저항시인이지. '빼앗긴 들에도 봄은 오는가'라는 시가 바로 이 분의 대표작이야. "나는 온몸에 햇살을 받고/푸른 하늘 푸른 들이 맞붙은 곳으로/가르마 같은 논길을 따라 꿈속을 가듯 걸어만 간다"로 시작하는 시는 마지막 구절에서 탄식하듯 읊조린단다. "그러나 지금은 들을 빼았겨 봄조차 빼앗기겠네."

시인은 들판을 빼앗긴, 곧 나라를 잃은 사람들이 정신까지, 희망마저, 그래서 다가오는 내일, 봄조차 빼앗기고 말까 걱정하는 거란다. 돌려 말하면 정신과 희망을 빼앗기지 말아야 봄을 맞을 수 있고 들판을 되찾을 수 있다는 뜻이지.

김영랑, 이육사, 이상화. 삶의 길도, 시의 행로도 저마다 달랐지만 나라 잃은 지식인으로서 순수와 양심을 결코 저버리지 않았다는 점에선 참 많이 닮은 분들이란다. 독립운동가요 민족시인이라는 사실이 세 시인의 시를 한층 빛나게 만들어주는지도 모르겠다. 많은 시인들이 빼어난 글재주로 변절과 친일의 길로 걸어간 것을 생각하면 말이다.

버스터미널로 가는 내내 상화 시인의 마지막 구절을 중얼댔단다. "지금은 들을 빼앗겨 봄조차 빼앗기겠네." 그런데 그놈의 구절이 자꾸 아빠의 처지를 생각나게 하더구나. 일터를 빼앗겨 봄조차 위태로우니 그런가? 하지만 아빠 웃었단다. 비록 지금은 들을 빼앗겼지만 봄은 이미 아빠의 마음에 가득하고 그 들에 씨 뿌리는 날도 멀지 않았으니까.

빛이 어둠을 비추되

크리스챤은 아니지만 곧잘 외우는 성경 구절이 몇 개 있단다. '진리가 너희를 자유케 하리라' 와 '빛이 어둠을 비추되 어둠이 깨닫지 못하더라' 가 대표적인 것들이지. 둘 다 요한복음에 나오는 구절이라는데 앞의 것은 8장 32절, 뒤의 것은 1장 5절에 나온대. '진리…' 를 가슴에 두었던 건 진실이 진정한 자유를 가져다줄 것이라 믿어서고, '빛…' 을 마음에 품었던 건 세상만사가 그렇게 돌아가는 것 같아 안타까워서란다.

특히 '빛…' 에 가슴 뭉클했던 적이 있었는데 롤랑 조페 감독의 영화 〈미션〉 마지막 장면에 자막으로 새겨졌을 때가 아닐까 싶구나. 〈미션〉은 천진한 인디오들이 재물과 영토 확장에 눈먼 제국주의 무리들에게 무참히 살육당하는 이야기란다. 꽃잎처럼 떨어지는 인디오 아이들과 어른들, 그리고 죽음마저도 그들과 함께하는 신부들의 최후를 보노라면 어지간한 사람이 아니고선 눈물을 참아내지 못하지.

영화의 마지막 장면에는 살아남은 몇몇 아이들이 배를 타고 강을 내려가는 모습이 나온단다. 아이들의 무표정한 얼굴도 인상적이지만 아무 일 없었다는 듯 하늘은 여전히 화창하고, 햇살은 변함없이 맑게 빛나고, 강물은 태연스레 흘러내리는 게 가슴을 때리더구나. 그 화면 위로 쓰여지는 구절이 바로 '빛이 어둠을 비추되 어둠이 깨닫지 못하더라' 지. 빛이라는 것은 저렇게 무력하기도, 무심하기도 하구나, 하는 생각을 했단다.

우리가 살고 있는 세상에서도 빛은 무력할 때가 많지. 빛이 어둠을 몰아내지도, 정의가 불의를 제압하지도, 진실이 허위를 누르지도, 참이 거짓을 꾸짖지도, 진짜가 가짜를 밀어내지도 못하는 경우가 다반사야. 어찌 보면 그 반대의 경우가 더 흔하단다. 참 이상한 일이지만 그게 현실이야. 그 비루한 현실 속에 살다 보니 성경구절에서 위안을 구했던 건지도 모르지.

　왜 그럴까. 빛과 어둠의 속성을 생각하면 금방 알 수 있지 싶구나. 빛은 그늘이라는 어둠을 허용하지만 어둠은 모든 것들을 삼켜버리니 말이다. 어둠은 빛이 세상에 충만한 속에서도 어둠을 만들어내고 그걸 전염시켜나가지만 빛은 어둠 속에서 누군가가 밝히지 않으면 어둠에 묻히고 만단다. 정의나 진실 같은 것들도 마찬가지 아닐까? 불의와 거짓처럼 끊임없이 자신을 복제하지도, 널리 퍼져나가지도 못할 뿐더러 누군가가 지탱하지 않으면 쓰러지고 말지. 그러니 정의와 진실은 오그라들고 불의와 거짓이 활개칠밖에.

　다만 한 가지, 위안을 구한다면 오직 빛만이 생명을 준다는 거지. 비록 지금 어둠이 세상을 삼키고 있다 해도 언젠가 어디선가 빛은 다시 태어날 것이고 어둠을 내쫓을 것이고, 그러면 다시 생명이 꿈틀댈 것이라는 거야. 이전에도 그랬고, 지금도 그런 것처럼 말이다. 물론 앞으로도 그럴 것이고.

11. 다산초당 가는 길

 우리 역사를 살펴보면 인생의 스승으로 모실 만한 분들이 참 많지. 아빠 그 중에서도 다산 정약용(1762~1836) 선생을 가장 존경한단다. 머리가 좋고 재주가 많아서 그런 것도 아니요, 출세를 하고 이름을 날려서 그런 것도 아니야. 공부든 일이든 언제나 정성을 다하는 자세, 제 욕심 차리지 않고 나라와 백성을 위해 고민하고 또 고민하는 자세, 고통을 겪으면서도 결단코 그것에 굴하지 않는 자세…. 그런 것들이 다산을 존경하게 만드는 거지.

 말은 곧고, 행동은 바르고, 의지는 강철 같고, 심지는 한결같고, 마음은 따스한 사람. 다산이 그랬단다. 개혁군주이자 문화군주였던 정조대왕의 총애를 받으며 낡은 것을 혁파하고 잘못된 것을 바로잡고자 했던 다산은 조선의 르네상스시대를 이끈 분이지. 비록 그가 기획하고 실천해나가던 꿈과 이상이 제대로 이뤄지진 않았지만 우리 역사에서 그처럼 웅숭깊은 사람을 만나기란 쉽지 않은 일이란다. 아마 세계사를 다 뒤져도 이만한 그릇의 인물을 만나기란 어렵지 싶구나.

엄마랑 둘이서 해남 강진을 싸돌아다닌 것이 신혼 초였던 1993년 여름이었으니 다산유적지를 찾은 것은 14년 만이네. 만덕산 모퉁이를 돌아 다산초당 앞에서 내릴 채비를 하는데 기사아저씨가 "초당 가십니까? 그럼 다음에 내리세요" 하더구나. 초당 다음 정거장인 다산유적지 입구에서 내려 전시관부터 본 다음 초당과 백련사로 이어지는 산길을 걷는 것이 훨씬 나을 거라는 말씀. 기사아저씨의 친절한 안내가 아니었더라면 좋은 추억거리를 놓칠 뻔한 셈이야. 그러고 보면 고마운 사람들은 어디에나 있는가보다, 했지.

초당 옆 언덕에 조성된 다산유적지는 너른 터 위에 유물전시관과 연수원을 둔데다 건물이며 길이며 안내판도 깔끔하게 정비돼 있단다. 전시관으로 들어서니 우선 눈길이 가는 것이 『현친유묵』이라는 책의 발문이더구나.

『현친유묵』은 강진 유배시절 제자인 윤문거라는 사람이 퇴계 이황과 미수 허목, 고산 윤선도의 유묵과 그의 선조들이 썼던 편지를 모아놓은 것이래. 다산의 외가에서 전해져 내려오다 얼마 전 처음으로 공개됐다는구나.

다산은 제자의 요청으로 이 책의 발문을 썼대. "어진 이를 높이는 것이 지(智)이고 친한 이를 가까이 하는 것이 인(仁)이다." 어진 사람과 친한 사람을 제대로 모시는 게 사람이 사는 도리라는 말이야. 현친이라는 책 제목도 '어질고 친한 이'에서 따온 거래. '유묵'은 남은 글이라는 뜻이지.

유배된 사람의 가련한 처지를 일러주는 것도 있더구나. '매조도'

가 그것이지. 비단 위에 수묵으로 시를 짓고 그 위에 매화나무에 앉은 새 두 마리를 그렸는데 그림에 얽힌 사연이 참 애잔하단다.

그 비단은 선생의 부인께서 평소 다정했던 남편에게 보내준 것으로 시집올 때 입었던 여섯 폭 다홍치마래. 남편을 유배 보내고 홀로 자식을 키우며 그리움을 삭이던 아내가 유배생활에 몸도 마음도 지쳤을 남편에게 보낸 선물이었어. 장롱 속 깊이 간직했던 빛바랜 치마를 보낸 것은 아마 신혼시절의 추억이 담긴 다홍치마를 보고 남편이 조금이라도 위안을 얻었으면 하는 마음이었을 게야.

다산은 그 비단치마를 잘라 두 아들에게 교훈의 글을 써주고 나머지로 족자를 만들어 시집간 외동딸에게는 '매조도'를 선물한단다. 그림 옆에는 시도 한 수 곁들였지.

파르르 새 날아 뜰 앞 매화에 앉네/매화향기 진하여 홀연히 찾아왔네/여기에 둥지틀어 너의 집을 삼으렴/만발한 꽃인지라 먹을 것도 많단다

가족에 대한 사랑이 매화향기보다 더 진하게 느껴지는 시. 화사한 색조와 섬세한 붓질이 눈길을 붙드는 매화와 두 마리 새의 모습은 아마 다산이 딸 부부의 행복과 더불어 자신과 아내의 사랑을 담아낸 것이지 싶더구나.

전시관을 나와 '다산초당-해월루'라 적힌 안내판을 따라 산 쪽으로 걸음을 옮겼지. 200년 전 선생도 이 길을 걸으면서 아내와 자식에 대한 사무친 그리움을 달래고 회환과 상처로 범벅된 마음을 다잡으면

다산초당 가는 길

서 좋은 세상에 대한 꿈과 희망을 다듬으셨겠지, 싶더구나.

호젓한 산길을 10분가량 걸으면 다산초당 입구. 기념품 가게에 들러 선생이 즐겨 마셨다는 다산야생차를 한 통 산 다음 오솔길 지나 초당으로 가는 돌계단을 올랐지. 다산초당은 다산이 18년간의 유배생활 중 10년간 머물던 곳으로 『목민심서』등 조선후기 실학을 집대성한 주요 저서를 집필한 곳이란다. 선생이 일궈낸 실학사상의 산실이라 할 만하지.

초당에 오르면 맨 먼저 손님을 맞는 것은 서암. 제자들이 머물던 곳이지. 그리고 다산초당. 풀로 지붕을 엮었다 해서 초당이라 부르지만 지금은 번듯한 기와집이야. 초당 옆에는 다산이 주로 머물렀다는 동암이 있고 조금 더 올라가면 천일각이라는 누각이 나온단다. 강진만이 한눈에 들어오는 이 누각에 올라 선생은 흑산도로 유배간 둘째형 약전에 대한 그리움을 달래곤 했대.

다산초당에는 다산의 체취를 느낄 수 있는 네 가지 장소가 있어. 그걸 '다산사경'이라고 한단다. 우선 마당 앞에 놓여 있는 돌 '다조'. 차를 끓이는 부뚜막이라는 뜻이야. 초당 뒤편에는 가뭄에도 항상 맑은 약수가 솟아올랐다는 샘이 있어. 이름하여 '약천'. 선생이 유배에서 풀려 이곳을 떠나기 전 자신의 발자취를 남기는 뜻으로 바위에 새겨놓은 글씨도 있지. '정석'이야. 그리고 초당의 뜰에는 선생이 손수 팠다는 아담한 연못이 있단다. 연못 가운데 작은 산을 쌓아 만들었다는 뜻을 담아 이름을 붙이니 '연지석가산'. 연지는 연못을 뜻하고 석가산은 정원 등을 꾸미기 위해 만든 산의 모형물을 일컫는대. 전시관에서 샀던 다산사경첩은 이 사경을 소재로 쓴 선생의 시를 묶어놓은 것이라는구나.

이곳은 실학사상의 산실이라고 했던 말, 기억하는지 모르겠다. 실학사상이란 17세기 중엽 이후 일어난 새로운 사상의 흐름으로 벼슬을 하든, 학문을 하든 뜬구름 잡는 이야기를 할 게 아니라 현실적인 문제를 고민하자는 거란다. 어느 분야를 가릴 것도 없이 낡은 사고와 비합리적인 제도를 바꿔야 더 좋은 세상, 더 살 만한 세상으로 나아갈 수 있다는 사상이지.

실학은 경세치용과 실사구시의 정신에서 나오는 것이란다. '경세치용'이란 학문은 실생활에 도움을 주어야 한다는 것이고 '실사구시'란 오직 사실을 바탕으로 옳음을 찾아야 한다는 뜻이야. 다산은 학문에 열중할 때든 정치에 몸담을 때든 평생 동안 그 정신을 저버리지 않고 산단다.

다산초당을 왜 실학의 산실이라고 부르느냐 하면 이곳에서 실학에 바탕을 둔 저서를 무려 500여 권이나 집필하셨기 때문이지. 정말 대단하신 분 아니니? 유배생활 중에, 그것도 제자들을 가르치면서 500여 권의 책을 펴낸다는 건 어지간한 의지가 아니고선 감히 엄두도 못 낼 일이니 말이다.

다산이 이곳에서 펴낸 책들은 국가 경제의 나아갈 길을 제시한『경세유표』40권, 관리의 진정한 도리를 적은『목민심서』48권 등 주로 정치 경제 사회의 혁신을 주장하는 내용들이지. 대개는 나라를 부강하게 만드는 길, 백성들을 가난에서 벗어나게 하는 길을 이야기하는데, 가령 '여전제'에서는 모든 사람들이 땅을 공동으로 소유하고 공동으로 경작하여 생산물을 노동한 일수에 따라 분배하자고 주장한단다. 몇몇 사람이 권력과 부를 독점하고 있던 당시의 현실에서는 획기적이다 못해 도발적이기까지 한 것들이지.

그런데 이런 양반이 어쩌다 이 먼 곳까지 유배를 왔을까. 그건 정조대왕이 세상을 떠난 뒤 권문세족들이 다시 득세하면서 개혁과 신하들이 힘을 잃기 때문이란다. 정조가 임금 자리에 앉아 있을 때도 이들 기득권층의 반발과 저항으로 개혁에 차질을 빚기도 했었는데 정조가 눈을 감은 마당이니 나라와 백성을 위한 변화의 물결은 사라지고 다시 부귀영화만을 좇는 벼슬아치들이 판을 치는 것이지. 게다가 그들은 눈엣가시 같았던 개혁적 인물들을 하나둘 제거해나간단다. 다산이 그런 경우지.

다산의 유배기간은 1801년부터 1818년까지 18년 동안이나 계속됐대. 동문안 주막에서 4년을 보낸 다음 여러 곳을 옮겨 다니는데 초당에서 10년을 사셨다는구나. 유배돼 있는 동안 그의 학문과 성품을 익히 아는 선비와 신하들이 해배(유배에서 풀어주는 것)를 건의하지만 권신들의 반대로 무산되지. 1818년 마침내 유배에서 풀려난 다산은 고향마을로 돌아가 글쓰기에 전념하다 1836년 세상을 떠난단다.

따뜻한 스승 정다산

| 다산이 허름한 주막집에 머물고 있던 때, 열다섯 살 난 소년 황상이 찾아왔던가봐. 열심히 공부해서 훌륭한 사람이 되라고 덕담을 건네자 소년은 머뭇머뭇하더니 이렇게 말했다는구나. "제게는 세 가지 부족한 게 있습니다. 첫째는 둔한 것이요, 둘째는 막힌 것이며, 셋째는 답답한 것입니다."

잔뜩 주눅이 든 소년에게 다산은 기를 팍팍 넣어준단다. "너 같은 아이가 꾸준히 노력한다면 얼마나 대단하겠니? 끝이 둔하면 구멍 뚫기는 힘들어도 일단 뚫고 나면 웬만해선 막히지 않는 큰 구멍이 뚫리는 법이지. 게다가 꽉 막혔다가 뻥 뚫리면 거칠 것이 없겠지. 또 흐릿한 것을 닦고 또 닦으면 마침내 그 광채가 눈부시게 될 거야. 안 그래?"

입가에 미소를 머금고 있는 소년에게 다산은 앞으로 해야 할 바를 가르쳐준단다. "그러려면 어떻게 해야겠니? 첫째도 부지런함이요, 둘째도 부지런함이요, 셋째도 부지런함이다. 너는 평생 부지런함이라는 글자를 결코 잊지 않도록 하거라."

소년이 다시 물었대. "어떻게 하면 부지런할 수 있나요?" 다산은 살짝 웃으며 대답했다는구나. "네 마음을 다잡아서 딴 데로 달아나지 않도록 꼭 붙들어매야지. 그렇게 할 수 있지?" 다산의 말씀을 들은 황상이 얼마나 환하게 웃었는지, 얼마나 큰 자신감을 얻었는지 상상할 수 있을 게다.

훗날 황상은 이렇게 회고했다는구나. "내가 이때 나이가 열다섯이었다. 마음에 새기고 벽에 새겨 감히 잊을까 염려하였다. 그때부터 지금까지 61년 동안 독서를 폐하고 쟁기를 잡고 있을 때에도 마음에 늘 품고 있었다.”

스승으로부터 따뜻한 격려와 충고의 말씀을 들은 어린 제자가 76세의 노인이 될 때까지 스승의 말씀을 마음에 새기고 자나 깨나 잊지 않기 위해 노력하며 살아왔다고 고백하는 대목이지. 이 얼마나 아름다운 풍경이냐. 다산은 이렇듯 가슴이 넓고 따스한 분이셨단다.

'칭찬은 고래도 춤추게 한다'는 말처럼 온기 가득한 말 한마디가 한 사람에게 두고두고 깊은 울림을 남긴다는 것을 들려주는 일화지. 이 이야기가 우리 민하 인하에게도 오랫동안 깊은 울림을 남겨줬으면 좋겠구나.

12. 어울려 사는 법

다산초당을 뒤로한 채 산 너머 백련사로 향하는 길. 천일각 옆으로 난 길을 따라 산을 오르는데 대나무가 몸을 부비며 서걱서걱거리는 소리가 마치 들짐승이 몸을 숨긴 채 아빠를 노려보며 어슬렁거리는 것처럼 느껴지기도 하더구나.

천일각에서 해월루, 해월루에서 백련사로 이어지는 길은 1킬로미터 남짓. 혼자 걷는 길이니 겁도 나고 외롭기도 했지만 수북이 쌓인 낙엽을 밟는 느낌도 참 좋고, 길을 에워싼 나무들도 정겹게 맞아주는 것 같았어. 해월루와 백련사를 품고 있는 산의 이름은 만덕산. 만 가지 덕을 안고 있다는 뜻이래. 그 산 속에서 산과 더불어 호흡하니 우리 가족에게도 만 가지 덕이 쌓일려나.

해월루에 잠시 들러 강진만을 내려다봤단다. 너른 품으로 저 아래 시원스레 펼쳐져 있는 강진만. 활짝 열린 풍경에 가슴이 한결 상쾌해지더구나. 해월루에서 5분 남짓 걸으면 아담한 절집이 산허리에 걸터

앉아 있단다. 신라 말에 창건되었다는 백련사. 고려시대 때 귀족불교에 대한 반발로 일어난 백련결사운동이 이 절을 중심으로 전개되었대. 이를테면 서민불교의 요람이었던 셈이지. 강진만에서 불어오는 바람에 땀을 식히며 만덕산을 내려왔단다.

만덕산 산행까지 마쳤으니 아빠의 첫 번째 여행도 막을 내려야 할 시간. 어렵사리 길을 나선 마당이니 이왕이면 며칠 더, 하는 아쉬움이 남기도 하더구나. 그래도 돌아가는 발걸음도, 마음도 더없이 경쾌했단다. 역시 돌아갈 곳이 있다는 것은 즐거운 축복인 모양이야.

광주 가는 버스를 기다리는 동안 강진읍내를 어슬렁거리며 돌아다녔지. 이번 여행에서 느낀 건데 시골은 참 몰라보게 달라졌더구나. 특히 14년 만에 찾은 강진의 변화는 놀라울 지경이었어. 길은 한결 넓어졌고 건물은 한층 높아졌고 사람들의 발걸음은 훨씬 빨라졌지. 구멍가게가 있던 자리에는 편의점이 들어섰고 간간이 대형마트도 보이더구나. 욕망이라는 이름의 전차가 시골이라고 비켜갈 리 없겠지.

또 하나 눈길을 끄는 것은 거리 곳곳에 들어찬 학원이었어. 강진초등학교 앞을 지나다 보니 학교 앞 단층 가게들이 죄다 피아노며 영어며 수학이며 논술 따위의 학원으로 채워져 있더구나. 바야흐로 성적에 대한 집착, 교육에 대한 강박이 시골까지 전염시켰구나, 싶었지. 어울려 사는 법을 가르치는 게 아니라 이기는 법만을 전수하는 그 죽은 교육이 도시도 모자라 이제 시골사람들까지 신경쇠약으로 내몰고 있더구나.

너희가 따져 물을지도 모르겠구나. 부모들은 너나없이 왜 그렇게 공부, 공부 닦달하냐고. 미안하다는 말부터 해야겠다. 교육에 대한 집

강진읍내

착이나 강박에 관한한 엄마 아빠도 예외는 아니고 입시열풍이나 성적 지상주의에 관한 한 공범자, 최소한 방관자임에 분명하니 말이다.

교육은 마땅히 이런 것들을 가르쳐야 한단다. 삶은 무엇인지, 꿈은 얼마나 소중한지, 정의와 양심은 왜 지켜야 하는지, 인간답게 산다는 것은 무엇인지…. 하지만 지금 교육은 정반대로 흘러가고 있지. 마음은 키워주지 못한 채 머리만 채워줄 뿐이고 더불어 행복해지는 법은 제쳐둔 채 전투에서 이기는 법, 정글에서 살아남는 법만 들려주니 딱한 노릇이 아닐 수 없구나.

왜 이렇게 된 걸까? 어디서부터 잘못된 걸까? 왜 교육은 삭막해진 걸까? 왜 학교는 전쟁터로 바뀐 걸까? 왜 아이들은 총알이 빗발치는 전장에서 고지를 점령할 때까지 싸우고 또 싸워야 하고, 왜 부모들은 그 살벌한 땅으로 자식을 밀어넣으면서 탄식과 번민의 시간을 보내야 하는 걸까?

불안해서란다. 낙오는 고단한 삶을 의미해서란다. 패배는 눈물과 한숨을 뜻해서란다. 왜 그런 생각을 하냐구? 승자가 모든 것을 가지는 승자독식의 사회이기 때문이지. 승자만이 더 많은 기회, 더 많은 행복을 누릴 수 있기 때문이야. 아무도 패자의 눈물을 닦아주지 않으니 모두들 승자가 되기 위한 경쟁에 뛰어들고 너 죽고 나 살자는 식의 비정한 승부도 마다하지 않는 거란다.

많이 배웠든 적게 배웠든, 많이 가졌든 적게 가졌든, 힘이 있든 힘이 없든, 사람들이 저마다의 꿈을 안고 나름대로 삶을 이어나갈 수 있는 세상. 승자를 축복하되 패자도 배려하는 세상. 강자가 약자에게 손을 내미는 세상. 나눔으로 슬픔을 닦아주는 세상. 사람이 살아갈 만한 그런 세상이 당겨지지 않는다면 교육에 대한 집착과 강박은 쉽사리 수그러들지 않을 것 같구나.

더불어 행복하게 사는 사회를 말할 때 흔히 인용되는 말이 '노블리스 오블리제'라는 거란다. 로마시대의 왕과 귀족들이 투철한 도덕의식을 갖추고 솔선수범해 희생하는 모습을 보여준 데서 비롯된 말이래. 사회적 신분이 높은 사람들이 더 많은 의무를 실천한다는 뜻이지.

유럽에서는 지금도 '노블리스 오블리제'의 전통이 내려오고 있단다. 1차, 2차 세계대전 때 영국의 귀족들이 자식들을 기꺼이 전쟁터로 내보냈던 것도 그런 거지. 사회에서 더 많은 혜택을 누린 사람이 그 사회를 위해 더 많이 책임지고 더 많이 기여한다는 것인데 유럽인들은 그걸 당연한 의무이자 사회에 대한 예의라고 생각한다는구나.

우리에게도 '노블리스 오블리제'의 자랑스런 전통이 있었단다. 조선 최고의 명문가였던 이시영 집안의 여섯 형제가 그런 경우지. 일제에 나라가 망하자 형제들은 모든 가산을 정리한 다음 가족들을 이끌고 만주로 향했다는구나. 그곳에서 독립무장투쟁을 펼치다 다섯 형제를 포함한 가족의 대다수가 굶주림과 병, 그리고 일제의 고문으로 목숨을 잃었대. 이시영은 훗날 광복된 조국에서 부통령을 지내는데 이 집안의 만주 망명과 항일독립투쟁을 주도했던 분은 이시영의 바로 위 형인 이회영 선생이란다. 무정부주의자, 사회주의자로서도 유명하신 분인데 아빠가 존경하는 인물 가운데 한 분이야.

몇 해 전 경주로 가족여행을 갔다 들렀던 경주 최부잣집도 빼놓을 수 없단다. 300년 동안이나 만석군의 부를 유지한 것으로 유명한 이 집은 재산이 만 석 이상을 넘으면 사회에 환원하고 사방 백 리 안에

굶어죽는 사람이 없게 하라는 것을 대대로 가훈으로 지키며 살았대. 돈을 어떻게 써야 하는지를 일러준 조선 최고의 진정한 부자였던 셈이지.

하지만 오늘 그런 분들을 만나기란 쉽지 않단다. 부자는 엄청 많아졌는데 나누는 부자는 드물지. 저마다 더 잘 먹기 위해, 더 많이 차지하기 위해 발버둥치느라 주변을 보살필 겨를이 없는 모양이야. 나누고 베풀면 서로 행복해질 텐데 가진 자가 가진 것을 내놓지 않으려 꼭 움켜쥐기만 하니 부자는 점점 부자가 되고 가난한 자는 점점 가난해지지. 결국 가지지 못한 자의 불만은 점점 더 커지고 그만큼 세상은 불안해지는 것이란다.

어찌 보면 '노블리스 오블리제'는 가진 자들에게 더 필요하지 싶구나. 생각해보렴. 신분이 높거나 많이 가진 자들이 나눔과 희생을 외면하면 어찌 되겠니? 백성들의 원망이 쌓여가면 언젠가 그 사회는 무너지고 말텐데 그리되면 지금 누리고 있는 걸 더 이상 누릴 수 없게 될거란다. 결국 가진 자들이 희생하고 배려할 줄 알아야 그 사회가 유지되고 그래서 자신이 지금 누리는 것을 더 오래 누릴 수 있는 것이니 '노블리스 오블리제'는 그들에게도 행복의 조건인 셈이지. 물론 덤도 있어. 무엇보다 가슴이 넉넉해지니 말이다.

그나마 최근 들어 나눔문화가 퍼져나가고 있다는 것은 참 반가운 일이지. 우리 가족도 그 따뜻한 행렬에 동참하고 있으니 약간의 자부심을 가져도 좋을 것 같구나. 아빠 민하 인하가 어렸을 때 한국어린이재단 회원으로 가입해 한 소년가장의 후원자 역할을 했더랬어. 또 몇 해 전부터는 아름다운 재단에 기부자로 참여하고 있지. 내놓는 돈은 적은데 가슴은 말할 수 없이 넉넉해지니 더 많은 것을 얻고 있는 셈이야. 우리 가족이 세대통합봉사단원으로 활동하는 것도 '노블리스 오블리제'의 작은 실천이랄 수 있겠구나.

시골에서 산다는 것

도시의 직장인이면 누구라도 그렇듯 아빠는 오래 전부터 시골생활을 꿈꿨단다. 시골을 번민과 회의에서 벗어나는 비상구로 여겼던 거지. 30대 중반 무렵부터 그랬으니 벌써 십 수년째 시골에서 텃밭 일구고 나무 가꾸는 꿈을 간직해 온 셈이야.

'시골에 가면 뭐 할거냐, 뭘 어쩌겠다고 시골타령이냐.' 엄마에게는 물론 민하 인하에게서도 들어야 했던 핀잔이지만 그건 아빠가 스스로에게 묻고 또 물었던 질문이기도 했단다. 낭만과 감상만으로 시골행을 결정했다간 오도가도 못 하는 신세가 될지도 모르니 말이다.

아빠 도시에서 나고 자란 까닭에 농사는 말할 것도 없고 시골생활 처음부터 끝까지 도통 아는 게 없단다. 더군다나 친척들이 살고 있는 것도 아니요, 물려받은 땅이 있는 것도 아니니 마땅히 깃들 곳도 없는 형편이야. 뭣 하나 만만한 구석이 없겠지만, 해도 시골에서 살아가는 꿈을 놓진 않을 생각이야. 민하 인하가 20대에 접어들고 각자 제 갈 길을 가고 있을 무렵이면 엄마 손 꼭 붙잡고 시골로 향해야지, 이렇게 마음먹고 있단다.

그런 소망을 품고 살다 보니 여행하는 내내 시골풍경을 유심히 들여다보게 되더구나. 시골생활백서를 배워야겠다, 싶었지. 짧은 여행에서 그걸 어찌 터득하겠냐마는 소득이 전혀 없었던 것도 아니란다.

적어도 이것 하나만큼은 배울 수 있었지. 기다릴 줄 알아야 한 다는 거였어. 드문드문 오는 버스를 기다리며 그걸 배웠단다. 왜 이리 더디냐, 발을 굴러봤자 속만 끓일 테니 느긋하게 기다릴 줄 알아야지. 농사도 생활도 다를 건 없지 싶어. 씨 뿌리고 나무 심 는다고 단박에 결실이 나오는 것은 아니니 말이다. 생활도 그래. 마음을 서두르면 평지에서도 발을 헛딛는다는 말, 시골생활에 딱 들어맞는 말인 것 같더구나.

또 하나, 그렇게 느긋하게 기다리면서도 참 바지런히 움직여 야 한다는 거였어. 하루 몇 편뿐인 버스도 10분 빨랐다 10분 늦었 다를 예사로 하니 미리 서둘러 나가 기다리고 있지 않으면 놓치 기 십상이지. 버스 떠난 뒤 고래고래 소리질러봐야 제 목만 아플 테니 말이다. 농사도 다를 건 없단다. 곡식이든 나무든 정성을 다 해 무시로 살피고 들여다봐야 제대로 자라고 결실 맺는 법 아니 겠어?

마음은 느긋하게 몸은 부지런하게. 그게 시골생활백서의 으뜸 인 것 같더구나. 기다려야 할 때는 서둘지도, 안달부리지도, 조급 증내지도 말 것이며 움직여야 할 때면 나태하지도, 굼뜨지도, 얼 렁뚱땅 대충대충 하지도 말아야 한다! 가만히 보니 그건 도시든 시골이든 어디서든 꼭 챙겨야 할 인생의 지침서 같기도 하구나.

제2부

유배지에서 품은 생각들

사람답게 따스한 체온을 지닐 줄 알고, 남을 보듬어 안을 줄 알고,

상대를 배려할 줄 알고, 부끄러워할 줄 알고, 참아낼 줄 알고,

희망을 품을 줄 아는 것, 참 만만찮은 일이지.

13. 머뭇거리지 말고 시작해

아빠 책장에는 이런 제목의 책이 한 권 꽂혀 있단다. 『머뭇거리지 말고 시작해』. 제법 이름난 시인 소설가 건축가 화가 여행가 시민운동가 등의 글들을 한데 모아놓은 거야. 저마다 살아오면서 최고의 감동을 전해 받았던, 이를테면 자신을 움직이게 만들고 오늘로 이끌어준 한마디 말이나 짧막한 글귀를 소개하는 내용인데 책제목은 만화가 이희재 아저씨가 쓴 글의 제목이더구나.

무슨 내용인지 짐작할 수 있겠니? 아저씨가 쓴 글은 자신의 젊은 시절 이야기인데 이 아저씨가 이제껏 살아오면서 가장 큰 감동을 받은 말은 '머뭇거리지 말고 시작해' 라는 거였대. 1980년대 초 일본 저널리스트가 쓴 책에서 그 문구를 발견했다는구나.

그때 아저씨는 무르익기 전에는 나서지 않겠다는 설익은 완벽주의를 품은 채 뿌연 안개 속에 갇힌 듯 더듬더듬 걸어가고 있었던 모양이야. 그런데 이 문구를 읽고선 생각을 고쳐먹었던가봐.

제 2 부
유 배 지 에 서
품 은 생 각 들

아저씨는 이렇게 말한단다. "하지만 완전한 것이 어디 있을까? 수영을 잘하기 전에는 수영장에 들어가지 않겠다는 식의 각오라니, 배신이 두려워 친구를 사귀지 않거나, 이별이 두려워 사랑을 하지 않겠다는 것과 다름없었다."

서툴다고 부족하다고 미리 조바심내거나 겁먹지 말라는 말이야. 하고 싶은 일, 해야 할 일이면 과감하게 도전하라는 거지. 비바람을 맞으며 다져지고 상처를 통해 익어가는 불완전한 길 위의 여정이 바로 청춘, 그리고 인생이라는 말씀. 아저씨는 다른 사람에게도 권한단다. '자, 머뭇거리지 말고 발을 내딛어.'

실패했다고 걱정할 필요는 없단다. 그럴 땐 이렇게 생각하면 되지. '난 실패한 것이 아니다. 실패에 대처하는 법을 배웠을 뿐이다. 다음에 난 더 행복해질 것이다.' 안 그래? 비가 없으면 무지개도 없단다. 구질구질하게 내리는 비도 언젠가는 그칠 테고 그러면 맑은 하늘 저편에 일곱 색깔 무지개가 떠오를 테니 말이다.

아빠는 회사를 나온 뒤 새 길을 고민할 때마다 이 구절을 주절대곤 했단다. '머뭇거리지 말고 시작해' '자, 머뭇거리지 말고 발을 내딛어.' 새로운 일을 시작할 때 더듬더듬거리지 말자며 아빠 자신에게 주문이라도 걸듯 속삭였어. 이 말이 아빠에게 가장 절실한 충고로 들렸기 때문이지.

두 번째 여행을 준비하면서도 이 구절을 떠올렸단다. 엄마와 너희를 챙겨주지 못한 채 집을 나서는 게 미안하고 염치없는 짓이긴 해도 얼마간의 여행은 꼭 있어야겠기에 기왕 나서는 길, 머뭇거리지 말자며 스스로를 채근하면서 말이다.

다시 찾아든 월요일에 맞춰 떠나는 두 번째 여행. 아침 일찍 가방을 꾸리면서 너희 눈치를 살폈더랬지. 인하는 여전히 반기지 않는 표정이더구나. 집을 나서려는데 "언제 오실 거예요?" 묻길래 살며시 안아주며 "목요일쯤" 했더니 "더 빨리 오면 안 돼요?" 했지. 민하도 시무룩한 얼굴이었어. 아빠 혼자만의 여행을 불안한 눈으로 바라보고 있다는 걸 느낄 수 있었단다.

너희 마음은 아빠도 잘 알고 있어. 세상 모든 자식들이 다 그렇듯 너희 마음속에도 아빠는 산처럼, 바위처럼 존재하고 있겠지. 그런데 언제나 자리를 지키고 있어야 할 그 산이, 그 바위가 흔들리고 있다고 느끼면 마음 한구석에서 위태로운 생각이 들기도 할 거야.

하지만 그런 생각을 품진 말거라. 아빠는 흔들리지 않는단다. 지금까지 그랬던 것처럼 앞으로도 그럴 거야. 어디서 무얼 하든 아빠는 흔들리지 않고 아빠의 길을 걸어갈 거란다. 산처럼, 바위처럼 아빠의 자리를 지키고 있을 테니 괜한 걱정은 말았으면 좋겠구나.

아빠의 여행을 흔들림의 징조가 아니라 새로운 세상을 만나기 위해 늦게나마 떠나는 공부의 여정이라고 생각하렴. 항상 아빠를 지켜주는 든든한 두 딸이 있으니 세상이 암만 요동쳐도 아빠는 끄덕도 않을 거란다.

다만 너희에게 당부하고 싶은 말은 아빠에게 조금의 시간을 줬으면 하는 거야. 20년을 한 직장에서 열심히 일했으니 몇 달의 여유는 줄 수 있겠지? 혹시라도 너희가 마음을 다칠까봐 발걸음이 천근만근 무거워지는 걸 느끼지만 아빤 너희가 그리 나약한 친구는 아니라고 믿기에 집을 나설 수 있는 거란다. 아빠도 너희도 꿈을 향해, 미래를 향해, 행복을 향해 '머뭇거리지 말고 시작하는' 용기를 지녔으면 좋겠어.

넥타이를 당겨 매듯, 신발끈 고쳐 매듯 다시 일상을 단단히 조이는 사람들. 사람들은 저마다 가방 하나씩 챙겨들고 제가 가야할 곳, 제가 있어야 할 자리를 향해 부지런히 걸어가고 있더구나. 그 풍경을 헤치며 부산역으로 향하는데 지난번 여행보다 마음이 한결 가벼웠단다.

벌써 실직생활에 적응한 것은 물론 아닐 테고 월요일에 대한 불안감이 가신 것도 아닐 거야. 다만 첫 여행 땐 너희가 아빠의 퇴직을 모르는 상태에서 휴가라 둘러대며 여행을 갔던 데 반해 이번엔 너희도 아빠의 빠른 은퇴를 알게 된 다음 짐을 꾸려서 그런가봐.

이번 여행에선 강화도, 서울, 영월, 강릉 일원을 둘러볼 작정이란다. 부산에서 강화도를 간 다음 남양주 영월을 거치고 강릉을 지나 부산으로 돌아오는 여정이지. 국토를 남북으로 오가고 동서로 가로지르는 여행이 될 것 같구나. 첫 번째 여행이 전라도 기행이었다면 이번 여행은 중부지방 답사기쯤으로 불러도 괜찮겠지?

아빠의 여행을 공부의 여정으로 생각해달라는 말에 고개를 갸우뚱거릴지도 모르겠다. 무슨 말이냐 하면 책상머리에 앉아 수학문제를 풀거나 영어단어를 외우는 것만이 공부는 아니라는 뜻이란다. 공부란 뜻을 세우는 거지. 생각을 가다듬는 거야. 공부는 무언가를 이루기 위해 노력하는 것이고 세상의 이치를 깨달아가는 것이며 새로운 자신을 찾아가고 만들어가는 과정이란다. 지혜를 쌓고 식견을 넓히면서 꿈을 찾고 그 꿈에 이르는 길을 찾는 여정인 셈이지.

그래서 참된 공부는 길 위에서 이뤄진다는 말도 있단다. 책으로 시간과 공간을 넘나들며 하는 공부도 중요하지만 길 위에서 직접 보고 만나며 쌓는 경험이 훨씬 더 강렬한 울림을 주기 때문이지. 게다가 방 안에서의 생각보다야 길 위에서의 사색이 한층 더 깊고 넓기 때문이야. '공부하라'는 말보다 듣기 싫은 말이 또 어디 있겠느냐마는 살아가는 내내 멈출 수 없는 것이 바로 공부라는 놈이지. 삶이 작은 개울에서 강으로, 다시 바다로 흘러가는 것이라면 개울일 때도, 강일 때도, 바다일 때도 배우고 익혀야 하지 않겠니?

중국의 사상가 가운데 증자(曾子, BC 506~BC 436)라는 분이 있단다. 공자의 후배이자 맹자의 선배니 유교사의 허리쯤에 서 있는 양반인데 그는 도덕의 근본이 효(孝)와 신(信)에 있다고 하지. 증자와 그의 제자 공명선의 일화 가운데 하나를 소개하마.

자신의 가르침을 받고 있는 제자가 3년 동안이나 책읽기를 게을리하니 보다 못한 스승이 호되게 나무란단다. "다른 제자들은 저마다 열심히 책을 읽는데 어찌하여 넌 공부를 멀리 하느냐?"

주눅이 들 법한데 공명선은 스승을 바라보며 또박또박 대답했단다. "스승님 그게 무슨 말씀입니까? 제가 공부를 하지 않다니요. 제가 공부하지 않으면서 어찌 스승님의 문하에 머물 수 있겠습니까? 저는 지난 3년 동안 스승님의 일거수일투족을 배우려고 애썼습니다. 집안에서의 몸가짐은 말할 것도 없고 손님을 맞는 예절, 벼슬을 할 때의 마음가짐을 어떻게 하시는지 눈여겨보았습니다. 그러나 아직도 스승님처럼 되지는 않습니다 그런데 제가 공부하지 않다니요?"

스승의 표정이 어땠겠니? 할 말 없겠지? 구구절절 옳은 말이니 무어라 타박하겠니. 책 읽는 것만이 공부가 아니니, 사람들의 행동이나 마음에서 배우고 그걸 실천하는 것이 진정한 공부이니, 공부하지 않는다고 나무랄 순 없는 것이지. 책읽기나 공부의 양보다는 책 읽고 공부하는 마음가짐이 더 중요하다는 걸 일러주는 이야기란다. 책을 많이 읽거나 잘 외우는 것이 소중한 게 아니라 책을 제대로 읽어 깨달음을 얻고 생각을 세우는 것이 중요하다는 거야. 그래서 자신을 제대로 된 사람으로 성장시키고 깨달음을 실천해 마침내 제대로 된 세상을 만들어나가도록 힘쓰는 것이 진정한 공부의 의미라는 거지.

그걸 아빠 여행에 갖다 붙여도 될까 모르겠구나. 자연이든 사람이든 사념이든 반문이든 그 모든 것들과 만나고 부대낄 수 있는 기회이자, 마음을 가다듬고 뜻을 세우면서 아빠 자신을 다시 발견하는 시간이 바로 여행이니 말이다.

정도전의 유배지
나주 백동마을

지난번 전라도 기행은 못내 아쉬운 여행이었단다. 유배지라고 해봐야 능주와 강진, 두 곳밖에 찾을 수 없었던 까닭이야. 강진 코앞에 있는 보길도야 윤선도의 유배지가 아니라 은거지라서 그렇다 쳐도 삼봉 정도전(1342~1398)의 유배지인 나주의 백동마을을 둘러보지 못했으니 뒷맛이 개운찮을밖에. 자료를 꼼꼼히 챙기지 못해 밀린 숙제를 남겼던 셈이야.

고려의 신하이자 조선의 개국공신인 정도전. 고려왕조의 입장에선 역신이요, 조선왕조의 입장에선 건국의 주역인 그는 고려의 신하로 살던 1375년 친원배명(親元排明)정책을 반대하다 전라도 나주 회진현으로 유배되었다는구나. 그때 그의 나이 서른넷. 야망과 열정이 한창 무르익을 시기지. 삼봉은 2년 뒤 유배에서 풀려나는데 나주 유배는 그가 고려를 뒤엎고 조선을 설계하는 데 밑거름이 되었을 거야.

그의 유배지는 나주평야 한가운데 위치한 회진현의 '거평부곡(居平部曲)'. 현재의 나주시 다시면 운봉리 '백동마을'이 바로 그곳이래. 나주 관광지도에는 뒷짐진 선비 그림 아래 정도전 유배지라고 적혀 있더구나. 마을입구에는 '삼봉 정도전 선생 유배지'라는 안내판이 서 있고 마을 쪽으로 들어가면 길 옆 숲 속에 유배지 표석이 초라하게 서 있대. 그에 대한 기억도 거의 잊혀진 셈이지.

그도 그럴 것이 삼봉은 고려 말과 조선 초의 격동기를 살았던 신하들 가운데 유독 비판이 집중됐던 인물이란다. 최근 들어서야 조선의 정치 경제 행정 외교 군사적 기틀을 마련한 유학의 대가, 조선의 설계자로 주목받고 있지만 그 이전만 해도 배신자, 권력욕의 화신, 쿠데타 세력의 상징적 인물로 꼽혔지.

　　그는 고려와 조선, 어느 쪽에서도 환영받지 못한 인물이란다. 고려왕실로부터 나라를 팔아먹은 간신배로 대접받는 건 당연한 노릇. 하지만 그는 건국의 주역이었음에도 조선으로부터도 불청객 신세를 면치 못하지. 태조 이성계의 최측근으로 막강한 권력을 휘두르던 그는 왕실의 경계대상 1호였고 결국 왕위계승을 놓고 벌어진 제1차 왕자의 난 때 태종 이방원에게 참수되고 만단다. 이후 그에겐 부정적인 이미지가 덧씌워지고 이름이 묻힌 채 오늘에 이르렀다는구나.

14. 직선에 대하여

오전 10시 부산발 서울행 KTX 제128호 열차. 기차표에 찍힌 좌석 번호 14B를 찾아갔더니 아이쿠! 문간방이더구나. 승객과 승무원이 수시로 들락거리는 출입구 쪽에 붙어 있는 맨 뒷좌석. 의자를 뒤로 젖힐 수 없는 데다 두툼한 배낭을 짐칸에 올릴 수 없어 발아래 둬야 하니 옴짝달싹 못 하는 신세를 면할 수 없겠더라구. 특실을 권하며 눈치를 살피던 매표원의 표정을 진작 눈치챘어야 했는데….

감옥살이가 이럴까, 싶었단다. 운이 없어서 그렇겠거니 하다가도 속에선 불쑥불쑥 화가 치밀기도 하더구나. 대체 어떤 양반들이 이 따위로 열차를 만든 거야. 대체 이용하는 사람의 불편은 헤아려보지도 않나. 사람을 이렇게 구겨 넣고서야만 경영합리화가 이뤄지는 건가.

승객의 원망을 아는지 모르는지 기차는 정해진 시간에 정해진 궤도를 따라 달리기 시작했단다. 어느 샌가 도시를 빠져나와선 맹렬한 속도로 거침없이 내달리는 기차. 들판을 가로지르고 강을 건너며 산을 지나 북으로 북으로 향하는데 낙동강은 갈수록 폭을 좁히고 산은 갈수록 사나운 기세로 달려오더구나.

기차가 대전을 지날 무렵 하늘은 잔뜩 찌푸려 있었어. 금세 비라도 뿌릴 태세였지. 부동자세의 불편을 잊고자 차창으로 눈길을 돌리지만 흐린 날에다 쾌속으로 달리다 보니 풍경을 본다는 건 애당초 무리였단다. 가까운 풍경은 슥슥 어찌나 빠르게 지나가던지 눈이 어질어질하고, 먼 풍경은 희뿌연 안개 뒤에 꼭꼭 숨어 있더구나. 어쩌다 풍경을 잡았다 싶으면 터널로 쏙 들어가고, 차창으로 눈길 줘봤자 허공을 보는 셈이니 고개를 돌릴밖에.

객실에 달린 TV에선 KTX 광고가 교대로 나오더구나. 좌석이 얄궂다 보니, KTX가 얄밉다 보니, 광고카피들에까지 시비를 걸었지. "가는 동안이 더 행복합니다. 당신을 보내세요." 이 무슨 헛소리냐, 나를 보내긴 보내는데 가는 동안이 더 행복하진 못하니 이건 고객을 우롱하는 허튼 소리가 분명하다, 속으로 그렇게 타박했지.

"그리움이 시속 삼백 킬로로 달려갑니다." 이것도 마음에 들지 않더구나. 그리움이 그렇게 빨리 내달리면 대체 세상 사람 몇이나 그 그리움을 따라잡겠니. 암만 빨리빨리 살아야 버텨낼 수 있는 세상이라지만 그리움마저 번갯불에 콩 볶듯 해야 직성이 풀리나. 그리움은 완행열차 아니던가. 그처럼 느리고 오래가는 것 아니던가. 웅크린 늦가을의 들판을 무지막지한 속도로 내지르는 기차는 시속 300킬로미터를 오르내리고 있었단다.

속도는 직선을 사랑하는 법이지. 직선에 가까워질수록 속도를 더 올릴 수 있으니 둘의 사랑은 숙명인 셈이야. KTX는 그 속도와 직선의 화신. 그래서 에돌아가면서 산하를 품어본다거나 굽어지면서 국토를 더듬어본다는 것은 있을 수 없는 일, 있어서도 안 될 일이지. 오직 속도와 직선만이 필요하기에 들을 자르고 집을 무너뜨리고 산을 뚫고 나무를 뽑고서야 완성된 길 위를 달리는 거란다.

이런 광고, 기억하는지 모르겠다. 햇살이 좋은 날, 네모난 두 로봇이 서로를 만나러 가는 길. 한 걸음 한 걸음 내딛어 다가서더니 이윽고 서로를 껴안으려 한다. 하지만 순간, 한 녀석이 기우뚱, 그만 쓰러지고 말지. 그리고 화면 위에 아로새겨지는 광고카피, "직선은 슬퍼, 안아줄 수 없잖아." 휴대폰 광고였던 것 같구나.

맞는 말이야. 직선은 슬픈 거란다. 직선으로는 누군가를 안아줄 수 없으니 말이야. 자기 자신조차도 품을 수 없으니 안타깝고 안쓰러울 수밖에 없단다. 그래도 슬퍼하는 직선은 결코 슬프지 않을 거야. 안아줄 수 없어 슬픔을 느낀다면 곡선이 되는 꿈이라도 꿀 테니까. 슬퍼할 줄 안다면 비록 지금은 곡선이 아니지만 기어이 곡선을 만들어 언젠가는 안아줄 수 있을 테니 말이다.

우리가 사는 세상에 슬퍼하는 직선은 얼마나 될까. 안아주지 못해 슬픈 직선보다는 누군가를 안아주겠다는 생각을 하지 못하는, 그래서 슬퍼하지 않는, 슬퍼할 줄 모르는 직선이 더 많은 건 아닐까.

모두가 처음부터 그랬던 건 아니었을 거야. 직선만이 살아남는 세상을 살다 보니 직선으로 사는데 길들여진 탓일 거야. 직선으로 살면 더 빠르게 나아갈 수 있다니 너나없이 직선이 되고자 발버둥친 탓이겠지. 그렇게 오래 살다 보니 누군가를 안는다는 생각, 슬퍼하는 방법, 곡선이 되는 꿈조차 잊어버린 탓이 아닐까 모르겠구나.

슬퍼할 줄 모르는 직선은 기뻐할 줄도 모르는 법이란다. 안아줄 줄 모르니 포옹의 따스함을 알 리 없고 가슴을 맞댈 줄 모르니 함께하는 즐거움을 알 리 없지. 그런 직선들은 서로를 멀뚱멀뚱 바라보거나 기껏해야 손끝을 살짝 갖다 댈 수 있을 뿐이란다.

세상살이가 다 그래. 중요한 건 마음이란다. 마음으로 상처받지 않고 마음으로 아파하지 않는 직선에겐 곡선이 생겨날 수 없는 법이야. 반성할 줄 모르고 부끄러워할 줄 모르니 뉘우침도 깨달음도 없을 테고, 그러니 변화는 일어나지 않는 거란다. 배척을 일삼는 사람이 배려를 말한들, 저주를 품은 사람이 용서를 들먹인들, 절망과 미움을 키우는 사람이 희망과 사랑을 이야기한들, 권력과 욕망에 취한 사람이 화해와 희생을 외친들 누가 과연 그런 말에 귀 기울이겠니?

기차는 어느새 서울로 들어섰단다. 빠르긴 참 빠르다 싶더구나. 부산서 서울까지 2시간 30분이면 그만이니 세상 참 좋아진 거, 맞지? 그런데 이상했어. 빨리 달려 도착할 수 있으니 마음이 느긋해질 만도 한데 그게 아니더라구. 빠른 기차에 앉아 있다 보니, 그 속도에 익숙해지다 보니 마음은 점점 자꾸만 빨라지고 더 서두르고 더 급해진 모양이야.

아빠도 모르는 사이 속도에 중독된 것 같았단다. 느린 무궁화열차에 앉아 느긋하게 풍경을 감상하던 것과는 영 딴판이었어. 그게 세상 사는 이치인가보다, 했지. 빠른 곳에 있느냐 느린 곳에 있느냐, 직선으로 달리느냐 곡선으로 걷느냐의 차이. 어쨌든 KTX라는 놈이 그리움은 몰라도 물건을 실어 나르는 데는 제격이다, 싶었단다.

서울 한복판에 서니 사방이 막혔더구나. 하늘을 찌를 듯 솟구친 도

심의 빌딩들만 탓할 일이 아니지. 강변이며 산허리며 가리지 않고 불쑥불쑥 튀어나온 아파트들. 어딜 가나 거대한 숲을 이루고 있는 아파트에 시선은 이미 길을 잃었단다.

직선과 직선으로 각을 잡은 채 서 있는 아파트 아파트 아파트. 발레리 줄레조라는 프랑스 여성 지리학자는 서울의 아파트촌을 소재로 『아파트공화국』이라는 책을 내기도 했단다. 그 사람 눈엔 아파트숲이 기괴하고 희한하고 이상한 풍경으로 비췄던 모양이야. 줄레조는 한국의 아파트는 새것에 대한 맹목적인 숭배, 한국 사회를 풍미하는 양과 속도의 이데올로기, 정부와 기업과 중산층의 욕망이 뒤섞인 곳이라고 꼬집더구나.

그런 지적이 아니더라도 아파트는 더 이상 집이라고 할 수 없을 거야. 파는 물건에 더 가깝다고 해야 맞지. 사람이 사는 공간이라면 이렇게 각지고 개성 없는 곳일 수 없을 테니 말이다. 더군다나 그 직선의 성냥갑들은 이제 중소도시는 말할 것도 없이 시골까지 파고드는 지경이야. 부드럽고 다정하고 주변과 어우러지는 곡선은 사라지고 이제 그자리에는 딱딱하고 권위적이고 주변을 윽박지르는 직선이 판친단다.

머무는 곳이 개성도 없고 온화함도 없는 직선투성이다 보니 우리들 삶이 점점 직선에 가까워지는 건 어쩔 수 없는 일. 이건 아닌데, 이래선 안 되는데, 싶겠지만 직선이 다시 곡선으로 회귀할 때까지는 곡선이 직선으로 바뀐 시간보다 더 오랜 세월이 필요할 것 같더구나.

느리게 사는 법

| 인생은 기차를 참 많이 닮았단다. 하나의 풍경을 뒤에 남겨둔 채 새로운 풍경 속으로 들어가고 그 풍경에 익숙해질 무렵 다시 다른 풍경으로 향하니 말이다. 풍경을 끌어당기고 밀어내다 간이역에서 잠시 호흡을 가다듬기도 하고 그러면서 다시 달릴 채비를 하고….

문제는 인생이라는 기차의 속도란다. KTX를 탈 것인가, 무궁화열차에 오를 것인가. 저마다 편하게 느끼는 속도, 필요하다고 생각하는 속도가 다를 테니 선택은 각자의 몫으로 남겠지. 아빠더러 고르라면 무궁화열차 쪽이야.

지금까지의 삶은 그러지 못했단다. 마음이야 어떻든 몸은 내지르는 기차 위에 있었지. 그렇게 휘둘리다 보니 놓친 게 너무 많았고 때때로 회의에 젖기도 했단다. 이제 더는 그러고 싶지 않구나. 풍경을 놓치고 싶지 않고, 함께 가는 이와 오래도록 이야기 나누고 싶고, 가끔 스스로에게 묻고 또 답하는 시간도 갖고 싶어서야. 물론 살다 보면 KTX가 필요한 순간도 있겠지만 말이다.

느리게 산다는 것은 불안하고 답답한 구석이 있긴 해. 더 많은 밥, 더 좋은 밥을 기약할 수 없어서지. 안식을 얻는 대신 편리를 양보해야 하거든. 사람들이 느리게 사는 걸 힘들어하는 건 그래서란다. 안식보다 편리를 우선으로 여기기 때문이지. 인생의 진정한 가치나 목적이 안식에 있는 것일 텐데도 말이다.

빠르게 달리면 편리를 누리긴 한단다. 하지만 더 많은 밥, 더 좋은 밥을 얻기 위해선 점점 더 빨라져야 해. 그렇게 빠르게, 점점 빠르게 살다 보면 밥을 제대로 먹을 수도 음미할 수도 없으니 밥은 있으나마나 한 것이 되고 말지. 청자로 빚었다 한들 빈 밥그릇 들고 뭐 하겠니. 결국 필요 이상의 밥을 위해 필요 이상으로 빨리 달리는 것은 사람을 텅 비게 만들고 후회만 남길 뿐이란다.

"인간의 모든 불행은 단 한 가지, 고요한 방에 들어 앉아 휴식할 줄 모른다는 데서 비롯한다." 철학자 파스칼이 한 말이야. 속도를 줄인 다음, 멈춰 선 다음 빨리빨리 살면서 놓쳤던 삶의 의미, 인생의 진정한 가치를 발견하라는 충고란다.

피에르 쌍소라는 사람은 또 이렇게 말해. "느리게 산다는 것은 삶의 길을 가는 동안 나 자신을 잊어버리지 않고 세상을 받아들일 수 있는 능력을 키우는 한 방편이다." 느림이 게으름이나 무력감을 조장하는 것이 아니라 부드럽고 우아하고 배려 깊은 삶의 활력소가 된다는 뜻이란다. 그가 쓴 『느리게 산다는 것의 의미』라는 책을 한 번 읽어보렴.

느리게 산다는 것과 게으르다는 것은 다르단다. 느리게 산다는 것은 느끼고 생각하고 반성하며 산다는 것이자 음미하고 즐기고 행복해할 줄 안다는 거지. 속도의 강박이나 경쟁의 속박에서 벗어나 세상과 이야기 나누고 자신과 대화하면서 말이다. 고쳐 말하면 사람이 사람답게 사는, 그렇게 살 수 있는 시간으로 산다는 거야. 느낌도 생각도 대화도 없는 게으름과는 전혀 다르지. 그러고 보니 느림은 살림의 시간이요, 속도는 죽임의 시간이요, 게으름은 멈춤의 시간이랄 수 있겠구나.

15. 교동, 연산의 기억

　버스가 강화로 들어설 무렵, 살풍경 하나가 눈에 들어오더구나. 섬을 휘감고 있는 철책. 순간, '역사의 아픔이 서린 섬, 강화'를 비로소 실감했단다. 몽고군의 침범으로 39년이나 고려의 서울 구실을 했던 곳이요, 청나라에 쫓겨 조선 왕실이 피신했던 곳이요, 구한말에는 밀려드는 외세에 맞서 싸워야 했던 땅. 게다가 강화는 제주 다음가는 유배지였고 지금은 분단의 그림자가 깊게 드리워져 있으니 영광의 기억보다 상처의 흔적이 무성한 셈이지.

　버스터미널에서 내리자마자 곧장 창후리 선착장 가는 버스에 올랐단다. 두 번째 여행의 첫 방문지, 교동도로 향하는 길. 교동은 강화도의 옆에 붙어 있는 작은 섬이야. 아침 9시 집을 나섰는데 선착장에 도착한 시간이 오후 3시 30분. 6시간 이상을 달려 교동을 찾은 이유는 이곳이 연산군의 적거지이기 때문이란다.

　포악과 방탕의 상징으로 남은 참담한 왕, 연산군(1476~1506). 그가 최후를 맞은 곳이 바로 교동이야. 연산은 1506년 9월 중종반정으로 임금 자리에서 쫓겨나 이곳에 유배되고 그 해 11월 서른한 살의 나이로 눈을 감는단다.

한때나마 왕이었던 사람이 유배를 갔던 곳. 하지만 교동에서 그의 유배 흔적을 찾기란 쉽지 않은 일이란다. 길을 나서기 전, 이런저런 자료를 뒤적여 봐도 연산을 반추할 만한 기념물은 찾을 수 없었고 관광 안내지도에도 연산군 적거지라는 표시만 달랑 보일 뿐이더구나. 그는 까맣게 잊혀진 임금인 셈이지. 그런데도 굳이 교동을 찾기로 마음먹은 것은 연산의 최후를 그려보고 싶어서란다. 그의 쓰라린 심사를 느껴볼 수 있겠기 때문이지.

오후 4시, 교동 들어가는 마지막 배. 교동은 손에 집힐 듯 가까운 거리에 떠 있더구나. 급한 마음에 얼른 배에 올랐지만 사실, 적거지 둘러보는 일은 반쯤 포기한 상태였단다. 집을 나설 때부터 찜찜한 생각이 들더라구. 하루 만에 다녀올 수 있을려나, 했더랬지.

아니나 다를까, 아빠 딴에는 부지런히 움직였는데 그걸로는 부족했던 모양이야. 나오는 막배가 오후 5시니 1시간 정도 머물 수 있는데 그 정도론 도무지 무리겠다, 싶더구나. 해도 그냥 돌아갈 순 없다는 생각에 일단 배에 올랐던 거란다.

마치 흙을 뿌려놓은 것처럼 시커먼 서해바다 위를 천천히 미끄러지길 10여 분. 배가 선착장에 닿자마자 냅다 매표소로 달려갔단다. 1시간 안에 둘러볼 수 있을런지, 가능하다면 차편은 또 어떤지 물어봤지. 혹시나 했더니 역시나였어. 승차권 파는 아가씨는 어림없다는 표정으로 일러주더구나. "여기서 한 30분 걸리려나. 하지만 이 시간엔

차편도 없고 만약 간다면 교동서 하루 묵으셔야 할 겁니다."

선착장서 일하는 아저씨에게 물어도 대답은 마찬가지였어. "근처까지 간다 해도 찾기 힘들 겁니다. 얼마 전 문화답사 왔다는 사람들도 한참을 찾던데…. 막배를 포기하면 또 모를까." 아저씨는 위안이랍시고 한마디 덧붙이더구나. "에이, 볼 것도 없는데 뭘…."

아빠와 교동과 연산 적거지의 인연은 이 정도인가보다, 했단다. 대신 선착장 주변을 어슬렁거리며 해질 무렵의 섬 풍경을 쓸어 담는 것으로 아쉬운 마음을 달래기로 했지. 저만치서 기울어지고 있는 해. 연산도 이 섬 어디에선가 회한에 젖은 눈으로 물드는 석양을 쳐다보곤 했겠지, 싶더구나.

유배터만 횅뎅그레 남아 있을 뿐이라는 연산. 패악을 일삼다 역사에 씻을 수 없는 상처를 남겼으니 어느 누가 그를 추억했을 것이며 어느 누가 그를 기리고자 했을까. 유배지 복원은 가당찮은 주문인지도 모르겠다. 살아선 원성을 사고 죽어선 손가락질 받더니 세월 속에 지워지고만 임금. 그의 처지가 참 딱하게 느껴지더구나.

연산은 조선의 제10대 임금이란다. 영화 〈왕의 남자〉에 나오는 그 불안하고 비정한 임금이 바로 그 사람이야. 본래 영명하고 합리적인 성격의 소유자였다지만 엄마의 원수를 갚는다는 이유 하나로 나라와 자신을 망쳤던 임금. 연산은 1494년 아버지 성종이 세상을 떠나자 보위에 오르는데 12년간 임금 자리에 앉아 있는 동안 무도한 짓을 워낙 많이 했던 까닭에 역사의 평가는 가혹하기 이를 데 없단다.

『연산군일기』에는 이렇게 적혀 있대. "…만년에는 더욱 황음하고 패악(悖惡)한 나머지 학살을 마음대로 하고, 대신들도 많이 죽여서 대

강화 교동도 선착장

간과 시종 가운데 남아난 사람이 없었다. 심지어는 촌참(寸斬, 토막토막 자르기), 쇄골표풍(碎骨飄風, 뼈를 갈아 바람에 날리기) 등의 형벌까지 있어서…." 조선시대에는 한 임금의 재위시절 일어난 일들을 꼼꼼하게 기록해 훗날 책으로 펴냈는데 그걸 실록이라고 한단다. 다만 연산군과 광해군의 경우 임금 자리에서 쫓겨난 까닭에 실록이라 칭하지 않고 일기라고 낮춰 부르지.

연산이 처음부터 일그러진 왕은 아니었단다. 즉위 초에는 무난하게 나라를 이끌었대. 하지만 즉위 4년 뒤부터 갖가지 참화를 일으키지. 그 대표적인 것이 무오사화와 갑자사화란다.

무오사화(1498)는 『성종실록』을 편찬하는 과정에서 불거진대. 실무를 맡았던 이극돈이라는 자가 '조의제문'이라는 글을 발견하는데 이극돈은 유자광 등과 함께 이 글을 문제 삼아 자신들의 정적들을 제거하고자 한단다. 김종직이 쓴 '조의제문'은 항우가 초나라 회왕을 죽인 것에 빗대 단종을 죽이고 왕위를 빼앗은 세조를 은근히 비난하는 내용이야.

선비들을 귀찮아하던 연산은 왕실을 모욕했다는 이유로 죄를 묻는단다. 많은 선비들이 죽임을 당하는 것은 물론 죽은 김종직에게는 부관참시의 형이 내려진대. '부관참시'란 관 속의 시신을 끄집어내 형벌을 가하는 것이야.

갑자사화(1504)는 연산의 어머니인 폐비 윤씨 사건에서 비롯된단다. 윤씨는 성종의 후궁이었으나 임금의 총애를 받아 왕비에 오르지. 하지만 나중에는 궁궐에서 쫓겨나고 사약까지 받는대. 질투와 시기로 왕실을 어지럽혔다는 게 그 이유라는구나.

연산은 임금에 오르기 전까진 그 내막을 몰랐던가봐. 그런데 연산이 왕이 된 뒤 임사홍이라는 자가 권력을 차지할 욕심에 폐비 윤씨 이야기를 일러바친단다. 연산이 가만있을 리 없었지. 윤씨의 폐출에 관련된 성종의 두 후궁 엄씨와 정씨를 자신의 손으로 죽여 시신을 내다 버리는가 하면 할머니 인수대비를 때려서 죽게 만들기도 했대. 패륜아, 망나니라는 소리를 들을 만했지.

왕실사람들이 이 지경이었으니 신하들이야 오죽했겠니. 김굉필 등 수많은 선비들이 죽음을 맞았고 이미 죽은 신하들은 부관참시를 당했다는구나. 그런 일이 3월부터 10월까지 7개월여 동안 계속됐다는데 1504년 조선의 봄 여름 가을은 피바람의 계절이었던 셈이지.

이쯤에서 그쳤다면, 그리고 새 마음으로 나라와 백성을 보살폈다면 역사의 평가가 달라졌을 거야. 하지만 연산은 학정을 비방하는 목소리가 날로 높아지고 있는 데도 국정과 학문을 내팽개친 채 술과 여자에 빠져 사는가 하면 신하들의 발언을 봉쇄하고 책을 불태우고 조선 최고의 학교인 성균관을 놀이터로 삼기도 했대.

연산의 비극을 말할 때 비명에 간 어머니에 대한 연민과 어머니의 죽음을 방치한 자들에 대한 분노를 흔히 들먹인단다. 하지만 그건 한낱 핑계에 불과한 거야. 모든 걸 상황이나 남의 탓만으로 돌릴 순 없는 법이지. 아버지의 죽음을 눈앞에서 지켜본 정조대왕이 성군으로 성장한 것을 생각해보렴. 임금된 자로서 자신의 마음을 잘 다스리지 못해 일어난 일들이니 비극의 모든 씨앗은 연산의 일그러진 내면에서 자라났다고 해야 옳을 거야. 마침내 1506년 연산은 임금 자리에서 쫓겨나고 성종의 둘째 아들 진성대군이 왕위에 오르니 그걸 역사는 '중종반정' 이라 부른단다.

광기어린 눈으로 피바람을 몰고 온 왕. 그는 이런 시를 남겼다는구나. "공명도 죽은 후엔 다 헛것이니/평시에 음악과 술 취하며 편히 지냄만 못 하여라." 그는 술과 장미의 나날을 마냥 즐기기만 했던 걸까? 연산은 그 아래에 이렇게 써놓았대. "군자는 비록 죽음을 근심하지 않는다 하나 만약 천운(天運)을 당하면 어찌 슬픔이 없으리오." 광기를 떨쳐내지 못하면서도 슬픈 날이 다가올 것임을 예감하고 있었던 걸까?

선착장 입구에 서서 서해를 바라다보니 바다는 흐른다는 걸 새삼 알겠더구나. 밀물이 드는데 마치 홍수라도 난 강물처럼 물살이 어찌나 빠르고 거칠던지. 명량대첩을 낳은 진도 앞바다의 울돌목이 이럴까. 그 옛날 초원을 호령하며 내달리던 칭기즈칸의 군대가 이랬을까. 순식간에 밀고 들어오는 밀물은 뭍을 휘감는다 싶더니 어느 샌가 선착장 앞에 버티고 있던 갯바위마저 삼켜버렸단다. 선착장 옆 제법 너른 갯벌도 순식간에 허리 아래가 잠겼는데 선착장으로 들어오던 막배는 물살이 하도 거센지라 자꾸자꾸 밀려나더구나.

교동의 밀물

무심했던 아비, 성종

　연산군의 광기어린 행동을 두고 역사학자들은 아버지 성종을 나무라기도 한단다. 조선왕조의 기틀을 다지긴 했지만 한 사람의 남편, 한 사람의 아버지로서는 신통찮았다는 거지.

우선, 성종의 사랑을 한 몸에 받던 윤씨가 훗날 질투심에 사로잡혀 성종의 얼굴에 상처를 낸다거나 다른 후궁을 독살하려 했다는 것은 결국 성종이 가정을 잘 다스리지 못했던 결과로 볼 수 있단다. 성종의 타고난 바람기 때문인지, 본래 질투심 많은 윤씨의 품성 때문인지는 모르겠으나 여하튼 집안을 잘 간수하지 못했던 것만큼은 분명하니 말이다.

게다가 자신의 어머니인 인수대비와 며느리인 윤씨 사이가 나빴던 것도 궁극적으론 아들이자 남편인 성종이 조정자의 역할을 제대로 하지 못한 탓이라 할 수 있을 거야. 왕실의 틈새를 권력 쟁취의 기회로 여기는 비루한 신하들의 속내를 간파하지 못한 것도 실수의 하나지.

가장 결정적인 것은 장차 왕위에 오를 아들의 어머니를 내쫓고 사약까지 내리면서 화를 미리 경계하지 않았던 대목이란다. 연산의 광기는 이미 예고된 것이나 다름없었기 때문이야. 한을 품은 채 눈을 감은 여인의 아들이 보위에 오르면 피바람이 불 것은 뻔한 일인데도 성종은 안이하게 생각했던 거지.

성종이 윤씨를 폐할 당시 성균관 태학생 65명이 반대상소를 올렸다는구나. 요지는 "원자의 어머니라는 점을 상기하라"는 거였대. 왕후를 폐하여 서인으로 만들면 어머니를 귀하게 생각하는 자식의 원통함이 얼마나 크겠냐는 거지. 호조참판 손순효도 앞날을 걱정하는 상소를 올린단다. "…부자와 부부 사이에 있어서는 은혜가 의리보다 앞서야 될 것입니다. 훗날에 원자가 측은한 마음을 가진다면 전하께서 어찌 후회가 없겠습니까?"

아버지 성종의 돌이킬 수 없는 실책 가운데 또 하나는 자식을 제대로 키우지 못했다는 거야. 보통 사람도 자식이 사회의 한 구성원으로서 책임을 다하며 살아갈 수 있도록 자식의 소양과 품성을 키우는 일에 열중할진대 하물며 그 아들이 장차 임금이 될 거라면 어떡해야 했겠니? 하지만 성종은 왕위만 물려줬을 뿐 임금된 자의 도리와 덕목은 전해주지 못했단다. 결국 자식의 가슴에 응어리를 만들면서도 그 자식이 상처를 딛고 일어나 스스로를 다잡으며 성군으로 성장할 수 있는 기반을 닦아주지 못했던 셈이지.

16. 광해군묘 가는 길

서둘러 아침 거리로 나서니 날씨는 쾌청하다 못해 반짝반짝 윤이 날 정도였어. 그런데도 날은 어찌나 차던지. 따스한 햇살이 못마땅했던 걸까. 바람은 속에 칼이라도 품은 듯 매섭고 날카롭게 가슴을 파고들더구나.

두 번째 여행의 두 번째 목적지는 남양주. 지하철 잠실역 9번 출구에서 1115번 버스를 타고 강변대로를 달리는데 아침 햇살을 튕기는 한강이 참 아름다웠어. 하나둘 자취를 감추는 도시의 고압적인 건물들과 그 풍경을 밀어내고 파노라마처럼 이어지는 야트막한 산과 구릉들.

아침 10시쯤, 광해군묘로 향하기 전 버스 정거장 근처 분식집에서 늦은 아침을 해결했단다. 그런데 마침 TV에선 노무현 대통령이 삼성비자금 특검을 수용한다는 요지의 기자회견을 하고 있더구나. 광해의 묘소를 찾아가는 날, 광해에 곧잘 비유되는 노 대통령을 대하니 묘한 기분이 들기도 했어.

왜 광해의 무덤을 다른 임금들처럼 능이라 하지 않고 묘라 부르는지 아니? 임금이었으되 임금 자리에서 쫓겨났기 때문이야. 이름만 푸대접하는 게 아니란다. 무덤의 위치나 크기는 말할 것도 없고 무덤 주변을 가다듬은 손길도 능에 비할 수 없어. 한마디로 죽어서도 임금 대접을 못 받는 거지.

광해의 무덤은 묘를 썼다기보다는 묘를 쓰는 흉내만 냈다는 표현이 어울릴 것 같더구나. 산기슭 한 구석, 소나무 숲 속에 덩그러니 놓여 있단다. 시내에서 차로 불과 5분 거리이지만 외진 곳인 데다 공원묘원이 에워싸고 있다 보니 평소에는 찾는 발길이 드물대. 썰렁하다 못해 을씨년스럽기까지 하단다.

안내판도 겨우 구색을 갖춘 정도야. 큰 길에서 마을로 들어서는 입구에 '광해군묘 2.2킬로미터', 공원묘원 입구 귀퉁이에 '광해군묘 700미터', 묘지 옆을 지나는 도로에 '광해군묘'라고 적어둔 안내판이 고작이란다. 버스 편을 이용하려다 택시를 잡아탔는데 기사양반이 그러더구나. 외지 사람은 물론 이곳 사람도 잘 찾지 않는 곳이라고. 그렇다 보니 버스가 있긴 해도 하루에 몇 편뿐이니 기다리면 하세월이라고. 허기사 남양주시 관광지도에도 위치만 달랑 나올 뿐이니 뭘 더 바라겠냐마는.

조선 제15대 임금인 광해군(1575~1641)과 부인 유씨가 나란히 잠들어 있는 광해군묘. 봉분과 비석 외에 문인석이 몇 개 있는 정도란다. 임금 자리에서 쫓겨난 까닭에 왕의 아들이나 손자를 뜻하는 군(君)의 장례에 준하여 묘를 만들었기 때문이래.

서글프고 안쓰럽고 애처롭더구나. 명색이 한 나라의 임금이었는

광해군묘

데, 그것도 사욕을 채우거나 패악을 일삼은 임금이 아니라 조선과 백성을 위해 노심초사하던 임금이었는데 어찌 이리도 초라하게 버려져 있는 것인지. 400년 가까운 세월이 어찌 그리도 무심히 흘러갔는지.

광해군과 부인 유씨의 비석은 불에 그을렸는지, 해가 들지 않아 곰팡이가 피었는지, 그냥 세월의 때가 묻었는지 시커먼 데가 많더구나. 쫓겨난 처지를 한탄하다 시커멓게 속이 타들어가서 그런 걸까. 광해와 부인 유씨는 이곳에서 18년 만에 해후했다는구나. 그것도 죽어서 말이다. 광해는 18년 동안 유배생활을 하다 제주에서 눈을 감았고 유씨는 18년 전, 그러니까 유배된 그 해 강화도에서 세상을 떠나 그곳에 묻혔단다. 광해의 무덤이 이곳에 조성될 무렵에서야 유씨의 시신이 옮겨졌으니 죽어서야 나란히 누울 수 있었던 셈이지.

광해는 선조의 둘째 아들로 1608년 보위에 오른단다. 왕통은 맏아들이 잇는 게 일반적이지만 첫째인 임해군의 경우 성품이 포악해 제외됐다는구나. 물론 광해가 품행이 방정하고 식견이 탁월해 왕의 자격을 두루 갖추고 있었기에 가능했던 일이었을 테지.

광해는 15년의 재위기간 동안 임진왜란으로 황폐해진 나라를 다시 일으켜 세우고 백성을 편안하게 만들고자 노력한단다. 국방과 외교는 물론 정치 경제 사회 등 모든 분야에 걸쳐 변화를 가져오는데 그 기본 정신은 자주와 개혁이지. 특히 외교에서는 명나라에 기댄 사대주의에서 벗어나고자 했대.

하지만 변화를 싫어하는 기득권층의 불만은 갈수록 커지고 결국 반대세력들은 1623년 인조반정을 일으킨단다. 광해가 왕권을 강화하면서 임해군과 영창대군을 죽게 만들고 인목대비를 유폐시켰다는 것이 이유였지만 사실은 광해가 명나라와 청나라 어디에도 기울지 않는 자주적인 외교를 펼친 데다 각종 개혁조치로 자신들의 설자리가 점점 좁아졌기 때문이지.

그리고 이어지는 18년의 기나긴 유배생활. 광해의 첫 유배지는 강화도란다. 그곳에서 아들과 며느리는 자결하고 부인은 병으로 세상을 떠난대. 광해의 유배지는 정국이 불안해질 때마다 바뀌었단다. 강화도에서 충청도 태안으로, 다시 강화도로, 다시 연산이 머물던 교동으로, 그리고 병자호란이 마무리되고 나선 아예 저 멀리 제주도로. 제주로 옮겨진 이유는 서울에서 가능한 멀리 있어야 복위 움직임이 일어날 가능성이 낮다고 판단했기 때문이지.

광해는 교동에서 제주로 옮겨질 때 시 한 수를 지었다는데 그의 비통한 심사를 엿볼 수 있단다.

> 부는 바람 뿌리는 비 성문 옆 지나는 길/후텁지근 장독 기운 백 척으로 솟은 누각/창해의 성난 파도 속에 날은 이미 어스름/푸른 산의 슬픈 빛은 싸늘한 가을 기운/돌아가고 싶은 마음에 왕손초를 신물나게 보았고/나그네 꿈 자주도 제자주에 깨이네/고국의 존망은 소식조차 끊어지고/연기 깔린 강 물결 외딴 배에 누웠구나

능양군(인조)을 앞세워 반정을 주도했던 사람들은 국익을 우선하기보다는 사대주의에 젖어 있었던 데다 백성의 안위보다는 권력 잡기에 여념이 없던 사람들이었어. 반정이 이뤄진 뒤 인목대비가 내린 광해군 폐출교지를 보면 이들의 사고방식을 잘 알 수 있단다. "광해는

은덕을 저버리고 천자의 명을 두려워하지 않았으며 배반하는 마음을 품고 오랑캐와 화친하였다."

권력을 잡은 인조와 신하들은 광해의 정책을 모조리 뒤엎는단다. 특히 외교에선 시대착오적인 숭명반청(명나라를 따르고 청나라를 기피하는)정책을 펴지. 명나라는 약해가고 청나라는 강해지고 있는 데도 말이다. 그리고 얼마 뒤 조선은 청나라의 말발굽에 짓밟히고 만단다. 결국 인조는 남한산성으로 도망갔다가 1637년 삼전도라는 곳에서 청나라 태종 앞에 무릎을 꿇는 굴욕을 당하지.

조선시대 내내 광해는 어리석은 임금이라 불렸지만 지금은 개혁군주라는 찬사를 받고 있고, 인조는 의리를 앞세워 정권을 잡았으나 명분론과 사대주의에 사로잡혀 결국 나라를 망친 용렬한 임금으로 비판받고 있단다. 역사는 승자의 기록이니 조선의 역사에서 광해가 지워진 건 어쩔 수 없는 노릇이겠지. 그나마 오늘에서라도 반전이 이뤄졌으니 다행이다, 싶구나.

그렇다고 광해군을 성군이라 부르기엔 한계가 있단다. 광해의 비극은 측근들의 소리에만 귀를 기울이다 영창대군의 사사나 인목대비의 폐비 같은 과오를 빚은 데다 그런 잘못을 지적하는 참된 신하들을 내친 데서 비롯되지. 어느 시대 어느 나라 어느 사회든 충신의 말은 쓰고 간신의 말은 달콤한 법인데 충신의 말은 약이 되지만 간신의 말은 독이 되고 덫이 되고 만단다. 광해의 실수 가운데 하나도 바로 그 덫에 걸린 거야.

연산과 광해는 폐위의 비극을 감당해야 했던 임금이라는 점에서 곧잘 비교된단다. 하지만 성품이나 능력이나 치적을 놓고 보면 비교

한다는 게 우스운 일이지. 연산이 패악을 일삼다 상처를 남겼다면 광해는 조선의 상처를 씻고자 부심했던 빼어난 군주라 부를 만하단다. 유배 이후의 삶도 판이하게 달랐어. 연산은 분을 삭이지 못하다 병을 얻고 얼마 뒤 숨을 거두는 반면 광해는 18년 동안 수모와 굴욕의 유배 생활 내내 초연하게 살아갔대. 더군다나 연산이 사화를 부르고 그것이 선조 이후 당파싸움으로 확대되는 것과 광해가 세상을 개혁하려다 붕당정치에 발목이 잡히는 것을 생각해보면 광해의 비극은 어쩌면 연산에게서부터 비롯된 것인지도 모르겠구나.

광해군묘를 돌아 나오는 길. 산길을 투벅투벅 걸어 내려오는데 간간이 들리는 새소리만 정적을 잠깐씩 흔들더구나. 그러다 갑자기 바람이 일면 길 한켠에 웅크리고 있던 낙엽들은 야윈 몸으로 바스라질 듯 길바닥을 이리저리 뒹굴었지. 그 낙엽이 꼭 광해의 신세처럼 느껴져 더 처량해 보이더구나. 어쩌면 광해가 곁에 두고서도 미처 그 가치를 몰랐던, 그래서 내침을 당해야 했던 선비들의 모습도 저러지 않았을까.

다음에 언급하겠지만 교산 허균이나 동계 정온 등은 광해가 곁에 오래 두지 못했던 선비들이란다. 그들은 소신에 찬 삶을 살다 목숨을 잃거나 유배되는데 광해는 인재를 챙기지 못했으니 결과적으로 굴러온 복을 걷어찬 셈이지. 광해의 최후와 그를 벼랑으로 이끌고만 측근들, 곧 당대의 실력자들인 대북파 이야기는 다음에 들려주기로 하고 오늘은 여기서 이만 줄여야 할 것 같구나.

쟁기를 든 선비 김육

여기서는 광해군의 업적 가운데 하나로 꼽히는 대동법과 관련해 빼놓을 수 없는 사람을 소개할까 해. 김육(1580~1658)이 바로 그 주인공이야.

이 양반이 평생에 걸쳐 심혈을 기울인 것은 대동법이란다. 대동법이라고 들어봤니? 조선시대에는 각 지방의 특산물을 나라에 공물로 바치게 했는데 중간상인들의 농간으로 백성들의 허리가 휠 지경이었대. 그래서 공물을 쌀이나 베로 내게 함으로써 백성들의 부담을 줄여준 것이지.

김육이 대동법의 창시자는 아니란다. 대동법은 이미 이율곡 유성룡 등이 도입을 주장한 바 있고 광해군대에 이르러 이원익 등이 줄기차게 요구하면서 제한적이나마 시행되기 시작하지. 그런데도 대동법을 이야기할 때 김육이라는 이름이 빠지지 않고 나오는 이유는 그가 벼슬을 하는 내내 이 제도를 다듬고 확대하는 데 힘을 쏟은 결과 대동법이 자리를 잡는 데 결정적인 역할을 하기 때문이란다. 이 양반은 평생토록 백성들의 삶과 관련된 경제나 복지제도를 혁파하기 위해 노력하는데 이를테면 경제개혁가라 할 만하지.

김육이 이처럼 백성들의 삶에 맞닿은 정책을 내놓을 수 있었던 것은 광해군 시대에 벼슬길이 막혔기 때문이란다. 집권세력인 대북파와 사이가 좋지 않았던 그는 경기도 가평의 고향마을 잠곡리로 들어가 농사를 지으며 살았다는구나. 쟁기를 든 선비였던 셈이지.

고향마을 이름을 따 '잠곡'이라 호를 짓고는 밭을 갈고 백성들과 어울리며 살았대. 그러니 누구보다 백성들이 처한 현실을 잘 알고 있었겠지. 김육은 40대 중반 인조반정이 있고 난 뒤에야 조정으로 다시 나온단다. 그에게 광해군 시대는 은둔과 칩거의 나날이었던 셈이다.

김육의 시 가운데 이런 게 있다는구나. "옛 역사를 읽고 싶지 않다네/그것을 읽으면 눈물이 흐른단 말일세/군자는 늘 곤욕을 당하고/소인은 흔히 득지하거든/저 요순의 아래시대에는/하루도 다스림이 잘 된 적이 없네/생민이 무슨 죄가 있소?/창천의 뜻이 아득하기만 하구려/지난날도 이러했거늘/오늘의 일이야 어떻겠는가." 광해군대에 지은 작품이 아니겠나 싶구나.

17. 고종의 눈물

　광해군묘에서 택시로 불과 5분 거리. 고종과 순종의 무덤인 홍릉과 유릉을 찾았단다. 그런데 입구에서부터 그 규모와 손길에서 광해군묘와는 대접이 달라도 너무 다르다, 싶더구나. 광해의 무덤이 허름한 시골집이라면 홍릉 유릉은 대궐에 버금갈 정도니 말이다.

　홍릉은 조선 제26대 왕인 고종황제와 명성왕후 민씨의 묘란다. 능으로 가는 길엔 키 큰 나무들이 도열하듯 서 있고 주변도 정갈하게 가꿔져 있어. 능을 지키고 선 침전 앞에는 문무석과 더불어 기린 코끼리 사자 낙타 말 등의 형상을 담은 석물들이 늘어서 있더구나. 홍릉에 다가서면 고종의 한숨과 명성황후의 절규가 들리는 듯하단다.

　조선의 왕들 가운데 고종(1852~1919)만큼 불행했던 이도 드물 거야. 국운이 쇠퇴하여 나라가 열강의 간섭에 시달리던 시기에 임금 자리에 앉아 있었으니 고민도 많았을 테고, 끝내 조선이 막을 내리는 장면을 지켜봐야 했으니 임금된 자로서 그 비통한 심정이 오죽 했을까.

더군다나 그는 자신의 아내가, 한 나라의 국모가 일본 낭인들의 칼에 잔혹하게 살해되는 참담한 사태마저 겪어야 했으니 임금으로서, 남편으로서 천추의 한을 안고 살았을 거야.

명성황후 시해사건을 역사책에서는 '을미사변'이라 부른단다. 을미년에 일어난 변고라는 뜻이지. 이 비통하고 치욕적인 사건이 일어난 때는 1895년 10월 8일 새벽. 일본군은 '여우사냥'이라는 이름으로 세계사에서 그 유례를 찾을 수 없는 만행을 저지른단다.

어둠이 가시지 않은 시각, 경복궁에 난입한 일본군은 순식간에 고종이 있던 건청궁을 포위하고 왕비가 머물던 옥호루로 향하지. 일본 낭인들과 일본군 장교가 함께 총을 쏘고 칼을 휘둘렀다는데 왕궁시위대는 물론 숱한 궁녀들이 목숨을 잃었대. 명성황후는 궁녀들과 똑같은 평복을 입고 있었지만 이내 발각되고 미야모토라는 일본군 장교가 휘두른 칼날에 그만 눈을 감고 만단다.

그것만이 아니었단다. 일본군은 증거를 없애기 위해 명성황후의 시신을 불태우는 만행도 서슴지 않았다는구나. 한 나라의 왕비를 짓밟고 찌르고 그것도 모자라 시신까지 불태운 그들은 급기야 시해사건을 조선의 훈련대가 저지른 일이라고 뒤집어씌우기까지 했대. 한마디로 피도 눈물도 털끝만큼의 양심도 없는 인간들이지.

시해사건이 있기 전부터 일본군이 명성황후의 목숨을 노린다는 이야기가 떠돌았던가봐. 그걸 짐작케 하는 일화가 있단다. 사건이 있기 전날 밤 고종과 명성황후는 건천궁 주변을 산책하면서 이런 대화를 나눴다는구나. 고종이 황후에게 "일본인들이 그대를 죽이려고 하고 있으니 잠시 피하는 것이 어떻겠소?" 하고 물었대. 그러자 명성황후가 처연하게 웃으면서 대답했다는구나. "나는 조선의 국모입니다."

시해사건 이후 고종과 황태자는 경복궁을 탈출해 러시아 공관에 머물게 된단다. 이를 역사는 '아관파천'이라 부르지. 국모가 시해되는 참변을 전해들은 전국 각지의 백성들과 선비들이 의병을 일으키는데 고종은 이에 때맞춰 애통조서를 내렸대. 왕의 애통한 심정을 담은 글이라는 뜻이야. "오직 죄인인 짐의 한 오라기 실낱같은 목숨은 만 번 아까울 것이 없으나 종묘사직과 생령을 생각하여 혹시 만에 하나라도 보전될까 하고 너희 충의의 인사를 격려하기 위하여 이 애통한 조서를 내린다."

구한말 대한제국과 고종의 눈물을 이야기하면서 이 글을 빼놓을 수 없겠구나. 1905년 11월 20일 위암 장지연이 〈황성신문〉 사설에 발표한 글 '시일야방성대곡'이란다. '이날 목놓아 운다'는 뜻인데 그가 목놓아 울어야 했던 것은 을사늑약이 체결되면서 조선이 독립국가로서의 주권을 잃어버렸기 때문이야. 을사늑약이라고 하면 낯설지도 모르겠구나. 을사조약이라는 말이 더 널리 쓰이고 있으니 말이다. 하지만 을사늑약이 맞단다. 조약은 양쪽이 대등한 입장에서 맺는 것인 반면 늑약은 한 쪽의 강요로 이뤄지는 것이기 때문이지. 그럼 장지연의 글을 한 번 읽어보자꾸나.

　　…아! 4천 년의 강토와 5백 년의 사직을 남에게 들어 바치고 2천만 생령들로 하여금 남의 노예 되게 하였으니 저 개 돼지보다 못한 외무대신 박제순과 각 대신들이야 깊이 꾸짖을 것도 없다. … 아! 원통한지고. 아! 분한지고. 우리 2천만 동포여, 노예 된 동포여!

살았는가, 죽었는가? 단군 기자 이래 4천 년 국민정신이 하룻밤 사이에 홀연 망하고 말 것인가. 원통하고 원통하다. 동포여! 동포여!

장지연이 말한 저 개 돼지보다 못한 대신들이란 늑약에 찬성한 다섯 신하, 곧 을사오적을 말하는 거란다. 입은 옷은 조선의 신하였으되 몸과 마음은 일제의 신하였던 을사오적. 더군다나 외부대신 박제순은 고종에게 허락도 받지 않은 채 대한제국 옥새를 가져다가 찍었다는구나.

을사오적 같은 비루한 신하들만 있었던 것은 아니야. 을사늑약에 반대하다 목숨을 스스로 끊은 신하도 있었으니 민영환이 바로 그런 사람이란다. 민영환은 이런 글을 남겼대. "바라건대 우리 동포형제들은 더욱 분투하고 노력하며…마음을 합하고 힘을 다하여 우리의 자유와 독립을 회복시키라."

그리고 거듭 상소를 올려 고종에게 늑약의 파기를 당부했던 전 영의정 조병세도 스스로 목숨을 끊는단다. 그의 마지막 상소문의 한 구절이야. "…신 등은 폐하가 반성하는 데 뜻이 있는지 감히 알지 못하겠고, 그저 5명의 역신들에게 나라 정사를 모두 맡기고 신 등을 몇 만 백성들과 함께 기어이 죽게 만들려고 하는 것입니까?…."

아빠가 보기에도 이 무렵 고종이 취한 태도는 참 실망스럽단다. 조병세를 만난 자리에서 고종은 "망극지변을 당했는데 죽지 못하는 것이 한스러울 뿐이다"라고 했다지만 무기력했을 뿐이지. 임금 자리를 내던져서라도 대한제국을 위기에서 구하고자 했다면 어땠을까.

면암 최익현(1833~1906)은 을사오적을 처단하라는 '청토오적소'

라는 제목의 상소문에서 고종을 향해 쓴소리를 마다하지 않는단다. "비록 폐하께서 윤허하지 않았다고는 하나 결국 나약하고 졸렬한 태도를 면치 못하였으며…폐하께서는 일본이 조선 황실을 보호해준다는 말을 정말로 믿으십니까. …사실 지금 망한 거나 다름없는데 뭐가 두렵고 꺼릴 것이 있습니까."

면암은 이후 74세의 늙은 몸을 이끌고 의병을 모아 항일투쟁에 나서지만 결국 일본군에 패하여 쓰시마 섬에 유배된단다. 유배지에서도 일본놈이 주는 음식물은 먹지 않겠다며 단식을 계속하다가 그곳에서 눈을 감았대. 아빠는 기회가 닿는 대로 면암 선생의 유배지는 꼭 한 번 둘러볼 생각인데 그때 선생의 생애를 좀 더 자세히 이야기하기로 하고 여기서는 이만 줄여야겠구나.

면암의 말마따나 고종은 나약하고 졸렬한 혐의를 벗기 힘들 거야. 하지만 모든 걸 고종의 탓으로만 돌릴 순 없단다. 조선은 임금의 나라였지만 신하의 나라이기도 했던 까닭이야. 임금이 독단으로 만사를 처리한 게 아니라 신하들과 끊임없이 의논하면서 나라를 이끌었던 게 조선의 특징이란다. 그렇다면 멸사봉공하고 살신성인하는 신하들이 많으냐 적으냐에 따라 나라의 존망이 갈리는 셈이지. 세계사에서 드물게 500년 넘게 왕조를 유지하던 조선이 힘없이 무너져 내리는 것도 무력한 임금 못지않게 무력한 신하들 때문이라고 해야 할 것 같구나.

홍릉에서 유릉으로 가는 숲길. 호젓한 산책로여서 홀로 걷다 보면 명상에 젖어들 것 같단다. 어디선가 푸드덕 날아와선 연신 모이를 쪼아대는 딱새 몇 마리. 오가는 관광객을 많이 대했던 까닭인지 녀석들은 사람이 다가가도 날아갈 생각을 않더구나. 손아귀에 들어올 듯 자그마한 놈들이 어찌나 부산하게 부리를 놀리고 날개를 퍼덕이던지.

홍릉 옆에 자리한 유릉은 고종의 아들이자 조선의 마지막 왕인 순종(1874~1926)황제와 황후 민씨, 계비 윤씨를 모신 능이란다. 특히 눈길을 끄는 것은 무신의 얼굴표정이야. 홍릉의 것이 살며시 웃고 있는 반면 유릉의 것은 성난 얼굴에 가깝단다. 석공이 나라 잃은 설움과 울분을 담아낸 것은 아닐까. 순종은 1907년 즉위하지만 조선왕조의 종말을 지켜봐야 했고 이후 이왕으로 강등된 뒤 1926년 세상을 떠나니 석물이라 해도 성난 표정을 감추진 못했을 거야. 조선왕조는 1910년 8월 29일 제27대 519년 만에 막을 내린단다.

홍릉과 침전 앞 석물들

을사늑약과 을사오적

　을사늑약이 발표된 것은 장지연의 글이 나오기 이틀 전, 그러니까 1905년 11월 18일이란다. 조약의 주된 내용은 조선의 외교권을 일본이 갖는다는 거지. 을사늑약은 총 다섯 조항으로 이뤄져 있는데 제1조만 보더라도 전체의 내용을 짐작할 수 있단다. "일본국 정부는 재동경 외무성을 경유하여 금후 한국의 외국에 대한 관계 및 사무를 감리 지휘할 것이며 일본국의 외교대표자 및 영사는 외국에 체류하는 한국의 신민 및 이익을 보호할 것이다." '보호'라는 명목을 내세워 조선을 속국으로 삼겠다는 거지.

　늑약 체결을 주도한 인물은 이토 히로부미란다. 이 사람은 을사늑약이 체결되고 4년 뒤인 1909년 10월 26일 만주 하얼빈역에서 안중근 의사의 총에 사살되지. 이토는 조선의 대신들을 회유하고 협박하는 것은 물론 고종까지 위협했을 만큼 오만방자하기 이를 데 없었대.

　이토가 전한 일본왕의 국서를 보면 정신이 아찔해진단다. "짐이 동양평화를 위하여 추밀원 의장 이토 히로부미 백작을 특파대사로 파견하니 대사의 지휘에 따라 조처하소서." 조선을 아예 국가로 취급하지 않는다는 투야.

　이토의 협박에 고종은 "대신들과 상의하라"면서 즉답을 피하지만 며칠 뒤 이토가 내민 늑약안을 보고선 "이것은 죽어도 승인할 수 없다"고 버틴단다. 다급해진 이토는 1905년 11월 16일 대신들이 모인 자리에서 협약안의 가결을 협박했대. 당시 일본은 공포분위기를 조성하기 위해 대궐 주위를 포위하는 한편 서울 곳곳에서 무력시위를 벌였다는구나.

그리고 운명의 11월 17일. 고종은 대신들을 불러 모은 뒤 대책을 주문한단다. 참정대신 한규설은 "조선이 어찌 왜적의 속국이 되어야 한다는 말입니까?" 하면서 절규하지만 학부대신 이완용은 일본군대의 위세를 핑계로 내세우며 "문구를 약간 수정하여 체결해야 한다"고 했대.

마침내 이토는 어전회의실로 대신들을 불러 모은 뒤 각자 가부를 결정하도록 종용했다는데 헌병들이 에워싼 가운데 열린 회의에서 협약안에 반대한 사람은 한규설, 민영기, 이하영뿐이었고 이완용을 위시해 이근택, 이지용, 박제순, 권중현은 찬성을 표시했다는구나.

늑약에 찬성한 이 다섯 명을 을사오적(乙巳五賊)이라 부른단다. 을사년에 나라를 팔아먹은 다섯 도적놈이라는 뜻이지. 훗날 이들은 일본으로부터 작위를 받는가 하면 땅과 돈을 받기도 해. 그런데 친일과 매국의 대가로 받은 그 땅을 놓고 요즘도 그 후손들이 주인행세를 하려 드는 꼴을 보면 자신의 영달과 이익만을 좇는 것이 그들 집안의 전통인가봐. 역시 윗물이 맑아야 아랫물이 맑은 법이겠지만.

18. 다시 다산을 만나다

다시 다산을 만나러 가는 길. 다산유적지(남양주시 조안면 능래리) 안내간판이 서 있는 정거장에 내리니 햇살이 보석처럼 반짝이는 팔당호가 손님을 맞아주더구나. 정거장에서 유적지까지는 1.2킬로미터. 언덕길을 산책하듯 오르는데 길도 참 운치가 있지만 무엇보다 마음에 드는 것은 찻길 한 쪽으로 내놓은 나무보도였어. 더군다나 노란 은행잎들과 넓은 플라타너스 잎들이 수북이 쌓여 있어 마치 카펫을 밟고 걸어가는 느낌이더구나.

유적지로 가는 길 왼편, 양지바른 언덕은 고즈넉한 별장촌. 작은 텃밭을 둔 앙증맞은 집부터 너른 정원을 갖춘 저택까지 저마다 생김새를 뽐내며 팔당호를 내려다보고 서 있단다. 한껏 멋을 부린 집들. 부러운 눈으로 감상하는데 눈에 거슬리는 게 있더랬어. '접근금지' 팻말을 단 채 여기저기 설치돼 있는 차단막들. 비벌리힐스든 어디든 부자들 사는 곳은 다 그렇다더니만 이곳도 예외는 아니더구나.

고압적이다 싶기도 했지만 웬일인지 비아냥거리고 싶진 않았단다. 돈이면 안 되는 것 없는 세상인데 이런 호사를 누린다 한들 뭐라고 하겠니. 아빠라도 여유가 생기면 호수를 품고 있는 양지바른 언덕에 그림 같은 예쁜 집 짓고 텃밭 가꾸고 음악 듣고 책 읽으며 예쁘게 평화롭게 살고 싶어할 테니 말이다.

언덕을 넘어서니 다산유적지가 한눈에 들어오더구나. 이윽고 다시 뵙는 다산 정약용. 한강과 팔당호가 어깨를 맞대고 있는 이곳은 다산이 태어나 유년기를 보냈고 오랜 유배생활 끝에 다시 돌아와 여생을 마친 장소래. 제법 너른 품에 생가와 묘소 말고도 각종 기념물과 조형물들이 아기자기하게 꾸며져 있단다.

'다산문화의 거리'를 지나 우선 들른 곳이 기념관. 다산의 일생을 간략하게 정리해뒀는데 출구 쪽에 걸린 자찬묘지명 앞에서 발걸음을 멈췄단다. 자찬묘지명이란 자신의 묘비에 써넣을 문구를 스스로 짓는 것. 다산은 실천하는 삶을 말하고 있더구나.

내가 너의 착함을 기록했음이/여러 장이 되는구려/너의 감추어진 사실을 기록했기에/더 이상의 죄악은 없겠도다//네가 말하기를/'나는 사서육경을 안다'라고 했으나/그 행할 것을 생각해보면/어찌 부끄럽지 않으랴//너야 널리 널리 명예를 날리고 싶겠지만/찬양이야 할 게 없다/몸소 행하여 증명시켜 주어야만/널리 퍼지고 이름이 나게 된다//너의 분운함(떠들썩하여 복잡하고 어지러움)을 거두어들이고/너의 창광(분별없이 함부로 날뜀)을 거두어들여서/힘써 밝게 하늘을 섬긴다면/마침내 경사가 있으리라

다산유적지 가는 길과 다산 생가

스스로 비명을 지었던 게 다산만의 멋은 아니란다. 자만시(자신의 죽음을 스스로 애도하는 시)나 자찬묘지명은 조선시대 학자나 문인들 사이에서 꽤나 유행했던가봐. 조선 중종 때 문장가로 이름을 떨쳤던 눌재 박상(1474~1530)이라는 사람은 이렇게 덤덤하게 자신의 묘비명을 쓰고 있어. "재주도 없고/덕도 없는/보통 사람에 불과하고/살아선 벼슬이 없고/죽어서는 명예가 없는/보통 넋에 불과하다/시름도 즐거움도 사라지고/헐뜯음도 칭송도 그친 지금/그저 흙덩이에 불과하구나." 초탈의 경지가 느껴지는 글이야.

이런 글도 있대. "한평생 시름 속에 살아오느라/밝은 달은 봐도 봐도 부족했었지/이제부턴 만년토록 마주볼 테니/무덤 가는 이 길도 나쁘진 않군." 인생이 고달팠던 것을 짐작할 수 있겠는데 그래도 이렇게 쓸 수 있으려면 인생을 달관하지 않고는 안 될 듯싶구나. 조선 후기를 대표하는 시인 가운데 한 사람인 이양연이 쓴 '내가 죽어서(自挽)'라는 시란다.

조선 중기의 학자로 실학사상의 계승 발전에 이바지한 허목(1595~1682)도 '허미수자명'이라는 글을 남겨두었다는구나. 미수는 그의 호. 그는 이렇게 말한다. "말은 행동을 가리지 못했고 행동은 말을 실천하지 못했다. 한갓 시끄럽게 성현의 말씀을 즐겨 읽었지만 허물을 고친 것은 하나도 없다. 돌에다 새겨 뒷사람을 경계한다." '말과 행동이 일치하지 못하는 삶이 부끄러운데 너희는 나를 거울로 삼아 후회하지 않는 삶을 살아야 한다'고 충고하고 있는 셈이야.

자만시나 자찬묘지명은 자기칭찬이나 자기변명 자기연민의 글이 아니란다. 자신을 깎아내리거나 남의 시선을 빌어 자신의 인생을 평가하고 남 이야기하듯 자신의 죽음을 말하는 글들이지. 겸손이랄 수는 있겠지만 후회나 자학으로 볼 순 없단다.

근데 왜 그들은 이런 글을 썼을까 궁금하지 않니? 한 가지 분명한 것은 이들이 자신의 죽음마저도 뛰어넘어 자신을 냉철한 시선으로 바라볼 수 있을 정도로 내공을 지닌 선비였다는 점이야. 세상의 시선이든 죽음이든 훗날의 평가든 상관없이 눈감는 날까지 난 나의 삶을 온전히 살겠다는 자기다짐의 표현은 혹 아닐런지.

기념관을 나오면 좌대에 앉아 온화한 미소를 머금은 채 내려다보고 있는 다산을 만날 수 있단다. 좌상 뒤로는 선생을 기리는 사당이 있고 그 옆 야트막한 언덕에는 선생의 묘소가 자리하고 있지. 흘러가는 한강을 물끄러미 바라볼 수 있는 곳. 바로 그 아래가 선생의 생가터인 여유당(與猶堂)이란다. 정조대왕이 세상을 떠나시자 벼슬길을 접고 고향에 내려온 다산이 직접 자신의 방에 붙인 당호라는구나.

'여유'는 노자가 했던 말이지. "망설이기를 겨울에 시내를 건너듯 하고(與), 겁내기를 사방 이웃을 두려워하듯 한다(猶)"는 뜻이야. 다산이 고향에 내려와 여유당이라는 이름을 달던 무렵은 다산의 처지가 매우 불안하던 때란다. 실제로 선생은 이 글을 짓고 나서 이듬해 유배길에 오르지. 그래서 사람들은 '여유당'이라고 당호를 쓴 이유가 앞으로는 조심 또 조심하며 살겠다는 뜻에서 그런 게 아니었을까 하고 생각하기 쉽단다.

하지만 '여유당'이라는 글을 문설주에 써 붙이고 나서 이렇게 이름 붙인 까닭을 적어둔 '여유당기'라는 글을 보면 다산의 마음을 알 수 있지. 글은 이렇게 시작된단다. "그만두고 하고 싶지 않지만 부득이하게 할 수밖에 없는 것, 그것은 그만둘 수 없는 일이다." 꼭 해야 하고 반드시 하고 싶은 일이라면 기어이 해야 한다는 뜻이지. 그러면서 다산은 자신이 용감하되 무모하고, 선을 추구하되 가리지 않고, 마음이 내키면 실천하되 두려워하지 않고, 마음이 감동되면 절대 그만두지 않는다고 젊은날 자신의 타협하지 않던 무모한 순수를 돌아본단다.

그리고 말미에는 이렇게 적고 있어. "하고 싶지 않은 것, 굳이 하지 않아도 되는 것, 남들이 알까 꺼려지는 것. 이런 것을 그만둔다면 천하에 무슨 일이 남아 있겠는가." 결국 다산은 꼭 해야 하고 반드시 하고 싶은 것은 겨울 시내를 건너듯 뼛속까지 시리다 해도, 사방 이웃의 시선이 아무리 두려워도 해야 한다는 걸 말하고 있는 거란다. 그러고 보면 올곧기가 대쪽 같고 맑기가 새벽이슬 같은 분이지. 이런 양반이니 어느 시대 어느 세상에 산들 존경받지 않을 텐가 말이다.

다산의 생가 앞 '다산문화의 거리'에는 선생이 설계한 거중기가 전시돼 있더구나. 그리고 그 옆에는 선생의 글을 담은 기념석이 나란히 서 있어. 그 중의 하나는 유배시절 외동딸을 보고 싶어하는 간절하고도 애절한 마음이 담겨져 있단다. 시의 제목은 '어린 딸이 보고지고'.

어린 딸애 단옷날이면/옥 같은 살결 씻고 새단장했지/치마는 붉은 치마/머리 뒤엔 푸른 창포잎 꽂았었지/절하는 연습한다 예쁜 모습 보여주고/술잔 전하며 웃음 띤 모습 드러냈다오/오늘 같은 단옷날 밤에는/누가 있어 우리 딸아이를 구슬릴까

다산 학문의 영원불멸성을 기리기 위한 조형물도 있더구나. 다산

의 주요 저서들을 탑처럼 쌓아올린 것도 같고 햇불처럼 형상화한 것
도 같은데 꺼지지 않는 실학정신을 담아낸 거란다.

돌아 나오는 길에 아까 봐뒀던 아담한 찻집에 들렀지. 소박한 생김
새도 정감이 가지만 '저녁바람이 부드럽게' 라는 상호가 더 발길을 끄
는 집이란다. 예쁜 우리말로 이름 지었다고 한글학회에서 주는 상까
지 받았대. 유기농 음식과 차를 판다는데 테이블을 8개나 둘 만큼 안
은 제법 너르더구나. 나무 기둥과 회칠한 벽, 요란스럽지 않은 장식물
등 아기자기하게 꾸며놓은 것이 주인장의 멋스러움을 짐작할 수 있었
단다.

간단히 요기할 요량으로 단팥죽을 시키고 담배 한 대 무는데 스피
커에선 냇킹콜(Nat King Cole)의 '투 영(Too young)' 이 흘러나오더구
나. 그리고 이어지는 추억의 팝송들. 호수 옆에 자리한 단아한 찻집에
서 추억의 노래를 들으며 늦가을의 정취에 흠뻑 빠져드는 것까지는 좋
은데 혼자이다 보니 궁상맞고 청승맞은 것 같기도 했어.

귀만 행복한 게 아니었단다. 하얀 사기대접에 담겨져 나온 자줏빛
단팥죽은 눈을 즐겁게 하고, 팥죽 위에 살며시 뿌려놓은 계피가루 향
은 코를 즐겁게 하고, 달지도 텁텁하지도 않은 정갈한 맛은 입을 즐겁
게 하더구나. 게다가 주인아주머니의 친절한 마음까지 더해지니 더
바랄 게 없을 것 같았지. 해가 기울기 시작할 무렵, '저녁바람이 부드
럽게' 불어오기 시작할 무렵, 찻집을 나와 다시 서울로 향했단다. 해
지는 팔당호를 지나, 어스름이 짙어가는 한강을 따라 버스는 다시 아
빠를 서울의 품속으로 밀어넣더구나.

다산의 빛, 정조대왕

| 다산의 삶에서 **빼놓을** 수 없는 이름이 바로 정조대왕이란다. 드라마 〈이산〉의 주인공이 바로 그분이지. 이산은 정조대왕의 이름이야. 다산은 그분을 도와 조선에 개혁과 문예부흥의 활기를 불어넣었던 핵심참모였지. 정조대왕이 24년간 임금으로 있으면서 차근차근 개혁의 성과를 쌓아나갈 때 그 옆에는 다산이 있었다고 생각하면 될 것 같구나.

하지만 정조대왕은 어느 날 갑작스레 죽음을 맞지. 변화를 거부하고 개혁을 반대하는 자들에 의해 독살된 것으로 추정된대. 정순왕후와 그녀를 따르는 무리가 바로 그들이지. 정순왕후는 할아버지인 영조가 예순여섯의 나이에 새로 맞아들인 51년 연하의 아내(계비)였으니 정조대왕에겐 할머니뻘 되지만 정치적으로는 원수에 가까웠단다.

정순왕후는 정조의 아버지인 사도세자를 죽음으로 내모는가 하면 자신을 따르는 노론 무리들과 더불어 정조대왕이 임금에 오르는 것을 막으려 했대. 게다가 정조대왕이 임금에 오른 뒤에도 임금 자리를 끊임없이 위협하지. 한마디로 권력을 잡기 위해 수단을 가리지 않는 인물이었다고 봐도 될 거야.

정조대왕이 세상을 떠나자 권력을 차지한 정순왕후와 그 수하들은 개혁정책들을 모조리 뒤엎는단다. 역사의 수레바퀴를 거꾸로 돌린 셈이지. 또 그들은 다산을 비롯해 개혁을 주도하던 젊은 선비들을 내쫓거나 죽이기도 한단다. 눈엣가시처럼 여겼으니 당연한 수순이었겠지. 이후 부패한 세도정치가 이어지면서 조선은 부흥의 기회를 잃은 채 다시 침체기를 맞고 결국 100여 년 뒤 일제에 나라를 빼앗기는 수모를 당하고 만단다.

그래서 많이 사람들이 이런 생각을 하곤 하지. '만약 정조대왕이 좀 더 오래 살았더라면…' 역사에는 가정이라는 게 있을 수 없는 것이지만 이제 막 피기 시작하던 꽃이 봄을 시샘하는 찬바람에 떨어지고 마니 아쉬움을 품게 되는 건 어쩔 수 없는 노릇이지. 아빠도 다르진 않단다.

19. 용한 재주와 사람됨

재주가 우선이냐 사람됨이 먼저냐. 살아가면서 늘 맞닥뜨리게 되는 질문이란다. 재주가 뛰어난 데다 사람됨까지 빼어나면 더할 나위 없겠지만 그 둘을 고스란히 지닌 사람은 그리 많지 않은 까닭이지. 그래서 역사 속 인물이든 예술가든 직장동료든 누군가를 평가하고 고르고자 할 때는 반드시 묻게 되더구나.

재주를 볼 것인가 사람됨을 따질 것인가. 아빠의 여행은 그 질문에 다시금 해답을 구하는 여정인지도 모르겠다. 유배지와 그 주변의 문화유적을 찾는 동안 유배자는 물론 수많은 역사 속 인물들을 만나게 되고 그들에게서 진정한 삶의 길을 배우고 있으니 말이다.

아빠는 늘 재주보다 사람됨에 마음을 줬단다. 재주를 채우긴 쉬워도 사람됨을 채우기란 힘든 노릇이라 여겼지. 이렇게 말하는 사람들도 있을 게다. 사람됨은 갈고 다듬을 수 있지만 재주는 하늘에서 내려주는 것이니 더 귀한 것이라고 말이다.

하지만 재주가 귀할 수는 있되 사람됨보다 소중할 순 없다는 것이 아빠의 생각이란다. 사람이 아름다워야 재주가 아름답지 재주가 아름답다고 사람까지 아름다워지는 것은 아니기 때문이지. 사람이 재주를 아름답게 하지 재주가 사람을 아름답게 하진 못해서란다.

아름다운 사람에게 깃들 때라야 재주도 아름다울 수 있는 것. 그렇다면 아름다운 재주보다는 아름다운 사람을 우선 챙겨야 하지 않겠니? 재주가 사람에게서 나오는 것이지 사람이 재주에서 나오는 것은 아니니 말이다. 재주는 사람을 위해 있는 것이지 사람이 재주를 위해 있는 것은 아니란다.

재주는 사람됨을 갖춘 뒤에라야 축복이 되는 거야. 하늘에서 내려줬든 땅에서 솟았든 용한 재주가 엉뚱한 곳에 잘못 깃들면 그만한 해악도 없을 테지. 사람다운 사람인데 재주가 부족한 사람은 제 한 몸 불편하겠지만 세상에 해를 끼치진 않는 법이야. 하지만 재주는 있는데 사람답지 않은 사람은 자칫 세상에 독이 될 수도 있단다. 양심도 정의도 없는 놈에게 빼어난 재주가 주어졌다고 상상해보렴. 그 재주가 대체 어떻게 쓰이겠니?

대학시절 미당 서정주 시인을 두고 친구들과 논쟁을 벌인 일이 있단다. 한 쪽에선 그의 탁월한 글재주를 높이 샀고 다른 쪽에선 그의 꼴사나운 친일행각과 독재권력 찬양을 들먹였지. 아빤 비판 쪽에 섰단다. 시인으로서의 능력은 불세출이었으나 그의 시가 청년들을 일제의 전쟁터로 내모는 삐라가 되고, 독재정권을 옹호하는 확성기가 되고, 그런 기억들이 정의와 양심을 잊게 만드는 수면제가 되기도 했으니 말이다. 그래서 미당을 상징하는 시구 '나를 키운 건 8할이 바람'을 아빠 '당신을 키운 건 8할이 눈치'라 비꼬기도 했단다.

재주는 뛰어난데 사람이 사람 같지 않다면 그 재주는 자신에게는 물론 타인에게조차 불행을 가져다줄 뿐이지. 야만에 깃든 재주가 어떤 비극을 낳고 마는지는 히틀러를 보면 알 수 있을 게다. 사람을 움직이고 불러 모으고 이끄는 그의 재주가 사람을 귀히 여기고 화해를 찾고 평화를 부르는 이에게 깃들었다면 얼마나 좋았겠느냐.

'재주면 OK! 인간성은 그 다음'의 황망한 풍경은 지금 우리 주변에도 흔하디흔하단다. 우린 언제부턴가 사람됨보다는 공부 잘하면 그만, 돈 많이 벌면 그만, 출세하면 그만, 힘깨나 쓰면 그만이라는 재주 중독증에 감염돼버렸지. 그래서 남을 배려한다든가, 양심을 지킨다든가, 주변을 챙긴다든가, 소신을 지킨다든가, 세상에 보탬이 된다든가, 함께 더불어 행복해진다든가 하는 쪽으론 눈길을 주지 않으려 애쓰는 모양이야. 그 알량한 재주들을 오직 자신의 욕망을 채우는 데 이용할 뿐이지.

재주는 빼어난데 사람은 영~, 이런 평가를 받을 만한 인물이 있단다. 세종대왕 시절 집현전 학자로 있던 권채(1399~1438)라는 양반이 바로 그런 사람이야. '왜 나만 갖고 그래' 하고 따지고 들면 딱히 할 말은 없지만 그 비루한 자들의 명단 속에 그도 포함될 만하니 미안해도 어쩔 수 없을 것 같구나.

권채는 당대 최고의 문장가라는 소리를 들으며 세종의 총애를 받고 있던, 한마디로 잘나가는 사대부였지. 헌데 이 양반, 문장은 아름다웠으나 사람됨은 결코 아름답지 못했던 모양이야.

권채는 선비의 몸으로 차마 하지 못할 경악할 사건의 주인공이란다. 자신의 여종이자 첩이었던 덕금이라는 여인을 학대해 죽음의 문턱에 이르게 하고선 늙은 종을 시켜 내다버리려 했던 거야. 마침 퇴청하던 형조판서 노한이 늙은 종이 지고 가는 지게에 놓인 가마니를 쳐다보다 앙상하게 마른 다리가 삐져나온 걸 발견했기 망정이지 그렇지 않았다면 아무 일 없이 넘어갔을 사건이었다는구나.

가마니를 펼치니 온몸이 멍투성이인 덕금이 파리한 몸으로 죽어가고 있더래. 노한이 늙은 종을 다그치니 권채와 그 부인이 말을 잘 듣지 않는다는 이유로 온갖 매질을 하고 개돼지처럼 오줌과 똥을 먹게 했다는 거야. 노한이 임금에게 사실을 아뢰자 세종이 탄식을 했다는구나. "참혹하도다. 정녕 참혹하도다."

그런데도 권채는 잘못을 뉘우치기는커녕 자신의 입지를 이용해 죄를 면할 궁리만 했고 자신을 문초하는 의금부 관리들에게 "비천한 것을 다스렸을 뿐"이라고 되레 목소리를 높이기도 했대. 그걸 본 의금부 관리 신상이라는 사람이 이런 말을 했단다. "이 사람은 나만 글을 배울 줄은 알아도 부끄러움은 알지 못합니다." 권채는 사람으로서 마땅히 갖춰야 할 부끄러운 마음, 미안한 마음, 측은한 마음이 없었던 거지.

문장은 아름다우나 사람은 아름답지 못했던 권채가 어디 한둘이겠느냐. 머리가 비상해 높은 관직에 오르더니 일제에 나라를 통째로 팔아먹고선 그 대가로 작위와 땅을 하사받아 제 한 몸, 제 한 가족 자자손손 영화를 이어가고자 했던 을사오적도 재주는 있으되 사람됨은 아니라는 점에서 그 나물에 그 밥인 셈이다.

고려 말 조선 초의 학자로 양촌 권근(1352~1409)이라는 사람이 있단다. '상대별곡'의 저자로도 유명한 분이지. 이 양반의 문집에는 '제주향교기'라는 글이 있는데 모든 재주보다 바른 마음가짐이 우선이라는 충고를 들려준단다.

"학문하는 방법은 책 속에 자세히 실려 있다. 하지만 그 요점은 다만 심술(心術)을 바로잡는 데 있을 뿐이다. 심술이 바른 뒤에야 벼슬길에 임하고 백성을 다스리는 온갖 일을 해낼 수가 있다. 그렇지 않으면 비록 능히 성현의 글을 읽고 화려한 문장을 잘 짓는다 해도 마침내 또한 소인됨을 면할 수가 없다."

그런데 참 희한한 것은 권채가 권근의 조카라는 사실이야. 권채를 소개하는 글에는 "문장에 뛰어난 재질이 있었으며, 가학(家學)을 이어받아"라고 되어 있는데 이 양반은 숙부의 글조차 제대로 읽지 않았던 건지, 글은 읽었으되 깨달음을 얻진 못했던 건지, 아니면 깨달음은 얻었으되 욕심에 눈이 멀었던 건지 모르겠구나. 숙부의 충고를 새겨들었더라면, 지식이나 글재주에 앞서 마음가짐을 바르게 했더라면 두고두고 소인배로 대접받는 불명예를 감수하진 않았을 텐데 말이다.

~답게 산다는 것은 사람됨의 한 잣대란다. 권채와 을사오적의 비극도 따지고 보면 ~답게 살지 못했다는 데서 비롯된 거지. 사대부 권채는 사대부답지 않았던 까닭에, 조선의 신하 을사오적은 조선의 신하답지 않았던 까닭에 대대손손 욕을 바가지로 퍼먹고 있는 것이지.

부모는 부모다워야 하고 자식은 자식다워야 하며 학생은 학생다워야 하고 선생은 선생다워야 한단다. 기업가는 기업가다워야 하고 노동자는 노동자다워야 하며 시인은 시인다워야 하고 지식인은 지식인다워야 하며 대통령은 대통령다워야 하고 국민은 국민다워야 한단다.

모두가 저마다 자기가 선 자리에서 ~답게 살아갈 때라야 세상은 비로소 제대로 돌아가고 살아갈 만한 곳이 되는 거란다.

그렇다면 ~답게 산다는 것은 무엇일까. 지킬 건 지키고 사는 것이요, 할 것은 하고 사는 것이지 싶구나. 그게 엉키면 끝장이란다. 기업가가 염치없는 도둑놈 같고, 시인이 거들먹거리는 불한당 같고, 국민이 굽실거리는 머슴 같다면 세상다운 세상을 기대할 수 없는 법이지.

~답게 사는 것의 기본은 역시 '사람답게' 사는 것이란다. 그것이 바로 사람됨이지. 사람이 사람답게 사는 건 당연한 노릇이겠지만 살아보니 그게 쉽지만은 않다는 걸 알겠더구나. 사람답게 따스한 체온을 지닐 줄 알고, 남을 보듬어 안을 줄 알고, 상대를 배려할 줄 알고, 부끄러워할 줄 알고, 참아낼 줄 알고, 희망을 품을 줄 아는 것, 참 만만찮은 일이지.

해도 그것이 우리가 살아가는 기본, 사람답게 사는 길이란다. 힘들다고 포기한다면 돌아올 것은 후회뿐이지. 사람다운 사람, ~답게 사는 사람. 그런 사람이 아름다운 사람이고 아빠는 너희가 그렇게 자라나주길 바라고 또 바라고 있단다.

악마는 프라다를 입는다

〈악마는 프라다를 입는다〉는 영화
가 있어. 패션업계를 소재로 한 영화인데 여주인공이 성공과 사
랑 사이에서 갈등하는 내용이지. '악마는 프라다를 입는다'에서
프라다는 돈이나 권력이나 명예 따위를 의미해. 욕망이라는 뜻이
야. 결국 악마는 욕망을 좇는다는 말인데 쉽게 말하면 프라다를
입기 위해선, 곧 욕망을 채우기 위해선 악마가 돼야 한다는 거지.

프라다를 입기 위해 치러야 하는 대가는, 그러나 혹독하단다.
권력에 대한 투철한 충성, 자본에 대한 철저한 복종과 신뢰, 남의
불행을 즐길 줄 아는 과단성과 결단성. 기꺼이 악마가 되고자 하
지 않고서는 감히 프라다를 넘볼 수 없는 거지. 결국 길은 두 갈
래야. 프라다를 위해 악마의 길도 마다하지 않느냐, 프라다를 포
기하고 인간으로 사느냐. 주인공은 인간으로 남고자 한단다.

아빠 이 영화를 참 재미나게 봤더랬는데 어떤 사람들에겐 주
인공의 선택이 밋밋하게 느껴졌나봐. 파격 혹은 반전이 없다는
거지. 하지만 아빠 생각은 달랐단다. 주인공처럼 사람으로 살고
자 하는 사람이 세상에 흔하다면 또 모를까, 프라다를 입고자 발
버둥치는 사람들이 널려 있는 요즘 같은 세상에선 주인공의 선택
이 바로 파격이요 반전이 아닐까 싶더구나.

영화의 매력은 현실을 뒤집어보는 거란다. 현실에선 드문, 아
니 낯선 것으로 현실을 들여다보게 만드는 거지. 그렇다면 지금
의 현실에선 주인공이 프라다를 고르는 게 오히려 뻔한 결론 아

닐까. 감독은 현실에서 보기 힘든 주인공의 선택을 통해 프라다가 유혹하고 악마가 판치는 현실을 꼬집어보고자 했던 것 같더구나.

사람으로 살고자 하는 게 영화 같은 일로 변해버린 세상. 프라다의 유혹 앞에서 태연스레 당당하게 비켜서 있기란 쉬운 일이 아니란다. 하지만 평화와 안식은 끝내 그런 사람들에게 깃드는 법이야. 프라다 속에는 칼이 번득이고 있기 때문이지. 그 칼이 한동안 많은 것을 가져다주겠지만 언젠가는 상처를 남길 것이고 마침내는 자신마저 베어버릴 것이기 때문이야. 물론 몇몇은 삶이 끝나는 순간까지도 프라다를 입고 그걸 자랑하며 회심의 미소를 머금고 있거나 환희의 찬가를 읊조리고 있겠지만 말이다.

20. 남한산성 그리고 삼전도비

지하철 8호선 남한산성입구역 부근 버스 정거장. 시장통이지만 아침나절이라 그런지 그리 붐비진 않더구나. 남한산성 가는 9번 버스에 올랐더니 승객은 대략 10여 명. 아빠가 그 중에 가장 젊지 싶었어. 대개는 60,70대 노인 분들이나 50대로 보이는 아주머니들. 40대 사내에게 수요일 오전은 가장 바쁜 시간일 테니 그럴 만도 했지.

산을 휘감고 돌길 10여 분. 남문터널을 지나니 산을 병풍처럼 두른 남한산성 마을이 나오더구나. 신라 문무왕 때 토성으로 지어졌다는 남한산성. 조선조 들어 광해군이 석성으로 바꾸는 공사를 시작했고 인조 때 본성이 준공된 이후 조선 말까지 개축이 이뤄졌대. 둘레는 11.76킬로미터.

버스종점 인근 남한산초등학교 옆 언덕으로 가면 연무관이 서 있단다. 군졸들이 무술을 연마하던 곳이래. 누각 옆에는 400년이 넘은 느티나무 두 그루가 위병처럼 지키고 있어. 그 나무들을 보니 '이것들은 저 성벽에 기대 청나라 군대와 항쟁을 펼치던 군졸들의 사투를, 끝내 조선이 청나라에 무릎꿇던 굴욕의 그날을, 남한산성에 울려 퍼지던 탄식과 통곡을 들었겠지', 싶더구나.

남한산성하면 우선 떠오르는 것이 병자호란일 거야. 45일간 청나라 군대에 맞서 항전을 펼치던 곳이기 때문이지. 산성에 남아 있는 행궁은 호란의 흔적 가운데 하나야. 당시 인조와 왕실사람들이 피난 와서 머물던 행궁은 연무관에서 1킬로미터 남짓한 거리에 있어. 행궁은 도성 안의 궁궐이 아니라 임금이 외부로 거동할 때 임시로 머무는 별궁 또는 이궁을 말해.

남한산성 행궁은 현재 위쪽 건물인 상궐만 복원된 상태야. 제법 격식을 갖췄지만 그 규모는 조촐하단다. 아래쪽에 있던 건물은 현재 복원작업이 한창이더구나. 행궁에 서면 남문을 바라볼 수 있어. 여기 머물던 인조도 어디쯤엔가 선 채 저만치서 펼쳐지는 전투를 보고 있었겠지. 그때 그는 과연 무슨 생각을 했을까. 광해를 내쫓고 임금 자리에 올랐을 때 이런 참담한 날이 다가올 줄 상상이나 했을까. 나라와 백성에게 치욕을 안겨준 비루한 신하들에게 그는 어떤 꾸지람을 내렸을까.

행궁을 나와 수어장대로 향하는 산길. 낡고 조그마한 비석을 보니 정조대왕도 이곳에 머무신 적이 있대. 늙은 소나무가 군락을 이룬 숲길을 따라 1킬로미터 남짓 오르면 산 정상에 자리한 수어장대를 만날 수 있단다. 장군이 진을 치고 휘하 장졸들을 지휘하던 곳. 인조 2년(1624) 단층으로 축조한 것을 영조 27년(1751) 2층 누각을 올리고 외부편액을 수어장대, 내부편액을 무망루라 이름 지었다는구나.

무망루(無忘樓). 잊지 않겠다는 뜻이야. 병자호란의 치욕을 잊지 않겠다는 거지. 헌데 무망루라는 편액이 보이지 않아 두리번거리니 편액은 수어장대 옆 작은 누각에 따로 모셔두었더구나. 누각 옆엔 이런 비석도 서 있어. '리 대통령 행차 기념식수'. 이승만 전 대통령이 다녀갔던 모양이야.

수어장대에서 남문까지는 내리막길. 20여 분쯤 걸어 내려오면 남문이 보인단다. 안내판에는 이렇게 적혀 있어. "치욕의 장소이긴 하나 결코 함락되지는 않은 천혜의 요새요…." 그 구절이 참 안쓰럽게 느껴지더구나. 알량한 자존심 내세우기라 해야 할지, 구차한 변명이라 해야 할지, 치사한 자기위안이라 해야 할지.

남문에 걸린 현판의 글은 '지화문(至和門)'이란다. 현판 글을 지은 사람은 정조대왕. 성을 지킴에 있어 인화(仁和)가 가장 중요하다는 의미라는구나. 정조 3년(1779) 성곽을 개보수하면서 이런 이름을 붙였대.

지화문 편액을 찍고 있는데 웬 아주머니가 떡을 건네더구나. 산성을 찾는 사람 누구에게나 한 봉지씩. 이유를 물으니 어머니의 백세 생신을 기념하는 떡이래. 효녀인지 효부인지는 몰라도 참 고마운 사람이다, 싶더구나. 부모에게 효도하고 세상에 고마워하고 길손들과 기쁨을 나누며 공덕을 쌓는 이가 드문 시절이니 말이다. 아빠도 한 봉지 받아 들었는데 그 따뜻한 떡이 유난히 맛나고 찰지더구나. 빈 배만 달래주는 게 아니라 허전한 가슴도 넉넉하게 채워줬어. 얼굴 가득 미소까지 선물하고 말이야.

산을 내려오자마자 삼전도비 공원을 찾았단다. 공원은 숨어 있다는 표현이 어울릴 것 같더구나. 지하철 8호선 석촌역에서 걸어서 불과 5분 거리. 간선도로에 서 있는 작은 안내판을 따라 걸어가면 주택가와 상가 사이에 아담한 쌈지공원이 나온단다. 삼전도비 공원이야.

삼전도비 앞에는 인조가 청나라 황제 앞에 무릎꿇고 절하는 장면이 부조로 새겨져 있어. 이름하여 '삼배구고두례(三拜九敲頭禮)'. 큰 절을 한 번 할 때마다 세 번씩 머리를 땅에 조아리는 거래. 큰 절을 세 번(삼배) 하니까 결국 아홉 번 땅에 머리를 조아리게(구고두례) 되는 셈이지. 왕을 알현할 때 행하던 여진족의 풍습이라는구나.

병자호란이 일어난 때는 1636년 12월 6일. 조선은 전쟁에서 패하고 말지. 그리고 1637년 1월 30일 남한산성으로 피신했던 인조는 삼전도로 불려나와 항복의 예를 올린대. 신하를 뜻하는 푸른색 옷인 남염의를 입고 이 굴욕의 삼배구고두례를 올리며 비탄에 잠겼을 조선의 왕과 신하와 백성들. 조선이 개국한 이래 최대의 국치(國恥)를 당하는 순간이었지.

삼전도비는 공원 마당을 한눈에 내려다보며 서 있더구나. 높이 5.7m에 너비는 1.4m, 무게는 32t. 비석치고는 웅장한 규모란다. 비의 본래 이름은 '삼전도청태종공덕비(三田渡淸太宗功德碑)'. 조선이 항복하고 2년 뒤 청나라의 강권으로 세워졌대. 비문을 지으라는 명을 받은 대제학 이경석은 "글을 배운 것이 천추의 한이 된다"고 한탄했다는구나. 옛날 이곳은 서울과 남한산성을 이어주는 곳으로 당시는 강나루가 있었던 곳이래.

인조가 걸어간 삼전도, 그 치욕의 길. 그 길을 놓고 신하들은 극명하게 엇갈렸단다. 화친을 맺자는 화의론과 끝까지 싸워야 한다는 척

삼전도비 공원의 부조와 남한산성 남문

화론. 이조판서 최명길과 예조판서 김상헌이 양쪽을 대표하는 인물들
이지.

최명길(1586~1647)은 항복문서를 직접 쓰기도 했고 호란 뒤에는
청나라를 오가며 온갖 어려운 외교문제를 해결해나갔대. 반면 척화파
의 중심 청음 김상헌(1570~1652)은 항복문서를 찢고 통곡했다는구나.
"가노라 삼각산아 다시 보자 한강수야/고국산천을 떠나고자 하랴마
는/시절이 하 수상하니 올동말동하여라." 김상헌이 호란 직후 청나라
심양으로 잡혀가면서 읊었던 시조란다.

강화를 주장하든 척화를 내세우든 두 사람의 목소리는 아마 백성
들에게 공허하게 들렸을 것 같구나. 이제 와서 화의니 척화니 싸우는
꼴이라니, 이러지 않았을까. 신하된 자들이 왜 진작 나라를 바로세우
지 못했고 튼튼하게 만들지 못했느냐고 말이지.

김상헌은 훗날 삼학사와 더불어 척화파의 상징으로 불린단다. 삼
학사란 호란 뒤 중국 심양에 끌려가 갖은 협박과 유혹에도 끝내 굽히
지 않고 충절을 지키다 순절한 홍익한, 윤집, 오달제 세 선비를 말해.

하지만 이들이 의로운 신하들로 추앙받는 데는 집권층의 정치적
꼼수도 한몫한단다. 조선의 권력을 틀어쥐고 있던 서인들은 패전의
책임을 지고 물러나기는커녕 오랑캐에게 당한 치욕을 갚아 천하의 대
의(大義)를 세우자고 외친단다. 그러면서 그들은 이른바 북벌이라는
것을 추진한대. 청나라에 포로로 잡혀갔다가 돌아온 효종(봉림대군)
과 서인의 영수 송시열이 그 중심인물이지.

병자국치의 원한에 사무친 백성들에게 이보다 더 매력적인 구호는
없었을 거야. 특히 북벌론이 확산되면 백성들은 서인정권의 실패를

고스란히 잊게 될 테니 말이다. 그러면 패전의 책임을 피한 채 정권도 유지할 수 있겠지. 이제 필요한 것은 반청(反淸) 분위기를 드높이고 충절을 강조할 선전수단. 척화파가 자연스레 거론됐을 법하지. 북벌은 요란했지만 끝내 실현되지 못했단다.

삼전도비공원을 뒤로 한 채 동서울버스터미널로 향하는 길. 부조 속 인조와 신하들의 모습을 떠올렸단다. 남한산성에서 걸어 나와 삼전도까지 오면서 인조는 과연 무슨 생각을 했을까. 무릎꿇은 임금 뒤에 서 있던 신하들은 또 어떤 마음을 품고 있었을까. 나라를 바로 세워 오늘의 수모를 반드시 되갚겠다고 맹세하고 있었을까. 아니면 내 안위는 어떻게 될지, 권력은 오래 유지할 수 있을지 고민하고 있었을까. 그들은 제 한 몸 챙기기에 바쁜 왕과 신하를 둔 죄로 갖은 수모와 고초를 겪었을 백성들의 피눈물을 안타깝게 여기기라도 했던 것일까?

신하 이시백의 충고

| 인조에 얽힌 일화를 하나 소개해두마. 1646
년 병술년에 있었다는 이야기인데 인조의 한심스런 행보와 신하
이시백의 당당한 기개가 대비되는 장면이란다. 이시백
(1581~1660)은 인조반정에 참여했던 이른바 반정공신으로 인조
의 신임이 두터웠던 인물이었다는구나.

인조가 이시백에게 집을 한 채 하사했는데 어느 날 궁궐사람
들이 집을 찾아왔던가봐. 인조의 명을 받아 집 뜰에 있는 '금사낙
양홍'이라는 꽃을 가지러 온 거래. 그 말을 듣자 이시백은 뜰로
가더니 그 꽃을 뿌리째 뽑아버렸다는구나. 그러면서 눈물을 떨어
뜨리며 말하더래.

"오늘날 나라의 형세가 아침저녁을 보전하기 어려울 지경인
데 임금께서는 어진 인재를 구할 생각은 않고 이런 꽃이나 구하
자고 하시니 이게 웬일인가? 나는 이 꽃으로 임금님께 어여쁘게
보여 나라가 망하는 꼴을 볼 수 없다."

1646년은 병자호란이 있고 10년 뒤였지만 국치의 충격은 채
가시지 않았고 민심은 여전히 흉흉하던 때였지. 더군다나 청나라
에 인질로 잡혀 있다 귀국한 소현세자가 귀국한 지 두 달여 만에
숱한 의문 속에 세상을 떠났던 게 바로 전 해의 일이었으니 나라
안팎이 뒤숭숭할 수밖에 없었단다.

더군다나 1646년은 소현의 맏아들인 원손을 세자로 세워야
한다는 많은 신하들의 반대에도 불구하고 인조와 권신 김자점이

봉림대군을 세자로 올리는 해인데다 인조가 소현의 아내인 강빈을 역적으로 몰아 사약을 내리는 해이기도 하단다.

반정으로 임금이 되었으되 청태종에게 무릎꿇고, 아들을 의심해 죽게 만들고, 며느리를 죽음으로 내몰고, 훗날 손자들마저 유배 보내는 무능하고 비루하고 비정한 임금, 인조. 그런데 그 비극의 와중에 신하의 집 뜰에 핀 꽃을 가져오라고 시켰다니 대체 이게 임금이 할 짓인가, 말문이 막힐 뿐이지. 그 참담한 세월에 번민은커녕 한가로이 꽃타령이나 했다니 나라가 어찌되든 말든, 민심이 어떻든 말든, 자손이 죽든 말든 제 한 몸 편하면 그만이라는 고약한 심보 아닌가 말이다.

이시백은 반정공신이긴 했으나 공신들이 권력을 틀어쥐는 것을 늘 경계했으며 소현의 후계를 놓고 조정이 살얼음판 같았을 땐 권력의 중심인 인조나 공신세력에 반대해 원손이 대통을 이어야 한다는 쪽에 섰대. 소신과 원칙에 충실했던 셈이지. 그래서인지 효종은 자신의 세자책봉에 반대한 인물이지만 그의 능력과 인품을 높이 샀고 훗날 벼슬이 영의정까지 올랐다는구나.

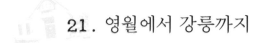

21. 영월에서 강릉까지

이쯤에서 한 번 더 둘러대야겠다, 싶구나. 유배지를 돈다고 해놓고
선 유배지 근처의 문화유적으로 향하는 발길이 더 잦은 듯하니 말이
다. 어제 찾았던 홍릉 유릉이나 남한산성과 삼전도비공원을 유배의
흔적이라 부를 순 없겠지. 하지만 이렇게 생각해도 괜찮지 않을까. 조
선의 종말을 지켜봐야 했던 고종이나 순종, 삼전도의 굴욕을 당한 인
조나 그 신하들도 따지고 보면 유배자 아닌 유배자로 살았을 테니 말
이다. 이거, 말 되나?

서울에서 버스에 오른 시간이 오후 2시 30분. 차에 오르자마자 잠
깐 눈 좀 붙여야겠다, 했는데 눈뜨니 벌써 영월이더구나. 늘어지게 잤
던 모양이야. 역시 몸을 굴리니 잠이 깊어지나 보다, 했지. 이 정도면
코도 곯았겠다 싶더구나.

동강과 곤드레밥과 영화 〈라디오스타〉의 무대로 유명한 영월. 버
스가 터미널로 들어설 무렵 차창 밖을 두리번거리는데 저만치 언덕배

기에 자리 잡고 앉은, 위세가 남다른 건물이 눈에 들어오더구나. 영월 군청 청사였어. 과도하게 푸짐한 덩치로 야트막한 건물들을 호령하듯 서 있는데 그 모습이 영 마뜩찮더구나. 왜 우리나라 관공서 건물들은 하나같이 겉멋 부리는데 열중하고 고압적이기까지 할까.

해질 무렵이라 부리나케 택시 잡아타고 청령포로 향했단다. 청령 포는 어린 단종이 유배됐던 곳이야. 이번 영월여행의 목적지지. 관광 지라지만 시내버스는 하루에 몇 편밖에 없다는구나. 대개 차를 몰고 오거나 전세버스를 이용해서 그런가봐. 그럼 아빠처럼 대중교통을 이 용하는 사람은 어쩌나. 각자 알아서 하시라는 말씀이지.

청령포는 섬 같더구나. 서쪽으론 암벽이 솟아 있고 삼면은 폭이 3,40미터쯤 되는 강물에 둘러싸여 있으니 육지 속의 섬 아닌 섬, 꼼짝 없이 갇힌 신세야. 청령포를 가둔 강의 이름은 서강. 강이라 하기엔 품 이 좀 좁고 개울이라 하기엔 건너기가 좀 벅찰 듯하더구나. 그래서 서 강 양쪽에는 작은 배가 대기하고 있단다.

청령포에 도착하니 뉘엿뉘엿 몸을 누이는 해. 뒷산에서부터 어스 름이 번지기 시작하니 걸음은 저절로 빨라질밖에. 단종의 거소가 있 던 곳 주변에는 송림이 제법 울창하단다. 숲 한가운데 서 있는 소나무 의 이름은 관음송. 수령 600년으로 우리나라에서 가장 나이 많은 소나 무래. 단종이 이 소나무에 앉아 쉬는 모습을 봤는데(觀), 슬프게 오열 하는 소리를 들었다(音)고 해서 붙여진 이름이라는구나.

단종(1441~1457)은 조선의 제6대 임금이란다. 1452년 아버지 문종 의 뒤를 이어 열두 살 어린 나이에 임금 자리에 앉지만 숙부인 수양대 군(세조)에게 왕위를 빼앗기는 비운의 주인공이지. 그의 재위기간은

1452년에서 1455년까지. 단종은 임금 자리에서 쫓겨난 뒤 상왕으로 불리지만 이후 단종복위운동을 하던 신하들이 죽임을 당하자 노산군으로 강등된 다음 영월로 유배를 왔대. 그때가 1456년 6월 28일. 하지만 끝내 한양으로 돌아가지 못한 채 이듬해 10월 24일 사약을 받고 한 많은 생을 마감한다는구나. 그때 나이 열일곱.

단종의 거소는 단출하더구나. 임금이었다 해도 유배자의 신세니 별 수 있나. 유배터만 남아 있던 자리에 훗날 거소를 지었다는데 소나무 한 그루가 큰 절을 올리듯 거소를 향해 허리를 굽히고 있단다.

강과 평야가 한눈에 들어오는 왼편 언덕은 단종이 자주 들러 한양이 있는 쪽을 바라보며 비탄에 잠겼다는 노산대. 노산대 아래에는 왕비인 정순왕후 송씨를 그리워하며 쌓아올렸다는 망향탑이 있고 숲으로 가면 영조대왕이 백성들의 청령포 출입을 금하는 명령을 내렸다는 '청령포 금표비'가 서 있단다.

청령포에 있는 단종의 흔적은 이 정도가 전부야. 그의 무덤은 청령포 북쪽, 장릉에 있다는구나. 동강에 버려진 단종의 시신을 엄흥도라는 사람이 죽음을 무릅쓰고 거두어 모신 곳이래.

세조의 명으로 사약을 가지고 영월을 찾은 금부도사 왕방연. 어명을 집행한 뒤 한양으로 돌아가는 길에 그는 청령포를 바라보며 시 한수를 남겼단다.

천만리 머나먼 길/고운 님 여의옵고/이 마음 둘 데 없어/냇가에 앉았으니/저 물도 내 맘 같아야/울어 밤길 예놋다

188

청량포

조선왕조 500년 동안 신하들에 의해 임금 자리에서 쫓겨난 임금이 두 사람 있단다. 저번 편지에서 말한 연산군과 광해군이 그들이지. 왕실 사람도 신하로 본다면 삼촌인 수양대군에게 왕위를 빼앗기는 단종도 포함시킬 수 있겠구나. 그런데 참 희한하게도 아빠의 두 번째 여행이 이 세 임금을 찾는 여정처럼 됐네. 첫날 연산이 머물던 교동을, 이튿날 광해의 묘가 있는 남양주를, 그리고 그 이튿날 단종의 유배지인 영월 청령포를 찾았으니 이들의 유배 흔적을 하루씩 차례대로 찾은 셈이구나.

8시 10분발 강릉행 태백선 무궁화호 마지막 열차. 출발 전까진 2시간의 여유를 누릴 수 있었단다. 시간도 때울 겸 영월읍내를 어슬렁거려보기로 했지. 언제 다시 이 거리를 걸어볼 수 있겠나 싶기도 하고, 아빠를 알아보는 사람 한 명 없는 곳에서 익명의 즐거움을 즐겨보고 싶기도 해서 말이다.

뜻밖의 수확도 있었단다. 영화 〈라디오스타〉에 나오던 바로 그 청록다방, 고풍스런 기와건물에 들어선 은행무인점포, 돼지 부산물을 판다는 뜻에서 돼지부속이라 이름 지었다는 간판, 동강을 건너는 영월대교….

그렇게 이리저리 쏘다니다 영월역으로 향했지. 근데 역사가 가관이더구나. 조명이랍시고 달아놓았는데 빨강 파랑 노랑 초록…. 어찌나 정신 사납던지. 잘나가는 모텔 저리 가라 수준이야. 휘황찬란한 조명 탓에 역사가 어떻게 생겨먹었는지도 모르겠더구나.

5호차 53석. 자리를 잡고 앉은 지 5분이나 지났을까. 어럽쇼, 순천 가는 기차에선 그렇게 기다려도 코빼기도 보이지 않던 음식물 판매원이 돌아다니지 뭐야. 과자며 음료수며 도시락까지 팔더구나. 밤기차를 이용하는 승객이 많아서 그런가봐. 널리 세상을 이롭게 한다는 홍익인간. 그 후손임을 강조하는 홍익회가 돈 되는 곳에만 찾아드는 셈이니 그 하는 짓이 어찌 얄밉지 않겠니. 알량한 자존심에 눈 한 번 흘기고 급기야 아빠 혼자서 불매운동까지 벌였단다.

어둠을 가르며 강원도의 밤을 횡단하는 열차. 밤기차의 낭만을 즐겨볼 요량이었는데 낭만은 온데간데없고 '어디로 갈 것인가' '어떻게 살 것인가' 걱정만 한 보따리 안기더구나. 차창에 아른거리는 건 40대 중반 눈 큰 사내의 어설픈 미소뿐이었지.

얼마나 지났을까. 쿵쾅거리는 소리에 눈을 떴단다. 한 사내가 급히 짐을 챙겨 후다닥 입구 쪽으로 달려가더구나. 깜빡 졸다가 내려야 할 곳을 지나칠 뻔했던가봐. 어느새 묵호역. 잠든 사이 기차는 평창 정선을 지나 반도의 등줄기 태백산맥을 넘어 동해로 건너온 거였어.

비가 오고 있더구나. 차창에 방울방울 눈물처럼 맺히더니 주룩주룩 사선을 그으며 흘러내려 어둠 속으로 흩날리는 빗물. 가랑비나 이슬비가 아니었어. 차창에 부딪히는 소리나 차창에 맺힌 방울을 보니 제법 씨알이 굵더구나. 물도 검고 바다도 검고 물새도 검다고 해서 먹 묵(墨)자와 호수 호(湖)를 붙여 묵호(墨湖)라는데 어둠이 짙으니 그걸 확인할 길은 없더구나.

비 내리는 강원도의 밤을 뚫고 북으로 향하는 기차. 바다를 옆에 두고 달리니 심심하지 않아 좋았단다. 손에 잡힐 듯 가까운 해변에선 흰 파도가 밀려왔다 부서지고 또 밀려왔다 부서지는데 그놈의 풍경이 사람을 괜스레 애잔하게 만들더구나. 기차는 카페촌들이 환하게 불 밝히고 있는 정동진을 지나 이윽고 비에 젖은 강릉으로 들어서고 있었다.

임금 자리가 뭐길래

단종은 조선의 제5대 임금인 문종 (1414~1452)의 외아들이란다. 문종이 세종(1397~1450)의 맏아들이니 단종은 세종의 장손자인 셈이야. 단종에게서 임금 자리를 빼앗는 수양대군, 훗날의 세조(1417~1468)는 세종의 둘째 아들로 문종의 동생이지. 둘 다 세종의 정비인 소헌왕후(1395~1446)에게서 태어났다는구나. 그러니까 수양은 단종의 친삼촌이란다.

문종은 세종의 뒤를 이어 1450년 임금에 오르지만 건강이 좋지 않았던 까닭에 재위 2년 4개월 만에 세상을 떠난대. 1452년 왕위는 단종에게 이어지는데 비극의 서막이 오른 셈이지. 열두 살 어린 임금에게 삼촌은 버겁고 두려운 존재였단다. 그도 그럴 것이 수양은 진작부터 대권을 거머쥘 야망을 품은 채 기회를 엿보고 있었거든. 그리고 마침내 1453년 10월, 친조카를 끌어내리기 위해 기어이 사달을 낸다는구나.

수양은 자신의 집권에 방해가 되는 인물들을 하나둘 제거하는데 그 첫 번째 희생자가 좌의정 김종서야. 그는 대호(大虎, 큰 호랑이)라는 별명에서 알 수 있듯 대범하고 강건한 성품의 소유자로 수양이 가장 경계했던 인물이지. 김종서는 수양이 보낸 무사들에 의해 두 아들과 함께 자신의 집에서 살해된대.

이어 수양은 영의정 황보인 등 문종의 고명(顧命, 임금이 죽을 때 신하 등에게 부탁하여 남기는 말)을 받들어 단종을 보필하던 수많은 신하들을 죽음으로 내몰거나 유배지로 보낸단다. 역사는 이를 '계유정난' 이라 부르지.

이때 죽임을 당한 사람 가운데 명필가로 잘 알려진 안평대군(1418~1453)도 있단다. 그는 수양의 친동생이야. 결국 수양은 임금 자리를 차지하기 위해 친조카와 친동생의 목숨까지 앗은 셈이지. 수양은 결국 1455년 단종을 몰아내고 임금 자리에 앉는단다.

하지만 선비들이 가만있을 리 만무했지. 사육신이 대표적인 경우야. 사육신이란 죽은 여섯 신하라는 뜻인데 단종복위를 모의하다 발각되어 처형당한 충신, 성삼문 박팽년 하위지 이개 유성원 유응부를 일컫는단다. 이들은 모진 고문 끝에 죽음을 맞는데 하나같이 소신을 굽히지 않았다. 특히 성삼문은 시뻘겋게 달군 쇠로 온몸을 지져대는 잔혹한 고문에도 불구하고 세조를 '전하'라 부르지 않고 '나리'라 불렀다는구나. 임금으로 인정하지 못하겠다는 거지.

생육신도 있었단다. 살아 있는 여섯 신하라는 뜻인데 세조가 임금 자리를 탈취하자 평생 세상을 등진 채 죄인처럼 살면서 절개를 지킨 여섯 사람을 말하지. 김시습 원호 이맹전 조려 성담수 남효온이 그분들이야.

비극은 다시 이어진단다. 세종의 여섯째 아들로 수양의 동생이자 단종의 숙부인 금성대군(1426~1457)이 다시 단종복위를 도모하다 사사되는 거야. 이 일로 단종도 사약을 받아든단다.

근데 안평대군 금성대군 역시 소헌왕후 소생이래. 소헌은 세종과의 사이에 8남 2녀를 낳았는데 수양이 용상을 탐한 나머지 두 친동생과 친조카까지 죽이는 참담한 짓을 벌일지 짐작이나 했을까. 소헌이 세종 재위 중 세상을 떠난 것은 어쩌면 축복이겠다, 싶구나.

22. 천지 사이의 한 괴물, 허균

아침부터 길을 서둘렀단다. 오전 중으로 몇 군데 둘러본 뒤 곧장 부산으로 내려가야 하니 어쩔 수 없었지. 강릉역 앞 모텔에서 20분쯤 걷고서야 도착한 버스터미널. 헌데 허균 허난설헌 생가 가는 206번 버스에 올랐더니 강릉역 부근을 다시 지나더라구. 나 참, 아침부터 괜한 발품 팔았네, 싶었지만 오랜만에 아침 운동한 셈치지 뭐, 했단다.

종점에서 내려 허균과 허난설헌의 생가터로 향하는 길. 안내판을 따라 걷다 보니 길 이름을 일러주는 표지판이 나오는데 그 이름도 반가운 '홍길동로'. 『홍길동전』의 지은이인 허균을 기리고자 그렇게 붙였던가봐.

저만치 소나무 숲 사이에 자리한 한옥 한 채. 허균(1569~1618)과 허난설헌(1563~1589)의 생가란다. 남매의 외조부가 벼슬길에서 물러난 뒤 지었다는 '애일당'. 뒷산은 용으로 승천하지 못한 뱀의 형국을 하고 있다 해서 교산이라 불렀다는구나. 허균의 호 '교산'도 여기서 따온 거래.

대문 안으로 들어서면 제법 너른 마당이 길손을 품어준단다. 여기 저기 꾸며진 꽃밭에는 시든 꽃들이 몸을 늘어뜨린 채 자리를 지키고 있더구나. 집은 안채 사랑채 곳간 따위를 ㅁ자 형태로 두고 있어. 청승 맞게 비를 쫄딱 맞아가며 혼자서 집 이쪽저쪽을 둘러보는데 마당을 뛰어다니고 곳간에 숨고 손가락에 꽃물 들이는 어린 남매의 모습이 떠오르더구나.

생가를 돌아 나오며 이런 생각을 했더랬지. 애일당은 가족사의 불행을 어떻게 감당하며 세월을 났을까. 허균은 허엽과 강릉 김씨 사이 에서 태어난 삼남매의 막내였는데 그 삼남매 모두 곡절 많은 삶을 살 다 일찍 세상을 떠나니 말이다.

첫째 허봉은 당쟁에 휘말려 갑산으로 유배됐다 서른여덟에 눈을 감는대. 둘째 허초희(난설헌)는 천재시인으로 중국에까지 필명을 날 렸으나 세 아이를 모두 잃는 가혹한 운명에 눈물짓다 스물일곱에 숨 을 거둔단다. 그리고 막내 허균은 혁명을 꿈꾸다 나이 50에 저잣거리 에서 참수를 당하는 것으로 파란만장한 삶을 마감하지.

생가 옆에는 허균 허난설헌의 삶과 문학, 사상을 들여다볼 수 있는 기념관이 서 있단다. 생김새도 단아하고 내부를 꾸민 솜씨도 정갈하 더구나. 기념관에는 단출하긴 해도 허균 허난설헌의 친필작품이며 저 서 등이 전시돼 있고 두 분의 발자취도 간략하게 정리해두고 있어.

역시 허난설헌보다는 허균에게서 발걸음이 오래 머물더구나. 우선 눈길이 가는 쪽이 허균의 자유분방한 사상을 보여주는 전시물들. 삼 척부사로 있던 시절 목에 염주를 걸고 불경을 가까이 한다는 이유로

허균생가

파면당했던 일, 파면되고서도 난 내 삶을 살겠다고 강변했다는 일화, 사명대사를 벗으로 삼았던 이야기 등이 소개돼 있어. 유교에 얽매이기보다 도교 불교 등으로 사상의 폭을 넓힌 열렬한 자유주의자의 면모를 읽을 수 있단다.

호민론을 소개한 코너도 따로 두고 있더구나. 아빠가 허균의 글 가운데 가장 마음에 들어했던 바로 그 '호민론'. 허균의 말은 이렇단다. "천하에서 가장 두려운 것은 오직 백성뿐이다. 백성들은 물이나 불 또는 호랑이보다 더 두려운 것이다. 한데도 지금 조선에서는 윗자리에 있는 사람들이 제 마음대로 이들 백성을 학대하고 부려먹고 있다. 도대체 왜 그러는가? 호민이 없어서다."

호민이란 누구인가? 허균은 백성을 '항민' '원민' '호민' 세 가지로 나눠 설명한단다. 우선 항민. 정세에 대해 깊이 살피지도 않을 뿐더러 법이나 규칙이나 윗사람의 말을 잘 따르는 사람을 말하지. 저항할 줄 모르는 사람이라는 말이다. 다음은 원민. 살을 깎고 뼈가 망가지면서 애써 모은 재산을 한없이 갈취당하고서도 탄식하고 울기만 하는 백성들을 말한단다. 순종에 길들여진 사람이라는 뜻이야. 그러니 이 둘은 위정자들에게 전혀 두려운 존재가 아니라는 말씀이지.

그리고 나오는 것이 호민이란다. 세상이 되어 가는 꼴을 보고서 불만을 품고, 세상을 뒤엎을 마음을 기르고 있다가 기회가 닥치면 그 소원을 풀어보려고 하는 자. 불의와 부패에 저항할 줄 알고 분연히 일어설 줄 아는 사람이라는 말이야.

허균은 호민, 곧 각성된 민중이 있어야 정치가들이 국민을 두려워하고 잘못을 고쳐 비로소 정치가 제대로 서고 나라가 망하지 않을 수 있다고 주장한 것이란다. 그게 어디 조선만의 일이겠느냐. 18세기 영국의 정치사상가인 에드먼드 버크(Edmund Burke)도 비슷한 말을 한 적이 있단다. "선의 방관은 악의 승리를 꽃피운다." 성경에서는 이렇게 말하지. "너희의 선한 것이 비방을 받지 않게 하라"(로마서 14장 16절). 언젠가 아빠가 들려줬던 말 기억하니? '빛이 어둠을 비추되 어둠이 깨닫지 못하더라.' 다 같은 말이란다. 선이 됐든 빛이 됐든 항상 악과 어둠을 경계하라는 거야. 어쨌든 21세기에도 여전히 유효한 것이 호민론이 아닐까 싶구나.

호민론 옆에는 허균의 사상을 보여주는 또 다른 글이 있단다. 유재론. '서얼이라는 이유로 뛰어난 자를 기용하지 않으면 나라의 손실'이라는 내용이야. 인재를 골고루 등용하라는 말이지. 허균은 자신에게 학문의 길을 열어준 스승 이달이 뛰어난 재주에도 불구하고 서얼이기 때문에 좌절하는 걸 지켜보고 자란 까닭에 서얼차별 타파를 부르짖고 서얼들과 폭넓게 사귀기도 했다는구나.

전시관 끝자락은 선생의 처참한 최후를 들려주는 자리란다. 신분차별을 철폐하고 썩은 조정을 갈아치워 이상국가 율도국을 세운다는 홍길동전의 집필과 혁명의 꿈, 그리고 허균에 대한 탄핵상소와 참형. 오직 자유와 정의를 향했기에 삶은 파란의 연속이었고 결국 그의 삶과 사상은 용이 되지 못한 이무기로 남은 셈이지.

1618년 신하들이 허균을 탄핵하면서 이런 말을 했대. "허균은 천지 사이의 한 괴물입니다." 유배와 파직을 거듭한 허균은 시대를 너무 앞서 살았던 거지. 그리고 그 해 8월 24일 저잣거리에서 괴물은 역모를 모의했다는 혐의를 뒤집어쓴 채 참수된단다. 조선시대에는 형을 집행하기 전 죄인의 자백이 들어 있는 결안(決案)을 받아야 했다는데 그것도 없이 말이다.

뜻밖에도 허균의 참수를 지켜본 왕은 광해야. 조선의 개혁을 꿈꾼다는 점에선 동지나 다름없었을 텐데 이상하지 않니? 광해도 어쩔 수 없었던가봐. 빗발치는 탄핵요구에 대답을 미루고 또 미루다 마지못해 받아들였다는구나. 결국 신하들의 위세가 임금을 누른 셈이지. 임금이 친국할 때 자세히 물어보려 하자 이이첨의 무리들은 임금을 협박하다시피 하며 바로 끌고 나가 사형에 처했다는구나.

허균이 "하고 싶은 말이 있다"고 소리쳤지만 대신들도, 광해도 모른 척했대. 실록은 이이첨의 무리들이 그렇게 강경하게 나왔던 것은 국문을 하면 자신들의 죄가 밝혀질 것이기 때문이라고 전한단다.

허균도 죽기 얼마 전 올린 상소에서 비슷한 말을 했다는구나. "신을 죽이고자 하는 것은 신의 입에서 중요한 말이 나올 것을 염려해서입니다." 그리고 상소의 말미에 이렇게 적고 있어. "전하께서 통쾌하게 분별하시어 신의 원통함을 씻어주심으로써 간사한 무리들이 꾀하고 있는 것을 누르지 않으신다면 곧고 충성스러운 신하들은 여생을 보전하기 어려울 것입니다."

허균을 모함했던 상소에 대한 조사는 끝내 이뤄지지 않았다는구나. 그래서 그의 역모혐의에 대한 진위는 알 수 없단다. 조사도 없이 허균을 죽음으로 내몰고 그가 죽고 나서도 조사가 진행되지 않은 걸 보면 역모는 모함이었다고 추론할 수 있을 것 같지만 말이다.

광해의 실수

　　　일전에 말했던 광해의 과오에 대해 짤막하게나마 들려줘야겠구나. 광해의 비극을 이야기할 때 빼놓을 수 없는 사람이 이이첨(1560~1623)이란다. 허균을 위시해 많은 신하들이 그로 인해 유배를 가거나 죽음을 맞지. 그는 선조의 후계자를 놓고 광해를 지지하는 '대북파'와 영창대군을 미는 '소북파'가 치열하게 맞서고 있을 때 '대북파'를 이끌었던 사람이야.

　　대북-소북의 싸움은 말년에 접어든 선조의 마음이 영창대군 쪽으로 기울자 소북의 승리로 끝나는 듯했지. 하지만 선조가 갑자기 세상을 떠나면서 대반전이 일어난단다. 광해가 임금에 오르고 대북파가 권력을 장악하는 것이지. 그는 광해의 전폭적인 지지를 바탕으로 무소불위의 권력을 휘두르는데 권력의 토대가 취약했던 광해는 이이첨과 대북파를 견제하기보단 두둔하는 데 그치고 만단다.

　　권력을 한 손에 틀어쥔 채 그 권력을 키우는 데만 열중한 이이첨과 그 무리들. 그들은 화해와 관용 대신 편견과 독단으로 치닫는단다. 급기야 자신들의 앞길에 방해가 될 만한 자들에겐 가차없이 칼끝을 겨눴대. 소북파의 제거, 광해의 형인 임해군과 이복동생인 영창대군의 사사, 인목대비의 유폐 등등이 모두 이이첨 무리들이 주도한 일들이지.

　　그칠 줄 모르는 횡포에 탄핵상소가 끊이지 않았단다. 1617년 왕실사람 이수가 올린 상소를 한 번 들어보렴. "윤선도의 상소를 접하셨으니 이이첨이 정권을 마음대로 한 죄를 아셨을 텐데도 결단을 내려 이이첨을 내쫓지 못하신다면 장차 근심과 두려움이 지금보다 더 심할 것입니다."

글 속에 나오는 윤선도는 '어부사시사'로 유명한 고산 윤선도 (1587~1671)를 말한단다. 1616년 성균관 학생이던 고산이 이이첨 무리들이 충신을 모함하고 국권을 뒤흔든다는 상소를 올렸는데 광해는 이이첨에게 벌을 주기커녕 고산 아버지의 벼슬을 박탈하고 고산을 유배 보낸다는구나.

고산의 상소가 그랬던 것처럼 이수의 글도 별 효과는 없었단다. 그러니 만행은 갈수록 도를 더했겠지. 그리고 1623년 인조반정으로 광해가 폐위되자 이이첨은 그의 세 아들과 함께 참형에 처해진단다.

결국 광해의 실수는 이이첨 무리의 권력남용을 견제하지 않아 백성과 선비들의 원성을 샀던 거지. 충신을 더 가까이 했다면 피비린내 나는 숙청도 절제했을 테고 왕가의 참극도 피했을 텐데 말이다. 그랬다면 반정의 빌미를 주지도 않았을 것이요, 유배자로 전락하지도 않았을 것이요, 잊혀진 임금으로 남지도 않았을 텐데 말이다. 그 많은 업적에도 불구하고 광해는 "장차 근심과 두려움이 지금보다 더 심할 것"이라는 말을 귓등으로 들었기에 마침내 화를 입었던 셈이란다.

23. 떠나는 것, 돌아가는 것

    떠나는 사람은 그리운 그 무엇을 품고 있는 사람이란다. 그리운 그 무엇을 차마 어쩌지 못해 길을 나서는 것이란다. 가만히 두면 그리운 그 무엇이 가뭇없이 사라질 것 같기에, 그리되면 삶은 영영 헝클어지고 말 것 같기에 그리운 그 무엇을 향해 떠나는 것이란다.

    그리운 그 무엇을 품고 떠나는 사람은 그리 멀지 않아 돌아간단다. 그리운 그 무엇이 저 산 너머에만 있는 것은 아니기 때문이란다. 더 절실하게 그리운 그 무엇은 두고 온 사람, 돌아갈 어디, 돌아가 지킬 그 무엇 주변에 서성대고 있는 법이란다. 떠나는 순간부터 그 사람, 그곳, 그 무엇으로 향한 그리움이 다시 움트기 때문이지.

    그리운 그 무엇을 품고 사는 사람에게 떠나는 것은 돌아가는 것이란다. 떠나기 위해 떠나는 것이 아니란다. 그리운 그 무엇이 있어 떠나듯 다시 그리운 그 무엇이 있어 돌아가는 것이란다. 그러는 사이 그리운 그 무엇들은 한 뼘씩 자라나 있을 테니 그에겐 떠나는 길도, 돌아가는 길도 즐거울 수 있는 것이란다.

그리운 그 무엇을 품지 못한 사람은 떠나지 못한단다. 떠나야 할 절박한 이유도 없고 걸어가야 할 방향도 모르기 때문이란다. 떠나지 못하니 돌아가지도 못한단다. 두고 온 사람, 돌아갈 어디, 돌아가 지킬 그 무엇을 향한 그리움이 싹틀 리 만무하기 때문이란다. 그렇게 제자리서 맴도는 사이 새로운 그리움, 더 큰 그리움이 자라기는커녕 가슴 저 밑바닥에 남은 한 톨의 그리움마저 말라갈 것이란다.

그런데도 떠나는 사람이 간혹 있긴 하단다. 하지만 그건 떠나는 것이 아니란다. 정처 없이 떠도는 것이거나 기약 없이 헤매는 것이란다. 그에겐 떠나는 길도, 돌아가는 길도 즐거울 수 없는 것이란다.

말이 어렵니? 쉽게 말하면 이런 거란다. 누군가를, 무엇인가를 가슴에 품고 살아야 그리움이 생기고, 그리움이 있어야 떠날 수 있고, 떠날 수 있어야 더 큰 그리움이 자라나고, 더 큰 그리움이 자라나야 다시 돌아올 수 있고, 그래야 더 큰 사랑, 더 큰 행복을 나눌 수 있다는 말이란다.

그리움이든 사랑이든 행복이든 그것을 한 잔의 차라고 생각해보렴. 처음엔 아무리 뜨거워도 가만히 두면 식고 마는 법이란다. 그러면 차 맛을 제대로 즐길 수 없을 테지. 해서 때때로 불을 다시 지피고 물을 다시 끓이는 노력이 필요한 것이란다. 떠나고 돌아오는 것은 바로 그런 과정이란다.

이렇게 말해도 너희가 알아차리기엔 아직 이르지 싶구나. 너희에겐 아빠의 자리가 비어 있다는 게, 함께하지 못하는 시간이 늘었다는 게 그저 불안하고 허전하고 아쉽게만 느껴질 게다. 하지만 이렇게 생각해보면 어떨까. 잠깐의 헤어짐이 우리에게 더 큰 그리움을 선물한다고 말이야. 크게 자란 그리움이 우리에게 더 큰 사랑을 가져다준다고 말이야. 더 더 커진 사랑이 우리로 하여금 더 더 더 큰 행복을 만들어나가게 한다고 말이야.

나흘간의 짧은 여행. 떠나온 아빠가 이제 돌아간단다. 하지만 이번 여행이 끝은 아니란다. 제주도와 보길도, 남해와 거제…. 가봐야 할 곳은 아직 많구나. 그 세 번째 여행도 아빠에게나 너희에게나 그리움과 사랑을 충전하는 시간, 웃음과 행복을 리필하는 시간이 될 거란다. 떠날 때도 돌아갈 때도 아빠의 마음은 한결같아. 어디에 있든 아빠가 바라보는 곳은 언제나 너희요, 무얼 하든 아빠가 향하는 곳은 언제나 우리 집이란다. 그 그리움이 우리를 밀고 가는 힘이라는 사실, 여행을 통해 다시금 깨닫게 되는구나.

부산으로 가기 전, 선교장을 둘러보기로 했단다. 당초 계획에는 없었지만 허균 생가와 그리 멀지 않은 곳인 데다 버스시간도 넉넉하게 남아 찾기로 한 거야. 이번 여행의 덤인 셈이지.

선교장에 들어서면 가장 먼저 달려나와 길손을 맞아주는 것이 활래정(活來亭)이란다. 작은 인공연못을 파고 그 위에 지은 정자. 맵시가 날렵한 게 예사롭지 않더구나. 돌기둥으로 받친 건물 한 쪽이 연못 안으로 성큼 들어간 ㄱ자형 건물. 정자 안에는 접객용 다실도 있대.

활래정의 이름은 이돈의의 "정자 앞 흐르는 물도 근원이 있기에(亭前活水來源在)"라는 시구에서 따왔대. 중국 문인 유신의 '음수사원(飮水思源)'이 '물을 마실 때 근원을 생각한다'면 활래정은 흘러들어온 물을 보며 근원을 생각하는 셈이지.

선교장

선교장은 너른 터를 잡고 앉아 보란 듯이 풍채를 과시하고 있단다. 저택치곤 가히 웅장하다 할 만하지. 마당 저 아래에 손님맞이용 누각과 연못을 둘 정도이니 오죽할까. 조선 말기의 전형적인 사대부 가옥이라는데 사대부 가운데 이만큼 크고 화려한 저택에 살았던 이가 몇이나 될까 싶을 정도로 위세가 대단하더구나.

선교장을 지은 이는 이내번이라는 사람이래. 세종대왕의 작은형인 효령대군의 11대손이라는구나. 그러면 그렇지. 왕가의 자손쯤 되니 강원도에서 가장 크다는 99칸 대궐 같은 집을 지을 수 있었을 게다. 그런데 선교장(船橋莊)이라는 이름은 어디서 유래한 걸까. 이 일대의 옛 지명이 배다리마을이었대. 선교장 앞 너른 벌판이 옛날에는 경포호의 일부분이었는데 호수를 배 타고 건넜던 데서 그렇게 불렀다는구나. '배로 다리를 만든다'는 뜻의 마을이름, 배(船) 다리(橋)에 집을 뜻하는 장(莊)이 붙어 생긴 이름이지.

선교장은 300여 년 전 지어졌다는 안채인 주옥을 중심으로 동별당 서별당 연지당 외별당 사랑채 중사랑 행랑채 사당 등을 거느리고 있단다. 이름 때문인지 우선 눈길이 가는 쪽은 사랑채인 열화당. 미술서적을 주로 내던 출판사 열화당이 떠오른 까닭이지. 알고 보니 출판사 대표가 이 집안 후손이래. 열화당. '가까운 이들의 정다운 이야기를 즐겨 듣는다'는 뜻으로 도연명의 '귀거래사'에 나오는 구절이란다.

바깥주인 전용의 사랑채로 3단의 석축 위에 서 있는 열화당. 위엄도 갖추고 있을 뿐더러 누각형식을 띠고 있어 경쾌하면서도 운치가 있더구나. 집주인의 온화한 품성과 열린 마음을 엿볼 수 있단다.

활래정과 열화당

본채 옆문으로 빠져나오면 기와로 지붕을 올린 건물 한 채가 턱하니 버티고 서 있는데, 곳간채라네. 웬만한 마을의 공동창고쯤 되는 규모야. 이 집안의 부가 어느 정도였는지 짐작할 만했지. 이 집안은 흉년이 들면 곳간을 열어 이웃들에게 나누어줬대. 베푸는 마음이 있어야 가능한 일일 테지만 곳간 크기로만 보면 웬만큼 베푼다고 빌 것 같진 않더구나. 선교장 앞에 시원스레 펼쳐져 있는 평야가 이 곳간채를 채워줬겠지.

강릉에서 부산까지는 버스로 5시간 30분. 그리 먼 곳이었나 싶더구나. 떠나올 땐 느긋했는데 돌아갈 땐 마음이 먼저 내달리는 것 같았어. 그건 아마 그리운 얼굴들이 자꾸 눈앞에 아른거리는 까닭일 테지.

왼편에 겨울 문턱의 바다를 달고 남으로 남으로 달리는 버스. 산을 감고 계곡을 도는데 차창은 바다다 싶으면 이내 산으로, 산이다 싶으면 이내 바다로 풍경을 바꾸더구나. 바다는 연푸른 쪽과 검푸른 쪽이 진한 경계선을 긋고 있었어.

파도는 거칠게 달려와선 하얀 포말을 토하며 바위를 삼키곤 했단다. 하지만 파도는 밀려왔다 밀려가고 하는 것일 뿐, 바위는 끄덕도 않더구나. 제 자리에 버티고 서서 먼 바다를 바라보는 바위. 삶도 그래야겠지. 세상이 암만 성난 파도처럼 철썩거린다 해도 삶은 바위처럼 언제나 흔들리지 말아야 할 것이니 말이다.

악착같이 버티던 구름도 서서히 물러나고 마침내 열린 파란 하늘. 오후 4시의 태양은 미처 뿌리지 못한 햇살을 한꺼번에 다 쏟아내야겠다 작심이라도 한 듯 온 세상을 빛으로 채우더구나. 차는 어느새 고속도로에 올라서더니 속도를 내기 시작했고 해는 산을 넘어가면서 시뻘건 불기운을 구름에 뿜어대고 있었지. 노을이 탄다는 말, 참말이더구나. 하늘을 태우고 구름을 태우고 산등성이를 태우고 있더구나.

기자시대여,
그럼 안녕!

　어제(2007년 12월 3일)는 아마 평생 잊지 못할 날
이 될 것 같구나. 퇴직금을 받아든 날이자 실업급여를 신청하러
가는 날이기도 했거든. 기자 인생에 이별을 고하는 동시에 실업
자로 첫 걸음을 뗀 날. 기분이 참 묘하더구나. 생각보다 일찍 마
침표를 찍어야 했던 기자 인생과 생각보다 일찍 접수표를 내밀어
야 했던 실업자 생활. 씁쓸한 장면이 2본 동시상영 영화처럼 겹
치다 보니 하루 종일 마음을 다잡을 수 없더구나.

　잠자리에 들어서도 한동안 잠을 이루지 못했단다. 멍하니 천
정만 쳐다보고 있는데 기자로 살아온 날들의 모래알처럼 많은 장
면들이 스쳐지나가더구나. 장면이 바뀔 때마다 물었단다. '기자
로서 넌 얼마나 제대로 살았나.' 아빠도 모르는 사이 긴 한숨이
새어나왔던 걸 보면 글이든 삶이든 후회하지 않을 만큼 열심히,
올곧게, 당당하게 살아내진 못한 것 같더구나.

　초보기자 시절, 선배기자로부터 이런 말을 들은 적이 있단다.
기자는 그냥 월급쟁이가 아니라고. 기자의 길은 사관(史官)의 길
이자 선비의 길이라고. 그래서 초심을, 진정성을, 품위를, 양심
을, 소신을 갖고 살아야 한다고 말이다. 기자로 사는 내내 그 말
을 되새겼고, 또 그걸 실천하고자 나름대로 애썼지만 돌이켜보면
사관 흉내, 선비 흉내만 내다 그친 것 같기도 하더구나.

　해도 이것 하나만큼은 너희에게 말해줄 수 있단다. 만 19년 1

개월 기자 인생 동안 많이 부족했고 너무 모자랐을진 몰라도, 부끄럽게 살진 않으려 했다고, 비루하게 살진 않으려 했다고, 그래서 지금, 아쉬움은 남아도 후회나 부끄러움은 없다고 말이다.

지난 밤 억지로 잠을 청하면서 주문이라도 걸 듯 되뇌기도 했지. '남는다 한들 얼마나 더 버티겠느냐. 세상은 점점 천박해지고 신문은 그 세상을 좇느라 부산한데 그 궁색한 세월을 어찌 감당해내겠냐.' 세상을, 신문을 폄하해서가 아니란다. 창피를 주거나 모욕을 안겨주고자 해서가 아니란다. 스스로를 위안한답시고 그런 거란다. 정이라도 떼야겠기에, 한 줌의 미련까지도 털어내야겠기에 그런 거란다.

아빠의 인생에서 기자시대는 막을 내렸단다. 기자로 살아오면서 가졌던 자부심은 이제 책상 서랍 속에 넣어둬야겠지. 아빠의 첫 직장이자 마지막 직장으로 남을 신문사에 대한 기억도 아련한 첫사랑의 추억처럼 가슴 한켠에 고이 묻고 살아야겠지. 한번 날아간 공은 다시 돌아오지 않는 법이니 경쾌한 목소리로 작별을 고해야겠구나. '기자시대여! 그럼 안녕.'

날이 날인지라 어제는 밥에 대한 상념으로 정신이 사납기도 했단다. "모든 밥에는 낚싯바늘이 있다. 밥을 삼킬 때 우리는 낚싯바늘도 함께 삼킨다"는 소설가 김훈의 구절이 자꾸 머릿속을 맴돌더구나. 이제 또 다른 밥을 벌어야 하니 그럴 만도 하지. 밥이 없으면 삶도, 생활도, 생명도, 행복도 절단나고 말 것이니 삶이 이어지는 한 뼈도 박도 못 하고 밑도끝도없이 매달려야 하는 밥벌이. 그래서 누구랄 것도 없이 밥벌이의 지겨움을 토로하지만 어느 누구 하나 그 엄혹한 현실에서 비켜서지 못하는 밥벌이의 운명.

아빠라고 다를 건 없단다. 이제 새로운 밥을 만들어야겠지. 다만 한 가지, 아빠가 바라는 것이 있다면 비록 적고 차고 거칠더라도 살아 있음을 느낄 수 있는 밥이었으면 좋겠다는 거란다. 그래서 며칠 전 229번째, 마지막 월급이 찍힌 은행계좌를 보면서 이런 생각을 품었었단다. 삶을 가두는 동물원의 밥이 아니라 삶을 꿈틀대게 만드는 초원의 밥을 찾아 나서자고. 힘들고 두려운 길이겠지만 아빠 이제부터 천천히, 그리고 찬찬히 한 걸음씩 내딛어볼 생각이란다.

제 3 부

새 길을 찾아서

이식에게서 독립불구 둔세무민을, 이덕무에게서 안분한 삶을, 백동수에게서 야뇌를 배웠으니 이제 아빠도 아빠의 길을 가야 할까보다. 그 말들을 뼛속 깊이 새기고 있으니 쉬 흔들리거나 무너지진 않을 거야.

24. 남해 노도로 향하며

아빠에게 세 번째 여행은 못다 한 숙제 같았단다. 이런저런 사정으로 찜찜하게 흘려보낸 날들이 한 달 보름. 마냥 미룰 수 없겠기에 어둠이 채 물러가지 않은 시간, 아빠는 다시 길 위에 서기로 했던 거야. 2008년이 밝은 지 1주일째. 나서는 길이 늦춰질 때마다 조바심을 내곤했는데 새날의 맑은 기운을 들이마실 수 있는 늦은 여행이 되레 잘됐다, 싶더구나. 기왕 내딛는 걸음, 가는 해의 끝자락보다야 오는 해의 들머리가 더 경쾌하고 기운찬 법이니 말이다.

헌데 여행은 출발 전부터 꼬이더구나. 어젯밤 엄마의 갑작스런 부탁, 아니 하명으로 일정을 하루 줄이다 보니 제주-보길도-남해로 잡혔던 여정에서 보길도는 포기해야 했고 코스도 남해-제주로 바꿔야 했단다.

아빠가 향한 곳은 남해에서 다시 배를 타고 들어가야 하는 섬, 노도. 국문소설 「구운몽」의 작가인 서포 김만중 선생이 유배됐던 곳이란다. 서포는 누구나 알 만한 인물이지만 그의 유배지가 남해 옆 작은 섬 노도라는 걸 아는 이는 드물지 싶구나.

한때 노도는 서포 선생이 「구운몽」을 지은 곳으로 알려지기도 했어. 지금도 남해에서는 그렇게 소개하고 있단다. 하지만 서포의 일생을 기록한 『서포연보』에 따르면 51세 때인 1687년 평안도 선천에 유배되었을 때 지은 거래. "정묘년, 부군 51세라…9월에…선천적소로 가다…부군이 이미 귀양지에 이르러 윤 부인(어머니)의 생신을 맞이했다. …글을 지어 부쳐서 윤 부인의 소일거리를 삼게 하였는데, 그 글의 요지는 '일체의 부귀영화가 모조리 몽환이다' 는 것이었으니, 또한 부군이 뜻을 넓히고 슬픔을 달래기 위한 것이었다." 일체의 부귀영화가 한낱 꿈같은 것이라는 요지의 글이 바로 「구운몽」이란다.

남해로 가는 길에 창 밖을 보니 겨울이라지만 겨울 같지가 않더구나. 해는 따사한 햇살을 연신 차창에다 뿌려대고 바람은 잠시 쉬기로 했는지 나뭇가지들은 움직일 기미조차 보이지 않았지. 들판이고 산이고 강이고 다들 겨울이 아니라 초봄의 풍경을 옮겨놓은 듯했어.

남해버스터미널에 도착하자마자 일전에 알아뒀던 노도 반장님의 휴대폰 번호를 눌렀지. 근데 반장님이 부산의 한 병원에 입원해 계신다지 뭐야. 나 원 참, 왜 이리 꼬이나, 결국 노도는 포기해야 되나, 싶었는데 하느님이 보우하사 다른 선장님 전화번호를 일러주시더구나.

금산호 김옥봉 선장님. 그분은 아빠가 낚시꾼인 줄 알았던가봐. "무슨 일로…" 하시길래 "김만중…" 했더니 "두모 못 미쳐 벽련마을 선착장으로 후딱 오슈" 하곤 전화를 끊더구나. 선장님 명령대로 후딱 벽련마을로 향했단다. 버스요금 1천600원의 거의 아홉 배인 1만 4천원을 들여 택시 타고 말이다.

백련마을 선착장에서 노도까지는 말 그대로 엎어지면 코 닿을 거리란다. 호수같이 잔잔한 바다 위를 천천히 건너가는 배. 뱃머리에 서서 노도를 살펴보고 있는데 선장님이 한마디 하시더구나. "부산서 오셨다캤소? 다 둘러볼라믄 한 50분쯤 걸릴 껍니더. 근데 볼 건 별로 없을 끼요." 속으로 '허걱!' 했지.

선착장에는 남해바다를 보고 선 비석이 하나 서 있단다. '서포김만중선생유허비'. 1988년 제19차 경남지구JC회원대회 기념으로 세운 거래. 비석 뒷면에는 서포의 유배내역과 유허비를 세운 뜻을 새겨뒀는데 여기에도 서포가 불후의 국문소설 「구운몽」을 집필하신 곳이라고 적혀 있단다.

마을로 향하는데 길 한 쪽 구석에 처박혀 있는 노도 표지석이 눈길을 잡더구나. 노(櫓)는 배를 젓는 노를 말해. 왜 그런 이름을 붙였는지 알 만하지? 배가 있다 한들 노가 없으면 오도가도 못 하니 섬사람들에게 노만큼 절박한 게 또 있을까. 그들에게 노는 생명처럼 소중한 물건이니 그런 이름을 달았겠다, 싶더구나.

노도에는 14가구가 살고 있다. 집들은 선착장 주변, 언덕으로 오르는 길 양 옆에 옹기종기 모여 있어. 길은 제법 너른 편으로 시멘트 포장까지 돼 있단다. 유배지를 관광자원으로 활용하기 위한 포석인 모양인데 남해군에선 남해의 10경 가운데 제7경으로 서포의 유배지 노도를 자랑하고 있더구나.

길은 산허리를 두르며 이어지는데 길 옆에는 대나무며 벚나무며 소나무가 군락을 이루며 서 있고 나뭇가지 사이로 짙푸른 남해바다가

남해 노도와 노도 표지석

장난이라도 거는 듯 나왔다 숨었다를 반복한단다. 이 길이 북적대는 것은 봄 가을의 주말이래. 그때쯤이면 문학기행을 다니러 오는 이들의 발걸음이 이어진다는구나.

20여 분쯤 걸었을까? 이윽고 이정표가 나오는데 왼쪽은 유배처로 가는 길, 오른쪽은 서포의 묘소가 있던 곳으로 가는 길. 우선 바다 쪽으로 난 왼쪽길을 따라 유배처로 향했단다. 길 왼편은 벼랑. 저 아래 바다 쪽으로 눈길을 주니 큼직한 갯바위들이 무리지어 있더구나. 길 오른편은 소나무 숲. 200m 내려가니 길은 급격하게 왼쪽 아래 갯바위 쪽으로 휘고 그 길이 꺾이는 곳 오른편에 서포의 유배초옥이 자리하고 있단다. 바다로 향한 산허리쯤에 걸터앉은 집은 유배자의 초가집답게 단출하더구나.

초옥으로 오르는 길에는 돌덩이 파편들이 깔려 있는데 한 걸음 한 걸음 옮길 때마다 돌들이 몸을 부비는 소리가 요란했어. 게다가 길손의 거친 숨소리와 지팡이 짚는 소리까지 더해지니 초옥 주변이 침묵에서 깨어나는 듯했지. 순간, 숲에서 노닐던 꿩 두 마리가 푸드덕 날아오르더구나. 고요에 익숙한 녀석들인지라 뜬금없는 인기척에 적잖이 놀랐던 모양인데 녀석들의 날개짓에 정작 놀란 쪽은 아빠였단다.

50여 걸음쯤 올라가면 초옥 마당. 방 2개에 부엌 하나가 전부지만 유배객 처지에 이 정도면 저택이겠다 싶더구나. 더군다나 서포는 유배기간 내내 생업을 위해 일하기보다는 바닷가에 하염없이 앉아 있거나 책을 쓰는 일에만 몰두해 섬사람들이 '묵고노자 할배'라고 불렀다는 이야기가 있을 정도이니 이만한 집이면 족했을 거야. 게다가 뒤로는 산에 등을 댈 수 있고 앞으로는 시원스레 펼쳐진 푸른 남해바다가 눈맛을 즐겁게 해주니 죄인된 자가 이만한 호사를 누릴 수 있는 것도 흔한 일은 아니겠지.

초옥은 얼마 전 새로 단장했는지 지붕이며 마당이며 정갈하게 가 꿔져 있더구나. 툇마루에 앉으면 바다가 한눈에 들어오고 마당에는 동백나무가 2층 계단에 나란히 줄지어 서 있단다. 동백으로 울타리를 삼은 모양인데 초옥을 정비하면서 옮겨다 심었는지 이제 막 묘목단계 를 벗어난 수준이었어. 해도 어린 동백들이 가지마다 꽃망울을 한 움 큼씩 품고 있더구나. 바다로 난 길 옆에도 동백이 작은 군락을 이루고 있어. 왜 동백을 심은 걸까? 가야 할 시간이 오면 꽃봉우리째 떨어지고 마는 선홍빛 결기가 서포를 연상시켜서일까?

서포의 묘소는 이정표 오른쪽으로 난 길을 따라 100m쯤 올라가면 나온단다. 가파른 계단이 끝도 없이 이어지는 길이야. 한 걸음 한 걸음 오르며 계단을 셌더랬는데 242개인가, 나중엔 헷갈리더구나. 계단을 다 올라서면 누런 잡초들이 어지럽게 널려 있는 묘티가 보인단다. 그 앞에 놓인 작은 표지석에는 "선생이 돌아가신 후 1692년 4월부터 동 년 9월까지 묻혔던 곳이다"라고 적혀 있어. 서포는 세상을 떠난 뒤 이 곳에 묻혔다가 4개월 뒤 이장되었대. 살아서는 벗어나지 못했던 섬을 죽어서야 벗어날 수 있었던 셈이지.

유배지를 둘러보는데 걸린 시간은 불과 40여 분. 배는 다시 벽련마 을로 향하는데 차츰 멀어지는 노도를 보고 있자니 서포는 결코 보지 못했던, 돌아오는 자만이 볼 수 있는 풍경이 참 아득하더구나. 한낮의 태양이 구슬을 뿌려놓은 듯 바다는 반짝반짝 빛나고 있었단다.

서포 유배처와 초옥

결국 미뤄둔 여행,
보길도

　｜보길도는 훗날 우리 가족이 함께 둘러보기로 하고 여기선 잠깐 소개해두는 걸로 만족해야 할 것 같구나. 보길도는 고산 윤선도의 은거지란다. 세상에서 벗어나 은둔했던 곳이라는 말이지. 보길도가 그의 고향인 전남 해남 근처에 있는 까닭에 본향안치(죄지은 자에게 자신의 고향에 생활영역을 한정지어 그 영역 안에서만 살게 하는 형벌)의 벌을 받은 유배지로 생각하기 쉬운데 사실은 그게 아니란다. 보길도는 고산이 선비답게 살기 어려운 벼슬길에 염증을 느낀 나머지 스스로 물러나 앉아 자연과 더불어 세상을 관조하고자 했던 곳이지.

　보길도는 엄마 아빠가 신혼 초 전라도 일원으로 배낭여행을 떠났을 때 둘러본 곳이기도 하단다. 보길도 내에서 운행되는 택시가 모두 코란도라는 지프차였다는 게 인상적이었고 민박집의 친절한 할머니와 자갈밭으로 꾸며진 해수욕장도 아렴풋하구나.

　일전에 허균 선생을 이야기하면서 말했던 '어부사시사' 생각나니? 자연과 더불어 살아가는 어부들의 사계절을 노래한 시인데 교과서에도 실릴 만큼 아주 유명한 작품이지. 그 시의 지은이가 바로 고산이고 그가 시를 지은 곳이 바로 보길도란다. 그래서 보길도는 오래 전부터 사람들, 특히 국문학을 공부하는 사람들의 발길이 잦았대.

　젊은 시절 아빠는 고산을 그리 좋아하지 않았단다. 그의 행보가 영 마뜩찮았기 때문이지. 선비라는 자가 세상을 바로잡을 생각은 않고 어찌 백성을 부려 연못을 파고 정자를 지어 음풍농월할 수 있느냐는 거였어. 자신의 거처를 부용동이라 이름짓고 유유자적하던 그의 행동을 한낱 권세 높은 양반의 낭만 찾기쯤으로 여겼던 거란다. 고단한 백성들의 삶을 살피지 못한 대갓집 자손의 철없는 처사로 생각했던 거야.

하지만 차츰 나이가 들면서 그런 심사가 이해되더구나. 어지러운 세상에서 멀찌감치 물러서는 일, 전원에 깃들어 자연과 벗하며 사는 풍경은 삶이 고단할수록 간절해지는 법이지. 더군다나 불의와 부조리가 득세하고 한 줌 권력을 향한 쟁투가 그칠 날이 없는 세상이라면 무슨 기대를 품고 머물러 있겠니. 초야에 묻혀 살다 뒤늦게 벼슬길에 나서지만 직언과 소신을 펴다 광해군과 인조, 그 파란만장한 시대에 휘둘리고 마는 고산의 행적을 감안하면 그가 왜 은둔의 삶을 꿈꾸었는지 이해할 만도 하단다.

고산이 보길도에 깃든 무렵은 병자호란 때였다는구나. 유배에서 풀려나 고향을 찾았다가 보길도로 들어온 거지. 하지만 나라가 어지러운데 일신의 편안함만 추구했다는 죄목으로 다시 유배를 간대. 그때 나이가 오십둘이었다는구나. 짧은 귀양살이를 마친 다음 고산은 다시 보길도를 찾는데 여기서 십 수년을 살면서 수많은 시를 남기게 되지. '어부사시사'도 그 중의 하나란다.

25. 서포를 생각하며

아빠가 여행일정을 줄이면서도 굳이 노도를 둘러보기로 한 것은 서포 김만중(1637~1692)을 흠모해서가 아니란다. 그는 광산 김씨 명 문가의 자손으로 당쟁의 한가운데 있었던 인물이지. 정치가로서 딱히 존경할 만한 구석은 그리 많지 않단다.

하지만 고난에 처한 한 인간으로서, 어머니를 생각하는 한 자식으 로서, 글의 힘을 보여주는 한 문학가로서 그가 남긴 행보에서는 배울 것이 참 많을 것 같더구나. 그의 손자뻘인 김춘택(서포의 형 김만기의 친손자, 1670~1717)과 더불어 그 파란으로 점철된 인생도 눈길이 가 는 대목이지.

정치가로서보다는 한글소설 「구운몽」과 「사씨남정기」의 지은이로 더 많이 알려진 서포. 두 소설이 한국문학사, 나아가 정치사에 한 획을 그은 작품이다 보니 소설의 작가가 몇백 년의 세월을 뛰어넘어 독자 들의 뇌리에 박혀 있는 것은 당연한 일인지도 모르겠다. 그가 두고두고 영예를 누릴 수 있었던 것은 결국 한 줌의 권력 때문이 아니라 보석 같은 글을 남겼기 때문이지. 정치가로 살아서는 고난의 연속이었으나 작가로 죽어서는 이름 석 자를 온전히 지켰으니 손해본 장사는 아니었던 셈이야.

그가 만약 잘나가는 정치가로 살다갔으면 어땠을까. 지금처럼 자손만대로 명성을 이어갈 수 있었을까. 고단한 세월이 없었다면 그는 한가로이 소설 따위를 짓고 있지는 않았을 것 같구나. 아니 그럴 생각도 품지 않았을 것이고 그럴 의지도 없었을 거야. 그리고 보면 유배는 그에게 축복이었던 셈이지. 명작을 쓸 수 있는 시간을 줬던 것이고 자신을 채찍질할 자극을 줬던 것이고 기필코 작품을 완성해내는 열정과 에너지를 충전해줬으니 말이다.

궁형을 받은 사마천이 『사기열전』을 지었듯 서포도 고난 속에서 자신을 담금질하면서 필생의 역작을 탄생시킨 거란다. 원망과 한탄만 늘어놓다 자기멸시 자기파괴로 나아간 유배자들과는 달리 분노와 격정을 누그러뜨리며 마음을 다잡고 의지를 곧추세워 불우한 운명을 마침내 부활의 계기로 삼는 위대한 패배자. 그 명부에 서포의 이름도 넣을 수 있을 듯하구나.

서포는 왜 머나먼 노도까지 유배를 왔던 걸까. 그는 왜 유배지에서 눈을 감아야 했던 걸까. 이제 서포의 곡절 많은 삶 속으로 들어가 보자.

그가 노도로 유배된 것은 53세 때인 1689년 봄이래. 평안도 선천 유배에서 풀려난 지 얼마 지나지 않아서란다. 1688년 선천 유배에서 풀려난 것은 희빈 장씨가 왕자(훗날의 경종)를 낳은 덕분이었는데 이듬해 그 왕자의 세자 책봉에 반대하다 다시 유배길에 오르니 희빈 장씨나 경종과는 참 고약한 인연이었던 셈이지.

서포의 불운한 말년은 장희빈과의 불편한 관계에서 비롯된단다. 1687년 숙종이 조사석이라는 인물을 좌의정에 임명하자 서포는 사사로운 연줄에 의한 인사라고 비판하고 나서지. 당시 세간에서는 조사석이 장희빈과 친하기 때문에 좌의정에 올랐다는 소문이 자자했는데 막강한 왕권을 휘두르던 숙종이 무서워 아무도 반대상소를 올리지 못하자 서포가 나선 것이래. 숙종은 서포를 구금하라 명하고 소문의 출처를 대라고 다그쳤다는구나. 그 해 9월 14일 서포는 결국 선천 유배길에 오르지.

특사로 풀려나지만 말년에 불어 닥친 불행은 그치지 않는단다. 장희빈이 낳은 왕자의 세자책봉을 둘러싸고 한바탕 피바람이 몰아치는데 그 광풍에 서포도 휩쓸리고 마는 것이지. 당시는 숙종의 정비인 인현왕후를 옹호하는 서인과 장희빈을 감싸고도는 남인들의 대립이 최고조에 다다르고 있던 때. 결국 세자책봉이 이뤄지면서 서인은 몰락하고 남인이 권력을 장악한다. 이를 두고 기사년에 많은 선비들이 화를 입었다 해서 '기사사화' 라고도 하고 기사년에 정국이 바뀌었다 해서 '기사환국' 이라 부르기도 한단다.

서인의 영수였던 우암 송시열과 김수항이 사사되는 등 서인에 대한 대대적인 숙청작업이 진행되고 결국 화는 서인의 중심이었던 서포 가문에도 닥치지. 선천 유배를 불렀던 조사석 문제가 다시 불거지면서 서포는 남해 노도에 위리안치되고 조카인 진구 진규 진서 형제도 제주와 거제, 진도로 각각 유배된단다. 서포는 38세 때인 1674년 강원도 금성에 유배를 간 적도 있으니 노도는 그의 세 번째이자 마지막 유배지인 셈이야.

　외롭고 고된 귀양객의 생활에다 유배 중 어머니의 부음을 접한 이후 서포는 몸도 마음도 야위어갔다는구나. 그가 세상을 떠나기 얼마 전 종형에게 보낸 편지에는 죽음을 예감하는 듯한 구절이 나온단다. "몸의 여러 증상으로 보아 진실로 계속 지탱할 도리가 없고, 함께 밀려난 사람들도 시들어 떨어져 거의 없으니, 인생은 참으로 한 꿈이요…." 그리고 1692년 4월 30일 세상을 떠났다는구나.

　『서포연보』는 당시의 일을 이렇게 적고 있대. "임신년, 부군 56세라. 4월 경진삭 기유일에 적사에서 죽다. 부군이 본래 어린아이가 부모를 따르듯 어머니를 사모함이 지나쳐 병이 되었다. …병이 더욱 위독해졌을 때 시중드는 사람이 약물을 드리면 곧 물리치고 이르기를, '내 병이 어찌 약을 쓸 병이리오' 하더니 마침내 이날 죽었다. …섬에 함께 귀양간 사람이 불쌍히 여겨 염습을 해주었다." 참 쓸쓸하고 씁쓸한 최후가 아닐 수 없구나.

　서포는 형 만기와 더불어 대제학을 지낸 형제로도 유명하단다. 대제학이라는 벼슬로 말하면 품계는 정2품으로 영의정 좌의정보다 낮지만 학식과 문장을 갖춘 자만이 할 수 있는 것이어서 가장 명예롭고 자랑스러운 벼슬로 여겼대. 대제학 형제라는 건 이들 집안에 더할 수 없는 영광인 셈이지. 더군다나 위로는 할아버지 김장생, 삼촌 김집, 아래로는 김만기의 아들 진규와 손자 양택, 그리고 몇 대 내려와 김영수 김상현 등이 모두 대제학을 지냈으니 광산 김씨가 조선 최고의 가문 가운데 하나로 꼽히는 이유를 알 만하단다.

특히 서포는 16세 때인 1652년 진사시에 응시해 1등 제5인으로 합격하는데 당시 시험관들이 수석을 주려고 했지만 나이가 어려 다섯째로 내렸다 할 만큼 글재주가 뛰어났다는구나. 서포의 이름을 빛나게 만들어준 것은 정치가로서의 행보나 높은 벼슬자리가 아니라 바로 그 필력이었지. 그리고 그의 인생을 할퀸 장희빈을 무릎꿇게 만드는 힘도 그 필력에서 나온단다.

그의 작품 중 빼놓을 수 없는 것이 「사씨남정기」지. 노도 유배시절 지은 것으로 보이는데 중국을 무대로 삼은 소설이란다. 한림학사 유한림과 인품이 후덕하고 사려 깊은 그의 부인 사씨, 간악하고 시기심이 많은 첩 교씨, 이 세 사람의 애증을 그린 작품이야. 줄거리는 이렇단다.

유한림과 사씨가 혼인한 지 9년이 지나도록 두 사람 사이에 소생이 없자 유한림은 교씨를 후실로 맞아들인다. 그러나 교씨는 사씨를 모함해 폐출시키고 자기가 정실이 된다. 그 후 교씨는 다른 사내와 짜고 남편을 모함해 유배 보낸 다음 재산을 가로채려다 들켜 결국 처형된다. 그리고 유한림은 사씨를 찾아 다시 부인으로 맞아들이고 두 사람은 백년해로한다.

소설 속 사씨 부인은 숙종의 정비인 인현왕후를, 유한림은 숙종을, 교씨는 희빈 장씨를 각각 비유한 것이란다. 장희빈에게 빠져 인현왕후를 구박하는 숙종의 행태를 비판한 거지. 당시 이 소설은 최고의 베스트셀러였던 모양인데 숙종이 우연한 기회에 이 작품을 접한 뒤 마

음을 돌리게 된대. 결국 장희빈을 내치고 인현왕후를 복위하게 만드
는 데 결정적인 구실을 한 셈이지. 당시 세간에서는 "장다리는 한철이
나 미나리는 사철"이라는 노래가 불려질 만큼 장희빈에 대한 시선이
곱지 않았던 까닭에 「사씨남정기」의 인기가 어땠을지 짐작이 가고도
남는구나. 결국 서포는 정치가의 입으로써가 아니라 작가의 글로써
자신을 사지로 내몬 장희빈에게 대역전극의 한방을 날렸던 셈이지.

서포의 지극한 효성

| 서포는 벼슬을 하든 유배를 가든 지극한 효심을 다한 인물로도 유명하단다. 조선 최고의 효자 선비를 꼽으라면 으레 서포를 들먹일 정도래. 그가 선천 유배시절 어머니 해평 윤씨의 생신을 맞아 지은 시를 보면 어머니에 대한 애절한 사랑을 느낄 수 있을 거야.

"인간 화복의 인연 아득해 헤아리기 어려우니/노래와 울음, 기쁨과 슬픔 단 한 해에 일어나네/멀리서 어머니가 자식 그리며 흘릴 눈물 생각하니/반은 죽어서 이별이요, 반은 생이별이로다." 여기서 '반은 죽어서 이별'이라는 대목은 그가 유배 가기 6개월 전 세상을 떠난 형 만기를 말하는 거란다. 큰아들은 세상에 없고 작은아들은 유배객 신세이니 어머니가 얼마나 슬픈 마음으로 생신을 맞고 계실까 탄식하는 것이지.

「구운몽」도 바로 그 지극한 효심의 산물이란다. 유배간 아들 때문에 슬퍼하고 계실 어머니를 위로하기 위해 하룻밤 사이에 지었대. 팔선녀와 논 죄로 인간 세상으로 쫓겨난 성진이 온갖 부귀영화를 누리고 살지만 어느 날 문득 잠에서 깨어나 모든 것이 하룻밤 꿈이었음을 깨닫게 되고 다시 가르침을 얻어 극락세계로 돌아간다는 줄거리야. 아홉(九) 구름(雲) 꿈(夢)이라는 뜻의 구운몽이라는 제목은 성진과 팔선녀를 일컫는단다.

서포의 효심은 노도 유배시절 다시 어머니의 생신을 맞아 지었다는 시에서도 느낄 수 있을 거야. "오늘 아침 어머니를 그리는 글

을 쓰고자 하나/글자도 되기 전에 눈물 이미 흥건하다/몇 번이나
붓을 적셨다가 내던졌던가/문집에 남해시는 응당 빠지고 없으리."

그리고 이듬해 어머니의 부음을 전해들은 서포는 목놓아 울
었대. "분수 밖의 영화로운 벼슬은 어버이를 기쁘게 한 것이 아니
요, 미치고 어리석어 화기의 함정을 밟아 대부인에게 종신토록
근심을 끼쳤으니 불효한 죄는 위로 하늘에 통하였는데도 목을 찌
르고 배를 그어 귀신에게 사죄하지 못하고 유배지에서 구차하게
살기를 구하니, 오호 슬프도다."

서포의 이 지극한 효심은 유복자로 태어난 데다 어머니가 갖
은 고생 끝에 두 아들을 키워냈기 때문이라는구나. 서포의 아버
지는 병자호란 때 강화도가 함락되자 자결로 생을 마감한 김익
겸. 남편의 순절소식을 들곤 만삭의 아내 해평 윤씨도 죽고자 하
나 뜻을 이루지 못하고 얼마 뒤 피난선에서 아이를 낳는데 '배 위
에서 난 아이' 라는 뜻으로 선생(船生)이라 불렸다는 아이가 바로
서포란다.

스물한 살에 청상과부가 된 어머니는 한 손에는 미음그릇, 한
손에는 회초리를 들고 있었다고 전해질 만큼 훈육에 정성을 다했
다는구나. 형제가 학식과 덕망을 지닌 선비로 자라고 마침내 조
선 최고의 벼슬이라는 대제학을 나란히 지낸 것은 어머니의 소망
이 하늘에 닿았기 때문일까? 어머니의 말이 형제의 가슴에 두고
두고 메아리쳤기 때문이 아닐까.

26. 아! 제주여

1월 7일 오후 7시, 부산발 제주행 현대설봉호. 혹여 이 배를 놓치지나 않을까, 남해서 부산으로 택시 타고 버스 타고, 다시 택시를 집어타고 연안여객터미널까지 내달리는 내내 마음을 졸였단다. 밤배를 놓치고 싶지 않아서지. 어쩌면 세 번째 여행을 제주, 그리고 밤배를 위한 여정으로 생각했는지도 모르겠구나. 마음을 다독여주고 추억을 되살려줄 테니 말이다.

10인실 2등 객실. 10인실치곤 너무 좁아터져 잠이나 제대로 잘 수 있을까 싶었어. 그나마 다행인 건 비수기여서 승객이 아빠를 포함해 4명뿐이라는 사실. 문을 열고 들어서는데 50대 후반쯤으로 보이는 세 아저씨가 "어서 오이소" 인사를 건네더구나. 말끔하게 차려입은 걸로 봐선 여행객은 아닌 듯했어. 그땐 미처 몰랐단다. 점잖아 보이는 이 세 아저씨가 밤새 질펀한 술판을 벌일 줄, 목청을 힘껏 높여 떠들어댈 줄, 결국 아빠의 잠을 훼방놓을 줄은 말이다.

오후 7시, 배가 육중한 몸을 움직이기 시작하자 갑판 위로 올라갔단다. 안개가 낀 데다 어둠까지 더해지니 도시의 풍경이라고 해봐야 조명을 밝힌 영도대교와 용두산타워와 몇몇 고층건물뿐이더구나. 배는 내항을 조심스레 빠져나오더니 침묵과 암흑의 바다로 한 걸음 한 걸음 들어서더구나. 최대한 숨을 죽인 채 은밀하게 미끄러지듯 떠내려가듯.

배 앞에 놓인 건 그저 막막한 어둠뿐이었어. 단 한 줌의 빛은커녕 별빛조차 없더구나. 뱃머리가 파도에 부딪히며 토해내는 하얀 포말들만이 검은 캔버스에 하얀 붓질을 할 뿐. 파도는 점점 거칠어지고 바람은 갈수록 날카로워졌단다.

해도 배는 거침없이 바다를 휘젓고 나아가더구나. 가야 할 곳, 가야 할 방향을 또렷이 알기 때문일 거야. 그래서 머뭇거리거나, 멈춰 서서 두리번거릴 이유가 없는 거지. 길을 잃고 헤매지도 않을 것이고 길을 가다 회의하거나 번민하지도 않을 테지. 제가 가야 할 길을 선택한 다음에는 그 길을 쉼 없이 나아가는 배. 별빛이 축복처럼 쏟아지는 날도 있을 테고 비바람이 거칠게 몰아치는 날도 있을 테지만 길을 나선 이상 그 길을 가고야 마는 배.

그러고 보면 밤바다를 건너는 밤배는 인생과 다를 게 없단다. 머물던 곳에서 나오면 금세 어둠에 휩싸이고 말고, 파도처럼 모질고 바람처럼 날카로운 현실과 맞닥뜨려야 하니 말이다. 아무리 험하고 거칠다 해도, 아무리 불안하고 위태하다 해도 어둠의 시간을 견뎌내고 어둠의 바다를 건너가야 하니 말이다. 그렇게 가고 또 가다 보면 저 멀리서 어둠을 걷어내고 떠오르는 태양을 마주할 테고 저만치서 파도를 잠재우고 서 있는 항구에 깃들 테니 말이다.

　눈을 뜨니 새벽 4시 40분. 자정 넘어 잠자리에 들었으니 얼추 서너 시간 눈을 붙인 셈인데 몸은 무겁기만 하더구나. 세 아저씨의 시끌벅적한 토론 덕분에 자는 둥 마는 둥 했으니 그럴 만도 했지. 내릴 채비를 한 다음 바람도 쐴 겸 객실 옆 통로 난간에 서니 저 멀리서 불빛이 아른거리더구나. 밤새 긴 어둠을 헤치고 달려온 배가 어느새 제주에 성큼 다가서고 있었던 거야. 그리고 예정시간보다 30분 늦게 배는 제주에 몸을 풀었단다. 제주는 역시 청정한 섬이다, 싶더구나. 어디선가 바람이 불어오는데 그 바람이 얼마나 맑고 상쾌하던지.

　"탐라는 온 나라 죄인의 유형지이며 유형은 나라의 엄중한 형벌이다." 조선 인조 때 제주로 유배왔던 해원군 이건이 지은 『제주풍토기』에 나오는 글이란다. 탐라는 제주의 옛 이름이지. 섬나라라는 뜻이야. 이건의 말대로 제주는 예로부터 유형의 섬으로 불렸단다. 임금이 사는 서울과는 육지로 천 리, 뱃길로 천 리 떨어진 곳인 데다 교통편이 변변찮았던 옛날에는 발걸음하기가 깨나 어려웠으니 유배지로서는 적격이었던 셈이지. 게다가 본토에서 멀리 떨어져 나온 섬이다 보니 죄인을 가둬두기에는 이만한 곳도 없었지 싶구나.

　물론 지금의 제주를 떠올리면 상상하기도 힘든 일이지. 천혜의 자연과 독특한 문화를 바탕으로 사시사철 관광객을 끌어당기고 있으니 말이다. 더군다나 한 번 찾은 이는 다시 찾고 싶어하고 다시 찾은 이는 눌러앉고 싶어하는 곳이니, 처연한 유배지가 안식을 주는 보석 같은 섬으로 변했으니 제주의 변신이 그저 놀라울 뿐이야.

　제주는 고려 때부터 유배지로 활용된 듯하고 사화가 많았던 조선

제주 마라도

시대 들어 유배지의 대명사가 됐나봐. 원나라가 삼별초를 섬멸하고 약 100년 동안 제주도를 직속령으로 삼아 지배할 때 왕족이나 신하 등 170여 명을 제주도로 유배시킨 것이 최초였다고도 하는데 정확한 기록인지는 알 수 없단다.

조선시대를 통틀어 제주에 유배된 사람은 200명 정도라는구나. 조선 후기의 실학자 이중환이 『택리지』에 "또 조정에 벼슬하던 사람들이 많이 귀양왔다"고 적은 걸 보면 제주 유배가 잦긴 잦았던 모양이야. 특히 조선 말기의 철종·고종·순종 3대 약 60여 년은 유배가 정점에 달한 시기였다는데 이때의 유배객이 약 60여 명에 달했대.

제주 유배객들은 대체 어떤 사람들이었을까. 다른 건 몰라도 죄가 무거웠던 것만큼은 분명할 것 같구나. 옛날에는 죄의 경중에 따라 유배지의 거리를 따졌으니 말이다. 연산군 시절 제주도에 유배됐다 풀려난 홍상이라는 자가 이런 말을 했대. "중죄대벌이 아니면 굳이 제주도로 유배되지 않는다. 조야가 모두 파도 때문에 이곳을 두려워한다."

제주는 유배지 중의 유배지였던 데다 중죄인을 보냈던 곳인 만큼 유배기간도 다른 곳보다 길었다는구나. 10년 이상을 보낸 사람도 많았고 사사(賜死)되는 경우도 잦았대. 제주는 유배객들이 가장 꺼리는 유배지였던 셈이지.

제주 유배객의 면면도 참 다채롭단다. 임금이었던 광해를 정점으로 높고 낮은 정치가 관료 학자 예술가들이 즐비했고 나이로 따지면 84세의 신임에서부터 소현세자의 4살 먹은 아들까지 다양했대. 특이한 경우도 있어. 조정철은 1777년 제주로 유배돼 26년을 보냈는데 유배된 지 34년 만인 1811년 제주목사로 부임해 왔다는구나. 스물일곱의 젊디젊은 유배자가 환갑의 백발노인이 되어 제주를 다시 찾았던 셈이지. 그에 대해선 별도로 이야기할 기회가 있을 것 같구나.

그렇다면 유배자들은 어떻게 살았을까. 학문이 깊고 지덕을 갖춘 분이 많다 보니 대개는 책을 읽거나 글을 가르치는 것으로 소일했대. 훗날 그 제자들은 스승의 은혜를 기리고자 유허비를 세우거나 사당을 지었는데 오현단이 그 좋은 예란다.

저술에 몰두한 유배객도 많았단다. 정온의 『덕변록(德辨錄)』, 조정철의 『정헌영해처감록』, 김정의 『충암집』, 김춘택의 『북헌집』, 김정희의 『완당집』 등은 많든 적든 제주 생활을 기록하고 있대.

유배객 중에는 제주와의 악연이 거듭되는 인물도 있어. 작은할아버지인 서포로부터 문장을 배웠고 「구운몽」 등을 한문으로 옮긴 김춘택도 그런 경우야. 그는 1689년 제주로 유배됐던 아버지에 이어 1706년 제주목에 유배되는데 이때 그의 가족은 정의현에 안치됐대. 이후 유배에서 풀려나지만 무고를 받아 1715년 대정현으로 다시 유배되지. 그는 귀양살이 다섯 번에 감옥행이 세 번이었다는데 그 기간을 합치면 30여 년이라는구나. 당쟁에 휘말려 갖은 고초를 겪지만 그는 언제나 의연한 기개를 잃지 않았대. 한 번 탐구해볼 만한 인물이지.

제주에서도 대정현은 최악의 유배지로 꼽혔단다. 유배객들을 군졸이나 노비로 쓸 경우 대개 대정현으로 보냈대. 그러다 조선 후기로 접어들면서 대정현과 정의현은 줄어들고 제주목으로 집중되었는데 다시 쏠림현상이 나타나자 이후부터 제주 삼읍으로 유배객을 분산했다는구나.

추억의 섬, 제주

제주는 아빠에게 즐거운 추억을 많이 만들어준 고마운 섬이란다. 우선 떠오르는 것이 연애시절 엄마랑 제주 가는 밤배에 올랐던 기억이구나. 결혼하기 1~2년 전이니까 91년 아니면 92년 여름이었을 거야.

그때 엄마는 몸도 마음도 풋풋한, 생기발랄 그 자체인 아가씨였단다. 애교도 넘치고 어리광도 곧잘 부렸지. 배에 오르자 엄마는 노을을 보며 탄성을 지르더니 사진 찍느라 갑판 위를 부산하게 돌아다니더구나. 엄청 신났던가봐.

그런데 막상 배가 움직이기 시작하자 상황은 180도 역전! 한마디로 고전을 면치 못하더라구. 체력도 약한 데다 평소 배멀미가 심했던 엄마는 배가 출항하고 얼마 뒤부터 아예 몸져누웠단다. 밤배의 낭만이니 뭐니 하더니만 객실에 드러누워 일어날 생각도 않았지. 완전 그로기 상태였단다.

덕분에 아빠는 엄마 수발드느라 별빛 쏟아지는 밤바다는커녕 선실에 바글대는 사람들만 실컷 구경했단다. 엄만 연신 끙끙 앓는 소리를 해가며 이것저것 부탁하고 아빠가 잠시 바람이라도 쐴 요량으로 밖으로 나갈라치면 곁에 있어달라고 한사코 떼를 쓰더구나. 아무튼 그렇게 11시간 동안 배에 있어야 했으니 엄마에겐 그보다 더한 고역이 없었을 테고 그 후로는 아예 배 여행은 이야기도 끄집어내지 못했단다.

제주는 아빠와 엄마의 신혼여행지이기도 했어. 이곳저곳을 누비며 갖가지 이상야릇한 포즈까지 취해가며 기념사진을 찍던 일이 생각나는구나. 3박 4일 간의 신혼여행은 말 그대로 꿀맛 같은 시간이었는데 그때 아빠 나이 서른셋, 태어나 그런 행복을 경험하기는 처음이었던 것 같애.

아빠가 제주와 처음 인연을 맺은 건 대학 3학년 때였어. 친구들이랑 배낭여행을 왔더랬지. 특히 기억에 남는 건 저마다 집에서 쌀을 잔뜩 퍼왔던 일이야. 쌀이 귀한 제주에선 쌀을 주고 다른 물건을 구할 수 있었거든. 늦은 밤 성산 일출봉 아래 초지에 텐트를 치고 술잔을 기울이던 장면이며, 다음날 아침 관리인에게 쫓겨 텐트를 든 채 뛰던 장면이 지금도 생생하구나. 알고 보니 그 초지는 말 사육장이었어. 밤중이라 몰랐던 거지.

너희랑 함께 제주를 여행한 것도 세 번인가 네 번쯤 되지 싶구나. 민하가 갓난 아기였을 때, 인하가 유치원 다닐 무렵, 그리고 둘 다 초등학교 다닐 때 대구 외삼촌네 식구들이랑 함께. 가족여행 말고도 출장이나 친구들 모임 등을 합치면 아빠가 제주를 다녀간 게 열 번쯤은 되지 싶다.

사실 제주는 아빠가 은퇴한 뒤 살고 싶어하는 곳, 제1순위란다. 지금이라도 여건만 허락된다면 당장 달려가 안기고 싶은 곳이지. 제주를 향한 아빠의 짝사랑이 이렇게 깊으니 언젠가는 한라산 어느 기슭에 자그마한 집짓고 민하 인하랑 텃밭 가꾸며 사는 날이 찾아오겠지? 아빠는 요즘도 그런 꿈을 간혹 꾸곤 한단다.

27. 바다를 바다이게 하는 것

출렁이는 제주의 바다를 바라보며 이 글을 쓴다.

바다를 바다이게 하는 건 무엇일까. 저 밑도끝도없이 너른 품일까.
영혼마저 물들이고 말 것 같은 쪽빛일까. 아니면 쉼 없이 몸을 일으켰
다 뉘이는 저 파도일까. 물론 그것들도 바다를 바다답게 만들어주긴
하지. 하지만 바다를 강과 호수, 그 밖의 세상 모든 물들과 다르게 하
는 건 따로 있단다. 그건 바로 바다에 녹아들어 있는 소금기야.

바닷물에 녹아 있는 소금의 농도는 3%라는구나. 이 3%의 소금기
가 있기 때문에 바닷물이 바닷물로 존재할 수 있는 거지. 억수 같은 비
가 쏟아져 내려도, 강이라는 강은 죄다 쏟아져 들어와도 3%의 소금농
도를 잃지 않는 바다. 결국 3%의 소금이 바다를, 바다에 깃든 뭇 생명
을 살려내는 거란다. 그 3%의 소금이 사라지는 순간 바다는 더 이상
바다일 수 없고 바다에 삶의 젖줄을 대고 있던 모든 것들도 온전할 수
없는 것이지.

세상도 다르지 않을 것 같구나. 3%의 소금 같은 사람이 있어야 세상은 살아갈 만한 곳일 수 있다는 말이야. 3%의 소금 같은 사람은 누굴까. 양심의 소리에 귀 기울이는 사람이란다. 정의의 걸음을 기꺼이 내딛는 이란다. 그런 이들이 전하는 맑고 진실된 기운이란다.

사람도 그럴 거야. 적어도 3%의 소금 같은 마음이 있어야 사람답게 살 수 있는 것이지. 3%의 소금 같은 마음이란 무엇인가. 맑음이요 참이요 아직 잃지 않은 초심이란다. 끝내 지우지 않은 순수의 기억이란다. 그것들이 선물하는 아름답고 선한 기운이란다.

결국 3%의 소금은 바다가 바다일 수 있고, 세상이 세상일 수 있고, 사람이 사람일 수 있는 필요충분조건인 셈이지. 그것이 유지될 때라야 바다도 세상도 사람도 건강을 유지할 수 있는 것이고 생명을 이어갈 수 있는 것이고 뭇 생명을 품을 수도 있는 것이지. 그래야 내일을 기약할 수 있고 희망도 자라는 법이란다.

아빠가 세 번의 여행에서 만나보고자 하는 사람들은 대개 3%의 소금 같은 분들이지. 조광조 정약용 정조 광해 허균 정온 김정희…. 이들은 적어도 3%의 소금 같은 마음을 잃지 않았기에 3%의 소금 같은 사람으로 살았고 그럼으로써 자신들이 살던 시대가, 이 땅의 역사가 3%의 소금농도를 지킬 수 있도록 했던 것이란다.

이들은 욕망을 채우고자 불의나 거짓과 타협하지 않았어. 출세와 명예를 거머쥐고자 허위와 위선에 물들지 않았지. 겸손을 잃지 않고 소신을 굽히지 않은 채 당당히 자신의 길을 걸었던 사람들. 옳다고 생각한 것을 끝까지 지키며 진정 자신답게 사람답게 선비답게 살았기에 3%의 소금이 된 것이란다.

세상이 암만 거꾸로 달려도 길을 바로 가야 제대로 닿을 수 있단다. 입은 비뚤어져도 말은 바로 해야 뜻이 제대로 전달되고 마당이 비뚤어져도 장구는 바로 쳐야 흥을 제대로 돋울 수 있는 법이지. 길을 바로 가고 말을 바로 하고 장구를 바로 치는 일, 그건 3%의 소금에서 나오는 것이란다.

그렇다면 3%의 소금농도를 유지하는 방법은 무엇인가. 정약용이 아들에게 들려준 경계의 말을 한번 들어보렴. "무릇 하늘에 부끄럽고 사람에 떳떳하지 못한 일은 단호히 끊어 범하는 일이 없도록 해라. 만약 한 자의 베나 몇 푼 재물에 팔려 문득 마음을 저버리는 일이 있게 된다면 그 즉시 호연한 기운은 위축되어 무너지고 만다. 이것은 사람과 귀신이 갈리는 관건이니 너희들은 깊이 경계하도록 해라." 선생다운 충고라 할 만하지.

실학파의 토대를 마련한 미수 허목은 「기언서」라는 글에서 또 이렇게 말한단다. "군자는 천하의 위가 될 수 없음을 알아 아래에 처하고 뭇 사람의 선두가 될 수 없음을 알므로 뒤에 선다. 강하가 비록 아래로 흐르지만 온갖 시내의 우두머리가 되는 것은 자기를 낮추기 때문이다."

조선 중기의 문인 상촌 신흠(1566~1628)도 한 말씀 하셨더구나. "군자가 소인을 다스림은 언제나 느슨하다. 그래서 소인은 틈을 엿보아 다시 일어난다. 소인이 군자를 해침은 늘 무자비하다. 그래서 남김없이 일망타진한다. 쇠미한 세상에서는 소인을 제거하는 자도 소인이다. 한 소인이 물러나면 다른 소인이 나온다. 이기고 지는 것이 모두 소인들뿐이다."

소인배에겐 부끄러움이 없단다. 후회나 뉘우침이라는 것이 파고들 틈도 없단다. 가슴도 머리도 없는 자들에게 그런 것들이 싹틀 리 만무하지. 그들을 움직이는 것은 오직 욕망을 채우고자 하는 욕망의 힘이란다. 소인배는 소인배 짓을 되풀이할 뿐이지. 그러다 결국 자신을 망치고 세상을 말아먹는 것이란다.

그런 자들이 판치는, 그들끼리 치고 박는 세상에 선비가 설 만한 자리는 없단다. 그러니 3%의 소금농도를 유지하기 위해선 때론 아웃사이더로 살 수밖에 없지. 답답하고 안타까워도 어쩔 수 없어. 소인배 되기를 자처하지 않는 한 불편하고 고단하고 쓸쓸하기까지 하겠지만 사람답게 살려면 그럴 수밖에 없는 것이지.

'곳간이 넘쳐야 예의를 안다' 는 말이 있단다. 사마천도 「화식열전」에서 이런 말을 했지. "창고가 가득 차야 예절을 알고 의식이 넉넉해야 영예와 치욕을 안다. 예는 재산이 있으면 생기고 재산이 없으면 사라진다. …천하의 사람들은 모두 이익을 위해 모이고 모두 이익을 위해 떠난다."

맞는 말이긴 해. 세상 돌아가는 꼬락서니를 보면 말이다. 하지만 모두가 그런 건 아니란다. 적어도 3%는 말이다. 비록 곳간이 텅 비고 찾는 이 없어도 예의를 알고 영예를 알고 치욕을 아는 사람들은 있는 법이란다. 97%가 곳간 채우고 권력 잡느라 여념이 없어도 3%의 소금 같은 사람들이 있기에 그나마 세상은 살아갈 만한 곳이 되는 것이지.

구한말의 선비 영재 이건창(1852~1898)이 그랬단다. 곧기가 대쪽 같았던 그의 면모를 보여주는 일화가 있어. 암행어사 시절의 이야기야. 1877년 이건창은 백성들의 원성이 자자하던 충청감사 조병식의 탐학상을 조사하기 위해 파견됐대. 조병식은 당시 최고 권력층이었던 민씨 세력을 등에 업고 있던 지라 그 위세가 하늘을 찌르던 인물이지. 하지만 이건창은 조병식의 죄상을 낱낱이 파헤친단다. 온갖 회유와 협박도 그에겐 통하지 않았다는구나.

원칙과 소신에 충실하다 보니 그의 삶은 고단하고 쓸쓸했대. 조병식이 유배된 직후 이에 불만을 품은 자들에게 모함을 받아 평안도로 유배되기도 하고, 1893년에는 조정대신들과 마찰을 빚어 전남 보성으로 유배되기도 한단다. 하지만 그의 걱정은 언제나 바람 앞의 등불 신세였던 조선의 운명이었고 백성들의 곤궁한 처지였다는구나.

절친한 벗 이남규에게 보낸 편지에 이건창은 이렇게 썼대. "헤아려 보건대 희디흰 자는 더럽히고 높디높은 자는 이지러뜨리는 것이 말세 풍속의 험난함이니, 또한 이것이 일반적인 사물의 이치입니다." 이 말은 『후한서』 황경전의 '효효요요'라는 구절을 인용한 것이라는구나. "요요한(높디높은) 자는 이지러지기 쉽고 효효한(희디흰) 자는 더럽혀지기 쉽다"는 뜻이래. 그게 이건창만의 탄식은 아니었을 거야.

이건창과 평생 동안 우의를 나눴던 매천 황현(1855~1910)도 곧기가 이를 데 없는 분이셨단다. 조선이 망하자 그는 절명시를 남긴 채 자결로 생을 마감하지. 시에는 이런 구절이 있어. "무궁화 온 세상이 이젠 망해 버렸어라/가을 등불 아래 책 덮고 지난날 생각하니/인간 세상에 글 아는 사람 노릇하기 어렵기만 하구나."

황현이 말하는 '글 아는 사람 노릇'이란 무엇일까. 그건 양심과 소신을 지키는 지식인 노릇이란다. 그게 바로 '3%의 소금 노릇'이지. 어떤 조직이든 어떤 사회든 어떤 나라든 '글 아는 사람 노릇' '3%의 소금 노릇'이 제대로 이뤄져야 망하지 않는 법인데 그 노릇하기가 어려운 시절을 만났으니 탄식이 그칠 수 없는 것이란다.

'글 아는 사람 노릇' 하고 살기가 어려운 건 100년이 지난 지금이라고 다를 게 없지 싶구나. 부끄러움을 알고 사는 것, 자존을 지키고 사는 것, 소신과 원칙을 갖고 사는 것, 겸손과 절제를 실천하며 사는 것, 교양과 품위를 지니고 사는 것…. 어느 것 하나 만만한 게 없으니 말이다.

그게 버겁고 힘들다 보니 '꼭 그렇게 살아야 하나', 헷갈리기도 하고 가끔은 '3%의 소금' 보다 '97%의 물' 쪽으로 눈길을 주기도 한단다. 어떤 날에는 '3%의 소금'으로 향하는 길이 한낱 몽상가의 길, 패배자의 길로 여겨지기도 하지. 욕망이 넘실거리는 세상을 살다 보니 지킬 건 지키고 사는 삶에 자꾸 자신이 없어지기도 한단다. 나이 50, 하늘의 명을 안다는 지천명이 내일모렌데 아직도 회의와 번민이 계속되니 아빠처럼 어리석고 나약하고 아둔한 사람도 드물지 싶구나.

아무리 궁해도
구걸을 못 한다!

　조선의 선비들이 소신과 절의의 상징으로
모시던 인물이 있단다. 생육신의 한 사람인 매월당 김시습
(1435~1493)이 바로 그분이지. 매월당은 세조가 단종을 몰아내
고 임금이 됐다는 소식을 듣고선 책을 태워버리고 중이 되어 방
랑의 길을 떠났던 분이란다.

불의의 세상을 박차고 나가 세상을 떠돌던 그는 "고금의 잘난
이 모두 양(본질)을 잃었나니/시냇가에 초가 지어 사는 것만 못
하리"라고 노래하는가 하면 벼슬길을 권유받자 "선비는 세상과
모순되면 은퇴하여 스스로 즐기는 것이 그 본분이거늘, 어찌 남
의 비웃음과 비방을 받아가며 억지로 인간 세상에 머물러 있을
수 있겠는가" 하고 잘라 말했다는구나.

매월당의 마음을 엿볼 수 있는 편지 한 토막을 소개해두마. 고
지식하고 완고하기 이를 데 없는 자신을 스스로 평가해놓은 대목
인데 읽어볼수록 마음 가는 구석이 많아서란다. 1487년 설악산
자락에 은둔하고 있을 무렵 썼던 글이래. 이때 그의 나이 지천명
을 넘긴 지 이태. 매월당이 스스로를 칭찬하거나 자랑스러워하는
말은 아니니 오해하지 않길 바란다.

"저는 외곬이라서 아무리 궁해도 구걸을 못 합니다. 남이 주
는 것도 받지 않고, 받더라도 어깨를 움츠리고 무릎으로 설설 기
지 않습니다. 사례하더라도 감격해서 달려가는 법이 없고 순결한

마음을 저버리지 않습니다. 제 자신 이것이 나쁜 습관임을 잘 알고 있습니다. 하지만 습관이 본성으로 굳어져서 바꿀 수가 없습니다. 다만 제 마음을 알아주는 이를 만나, 한번 머리를 끄덕이고 한번 말을 주고받은 뒤로 한번 적은 돈이라도 주시면 많은 선물을 받는 것보다 더 기뻐합니다." 이쯤 되면 괜찮은 선비, 3% 안에 드는 사람이라 불러도 되겠지?

28. 왕가의 비극

　제주는 조선왕실의 눈물과 한숨이 서린 땅이기도 하단다. 제주에 유배된 이들 가운데 왕실사람들도 적지 않았기 때문이지. 특히 광해군과 인조대에는 왕손들의 제주행이 유독 심한데 임금 자리가 그만큼 불안했던 까닭이란다.

　우선 왕손들의 유배가 잦았던 이유부터 알아봐야겠구나. 유배란 기존 질서를 거스르거나 위협하는 자들을 격리시키는 거란다. 기존 질서란 사상이나 관습 따위를 의미하기도 하지만 무엇보다 세상을 쥐락펴락하는 권력을 뜻하지. 조선 최고의 권력, 최고의 질서는 당연히 왕권이요, 왕의 질서이니 결국 왕권을 흔들거나 왕의 질서를 어지럽히는 사람은 누구든 유배객이 될 수 있었다는 말이다.

　왕손들에겐 그 질서가 한층 가혹하게 적용됐다는구나. 왕권을 흔들거나 왕의 질서를 어지럽히는 경우는 물론 그럴 기미가 보이거나 혐의를 받을 만하다 해도 내침을 당했지. 그건 왕손들이 임금은 물론 세자와 세손의 잠재적인 왕위계승 경쟁자들이기 때문이란다. 그래서 조선의 임금들은 왕손들의 일거수일투족을 주시하면서 경계의 고삐를 늦추지 않았대.

이러니 왕손의 삶은 참 고달팠을 거야. 암만 몸을 낮추고 살아도 까딱하면 의심을 살 테니 말이다. 더군다나 역모의 움직임이 있기라도 하면 새 임금으로 이름이 거론됐을 터이니 정치판이 요동칠 때마다 부침을 거듭할 수밖에 없었단다. 특히 의심이 많은 임금을 만나면 고초는 더했겠지.

1618년(광해군 10) 10월 선조의 계비인 인목대비의 생모 정씨가 제주에 유배된단다. 그러나 1623년 인조반정으로 정씨는 돌아오고 대신 광해가 유배를 가지. 1637년(인조 15)부터 1641년 67세로 죽을 때까지 광해는 4년을 제주에서 보낸대.

광해가 제주로 보내지기 2년 전 제주를 빠져나온 왕실사람도 있단다. 선조의 일곱째 아들인 인성군 가족들이지. 광해와 인성군은 선조의 아들들이고 인조는 선조의 손자이니 제주는 형제 조카의 왕위다툼이 남긴 상처를 간직한 셈이야. 1628년(인조 6) 역모혐의로 인성군과 그의 가족은 진도로 유배되는데 얼마 뒤 인성군에게는 자진하라는 어명이 내려지고 그의 가족은 제주로 옮겨졌다 풀려난다는구나. 『제주풍토기』를 쓴 이건이 바로 인성군의 셋째 아들이래.

광해가 세상을 떠나고 6년 뒤 제주는 인조가 남긴 또 다른 비극의 무대가 된단다. 인조의 장남인 소현세자의 아들 3형제가 제주로 유배된 거야. 인성군의 아들들은 광해의 조카뻘이고 소현의 아들들은 광해의 증손자뻘이니 왕실의 제주 귀양살이가 4대에 걸쳐 이어졌지. 그게 모두 인조대에 일어난 일이란다. 더군다나 훗날 숙종대에 소현의 손자들도 유배되니 제주는 5대에 걸쳐 왕실사람들의 탄식을 들어야 했던 셈이야.

이제부터 비운의 왕자, 소현세자(1612~1645) 일가의 이야기를 해야겠구나. 소현 일가에게 제주는 피맺힌 절규가 뼛속 깊이 사무친 곳이기 때문이란다.

소현은 인조의 아들로 병자호란이 끝난 뒤 청나라에 볼모로 잡혀갔대. 9년간 청나라에 머무는 동안 소현은 새로운 문물을 익히면서 조선의 개혁을 준비하지. 하지만 인조는 세자를 탐탁지 않게 여겼다는 구나. 몇몇 신하들이 자신을 내쫓은 다음 세자를 임금 자리에 앉히기 위해 음모를 꾸미고 있다고 끊임없이 의심했단다.

드디어 1645년 세자가 34살의 나이로 귀국길에 오르지. 그런데 채 두 달도 안 돼 병석에 눕더니 결국 일어나지 못했대. 세간에는 세자의 죽음을 놓고 인조가 독살을 지시했을 거라는 소문이 끊이지 않았다는 구나. 당시 세자는 어의 이형익이라는 자가 침을 놓은 지 3일 만에 세상을 떠났는데 인조는 이형익을 처형하라는 상소가 빗발치는 데도 그를 옹호했고 세자의 시신을 보지 못하게 했을 뿐만 아니라 세자의 장례절차마저 격하시켜 치르도록 했으니 의심을 살 만도 했지.

실록에서도 의혹의 시선을 느낄 수 있단다. "시체는 온몸이 새까맣고 뱃속에서는 피가 쏟아졌다. 검은 천으로 죽은 세자의 얼굴 반을 덮어서 옆에서 모시던 사람도 알아보지 못했다. 낯빛은 중독된 사람과 같았는데 외부의 사람은 아무도 아는 이가 없었다."

소현 일가의 비극은 여기서 끝나지 않는단다. 소현의 첫째 아들 석

철이 임금의 큰손자인 원손이었으니 당연히 그로 하여금 왕통을 잇게
만드는 것이 옳았지만 인조는 석철을 폐손하고 봉림대군(훗날의 효
종)을 세자로 삼지.

그리고 나선 소현 일가에게 칼을 겨눈단다. 먼저 소현의 아내이자
자신의 며느리인 강빈을 내치지. 강빈이 청나라와 결탁해 세자를 즉
위시키려 했을 뿐만 아니라 이제 자신을 내몰고 원손을 임금 자리에
앉히려 한다는 혐의를 씌운 거야. 1646년 인조는 기어이 강빈을 역적
이라 몰아세우며 사저로 내쫓고 이윽고 사약을 내린대.

그것도 모자랐는지 인조는 자신의 세 손자마저 제주로 유배를 보
낸단다. 그때 소현의 세 아들은 원손 석철이 12살, 둘째 석린이 8살,
막내 석견이 겨우 4살이었대. 인조는 어린 손자들을 절해고도 제주에
유폐시켰던 거지. 앞에서 말한 제주의 최연소 유배객이 바로 석견이
란다. 어린 세 아들은 1647년(인조 25) 7월 제주에 도착했다는구나.

사관도 가슴이 미었던지 인조의 처사를 개탄하는 글을 실록에 남
기고 있단다. "지금 석철 등이 국법으로 따지면 연좌되어야 하나 조
그만 어린아이가 무엇을 알겠는가. 그를 독한 안개와 풍토병이 있는
큰 바다 외로운 섬 가운데 버려두었다가 하루아침에 병에 걸려 죽기
라도 하면 소현세자의 영혼이 캄캄한 지하에서 원통함을 품지 않겠는
가."

사관의 우려대로 이듬해 9월 석철은 병을 얻어 세상을 떠나고 석
달 뒤 둘째 석린마저 눈을 감는단다. 원손이 죽었다는 이야기를 들은
할아버지 인조가 원손을 아비 곁에 장사 지내게 하라고 명을 내릴 무
렵 이 사실을 받아 적고 있던 사관은 뼈아픈 한마디를 남기지. "할아

버지와 손자 사이의 지친으로서 아무것도 모르는 어린아이를 풍토병이 있는 제주도에 귀양 보내 결국 죽게 만들었으니 그 유골을 아버지 묘 곁에 장사지낸들 무슨 소용이 있겠는가. 슬픈 일이다."

인조는 죽기 직전에야 홀로 남은 석견이 딱했던지, 아니면 친손자들을 줄줄이 죽음에 이르게 한다는 세간의 시선이 두려웠던지 육지와 가까운 남해로 유배지를 옮기도록 명했다는구나. 이후 효종 임금이 들어선 뒤 석견은 함양으로, 강화로, 다시 교동으로 배소를 옮기는데 서울과 점점 가까워진 셈이지.

효종대에 들어선 석견의 석방을 주문하는 상소가 이어졌나봐. 1654년 홍우원이라는 신하가 올린 상소문도 그 중의 하나란다. "환란을 염려하여 아무 죄도 없는 사람을 미리 의심해서 반드시 죽음의 길에 빠뜨리려 한다면 죄주지 않을 사람이 누구이며 죽이지 않을 사람이 누구이겠습니까. …삼가 원하건대 전하께서는 너그럽고 인자함을 힘써 행하며 하늘의 마음을 염두에 두소서."

2년 뒤 석견은 유배에서 풀려나고 경안군으로 복권되지만 1665년, 비극으로 점철된 왕손의 삶을 마감했대. 그때 그의 나이 스물하나였다는데 짧은 생의 절반가량을 유배지에서 보낸 셈이지.

그러나 소현 일가의 고난은 여기서 끝나지 않는단다. 석견의 두 아들 곤과 황도 당쟁에 휘말려 1679년(숙종 5) 어머니와 함께 제주에 유배된다는구나. 다행히 유배기간은 길지 않아 전라도, 강원도로 옮겨졌다가 1684년(숙종 10) 석방되지. 하지만 그 가족의 기억 속에 남아 있는 제주는 피눈물과 탄식의 땅이 아니었을까 싶구나.

왕가의 비극은 영조시대에도 일어난단다. 사도세자(장헌세자)의 아들인 은언군 인과 은신군 진이 1771년(영조 47) 제주에 유배된 거지. 인과 진은 훗날 정조대왕이 되는 산의 이복동생들이야. 둘은 사도세자와 순빈 임씨 사이에 나온 아들들로 은언군은 이듬해 3월 풀려나지만 은신군은 제주에서 눈을 감는대. 이들은 영조를 충동질하여 사도세자를 굶어죽게 한 김구주 일당의 무고로 유배를 왔다는구나. 은언군은 철종의 할아버지이며 은신군은 고종의 증조할아버지가 된단다.

인조의 의심, 정조의 용서

홍우원의 상소문 중에 특히 눈길이 가는 부분은 "아무 죄도 없는 사람을 미리 의심해서 반드시 죽음의 길에 빠뜨리려 한다면…"이라는 대목일 것 같구나. 그게 누굴 두고 하는 말일까? 인조란다. 그는 반정으로 용상을 차지했으니 권력의 정통성이 약했던 데다 삼전도의 굴욕을 당한 뒤 권위랄 것도 없었으니 임금 자리를 엄청 불안하게 여겼던 모양이야. 혹시 청나라의 도움으로 광해가 복위를 시도하지 않을까, 아들과 손자가 용상을 내놓으라 하지 않을까, 그 끝없는 불안과 의심이 비극의 씨앗이었던 거란다. 그리고 보면 인조는 과분한 임금행세 하느라 나라와 백성, 형제와 아들, 며느리와 손자들에게 씻지 못할 상처를 남긴 셈이지.

인조에 대비되는 임금으로 정조대왕을 꼽을 수 있을 것 같구나. 너희도 아다시피 정조는 사도세자의 아들이란다. 사도세자는 혜경궁 홍씨와 후궁 경빈 박씨, 순빈 임씨에게서 모두 5남 3녀를 두었대. 홍씨가 낳은 두 아들 중 큰 아들 정(의소세손)이 어린 나이에 죽자 둘째 아들 산이 영조의 뒤를 잇는 것이지.

정조는 세손 시절은 물론 즉위한 뒤에도 임금 자리를 끊임없이 위협받았단다. 그러면 왕손들을 의심하고 냉정하게 대했을 법한데 그러지 않았대. 유배 중 죽은 은신군을 제외한 두 이복동생 은전군 찬과 은언군 인이 역모혐의를 받는데도 각별한 정을 쏟았다는구나.

역모에 연루된 은전군을 두고 신하들이 사형을 거세게 요구했지만 정조는 동생을 해칠 수 없다고 버티고 또 버텼대. 그러다 신하들의 거듭된 상소를 어쩔 수 없어 은전군이 자진하는 것으로 마무리지었단다.

은언군도 정조의 형제애가 아니었다면 무사하지 못했을 거야. 1786년 아들 상계군 담으로 인해 역모혐의를 받게 되자 정순왕후와 대신들은 처형을 주장했대. 하지만 정조는 대궐문을 걸어 잠근 채 단식으로 맞서는가 하면 상소문을 불태우면서 "나라가 망하더라도 차마 그렇게는 못 하겠다"고 목소리를 높였다는구나. 하나밖에 없는 동생마저 죽음으로 내몰 수는 없다는 거지.

정조는 대신들이 제주 유배를 대안으로 내놓자 그것마저 거부하다 강화 유배를 결정한단다. 그리고 8년 뒤 비밀리에 은언군을 불러 만나기도 했대. 그만큼 우애가 깊었던 거지. 물론 정조가 그렇게까지 신하들의 뜻을 꺾고자 했던 데에는 당쟁에 여념 없고 왕권이 강화되는 걸 꺼리던 신하들에게 국왕의 권위를 보여준다는 뜻도 있었겠지만 말이다.

그러고 보면 영조의 작품인지 사도세자의 작품인지 정조의 이름을 참 잘 지었다는 생각이 드는구나. 그의 이름 '산(祘)'은 본다는 것을 의미하는 한자인 시(示)가 두 개 합쳐진 것인데 보고 또 본다는, 즉 '헤아린다'는 뜻이야. 나라와 백성과 가족을 헤아린 정조의 지혜와 용기는 이름에서 나왔는지도 모르겠구나.

29. 동계 정온을 찾아서

유배지 중의 유배지라는 제주. 그 제주에서도 유배지 중의 유배지로 불리는 땅 대정. 오전 7시 35분 대정읍 보성리 가는 버스에 오르니 날이 밝아오기 시작했어. 잔뜩 웅크린 하늘에다 안개까지 짙게 드리운 제주의 아침. 버스는 제주 시내를 벗어나는가 싶더니 이내 1135번 지방도, 제주의 서부지역을 관통하며 내달리더구나.

차창 밖을 내다보니 제주는 역시 평화의 섬답게 생겨먹은 것도 참 착하다, 싶었어. 가끔 오름을 만나지만 그것도 잠시 들판이 끝도 없이 이어진단다. 덕수리라는 곳에 이르렀을 무렵 비로소 모습을 드러내는 아침 해. 보통 때 같으면 그 찬란한 광채에 감히 눈을 마주치지 못했을 텐데 어째 희멀거레한 것이 통 기운이 없어 보이더구나. 안개인지 황사인지 희뿌연 것들에 가려 빛을 잃고 있는데 바닷가에 우뚝 솟은 산방산도 희미하게 그 윤곽만 드러낼 뿐이었단다.

대정, 하면 먼저 떠오르는 유배객이 추사 김정희 선생. 하지만 아빠가 대정읍 보성리를 찾은 것은 추사적거지만을 둘러보기 위해서가 아니었단다. 대정은 곧고 바르기가 어지간한 선비는 흉내낼 수 없었다는 동계 정온(1569~1641) 선생이 귀양살이를 한 곳이기도 하지. 유배의 흔적은 온데간데없으나 선생의 유허비는 남아 있다길래 찾아보기로 한 거란다.

동계의 유허비가 서 있는 곳은 추사기념관의 동쪽 50여m쯤에 자리한 보성초등학교 입구 왼편. 비석의 머리부분과 비문의 글씨가 붉은 빛을 머금고 있다는 게 우선 눈길을 끈단다. 비석을 세울 때부터 그랬는지 훗날 붉은 잉크로 덧칠을 했는지는 알 수 없으나 여느 비석과는 달리 선연한 느낌을 주더구나.

비석 옆 안내판에는 동계의 인생이 간략하게 소개돼 있어. 선생이 대정으로 유배온 것은 1614년, 광해가 임금 자리에 있을 때야. 영창대군의 처형이 부당한 일이라며 따지다 유배돼 대정에서 10년을 사셨다는구나. 유배생활 동안 선생은『덕변록』등을 지으며 임금에 대한 사랑과 나라에 대한 걱정을 털어놓았는데 1623년 인조반정이 일어나자 비로소 유배에서 풀려났대.

유배의 빌미가 됐던 상소문을 한 번 읽어볼까. '갑인봉사(甲寅封事)'라는 글인데 상소문에서 동계는 자신이 북인이면서도 북인이 임금의 동생인 영창대군을 살해한 일을 강력히 비난하고 관계자를 처형하라고 요구한단다. "어린이는 실상 반역을 모의한 사실이 없었는데 정항이 위협하여 죽게 하였으니, 이는 전하께 한악한 무부의 손을 빌려 죽인 것입니다. 정항을 죽이지 않는다면 전하께서 선왕의 묘정(廟庭)에 설 면목이 없을 것입니다." 정항은 영창을 죽음으로 내몬 강화

정온 유배터

부사로 그를 처형하라고 요구한 거야.

동계의 제주 유배형에 대해 선생의 후손들이 적은 행장은 이렇게 기록하고 있단다. "공을 올바르다고 하는 자는 모두 견책을 받고, 공을 모함하는 자는 연이어 높은 벼슬을 얻으므로 앞을 다투어 서로 옭아매니, 위화(危禍)가 날로 박두하였으나 공은 걱정하는 기색 없이 언제나 태연하였다."

행장에는 유배지도 소개돼 있단다. "출옥 후 38일 만에야 대정현에 도착하였다. 이곳은 지대가 대단히 낮고 습해서 뱀과 독충이 많고, 거센 바람과 독한 안개가 하루 사이에도 이변을 일으키는 내륙과는 아주 다른 기후였다. 공은 '죄지은 자가 살기에 적합하구나'라고 탄식하고, 스스로 별호를 '고고자(皷皷子)'라 하였다." 고고자! 북치는 사람이라는 뜻이래. 그렇다면 유배객 동계의 북은 울분을 달래는 북일까, 절의를 일깨우는 북일까. 아니면 둘 다일까.

동계는 1614년 8월 별도진(지금의 제주시 화북항)에 도착한 뒤 제주읍에 머물다 대정으로 향했는데 배소에 가시울타리가 완성이 돼 있지 않아 3일을 더 기다린 뒤에야 위리안치생활에 들어갔다는구나. 그가 안치된 곳은 대정현 동문 안 작은 민가. 객사와 가까워 감시가 용이한 곳이었대.

집이 낮아서 몸을 바로 세우기도 어렵고 방도 좁아서 무릎을 추스르기도 버거웠다는구나. 연기와 그을음으로 의관이 더럽혀지는 등 사람이 기거하기 힘든 환경이었으며 담에 음식이 드나드는 작은 구멍이 있었고, 그 바깥에는 사령들이 거처하는 일종의 경비소가 사방에 설치돼 있었는데 토착민들은 이곳을 '산무덤'이라 부를 정도였대.

동계는 유배생활 내내 책 쓰기에 매달렸던 모양이야. 마음을 다지고자 글의 굴에 들어가 있었던 셈인데 『덕변록』이 그 결과물의 하나란다. 이 책은 중국의 고대 은나라 말기에서 남송까지 어려운 환경에서 애쓰고 노력하여 올바른 삶을 잃지 않은 성인·현인 59명의 글을 모아놓은 것이라는구나.

1623년 인조반정이 일어나자 동계는 마침내 서울로 돌아온대. 유배에서 풀려나는 과정에서도 동계의 꼿꼿하고 깐깐한 성품을 엿볼 수 있단다. 관리가 벼슬이 내려졌음을 알려주려 배소에 갔더랬는데 동계는 가시울타리를 거두지 않은 채 지내고 있었던 모양이야. 관리가 "왜 당장 이 가시울타리를 철거하지 않소?" 하고 묻자 "아직 명을 받지 못했소"라고 대답했대. 가시울타리에서 나오길 거절하던 동계는 임금의 전지(傳旨)가 도착한 뒤에야 밖으로 나왔다는구나.

한 치의 흐트러짐도 허용하지 않겠다는 선비의 정갈한 마음가짐. 그건 어머니와 해후하는 장면에서도 확인할 수 있단다. 수염과 머리카락이 다 세어버린 동계가 여든이 훌쩍 넘은 어머니를 찾아갔는데 모자가 만나는 순간, 주위 사람들은 다 눈물을 글썽거렸지만 어머니도 아들도 몸가짐을 흐트리지 않은 채 쌓였던 그리움을 달랬다는구나.

다시 벼슬길에 나아가서도 동계는 소신에 찬 삶을 살아간단다. 이조참판으로 있던 1636년 병자호란이 일어나자 그는 잇따라 상소문을 올려 후금의 사신을 쫓아내자고 주장하는가 하면 후금을 배척하는데 소극적인 공신세력을 비판하기도 했대. 특히 인조에게는 "전하는 공신을 데리고 반정을 하였지만 그들로 인하여 망국에 이를지 모르겠다"고 극언까지 서슴지 않았다는구나.

화의가 이뤄지고 삼전도의 굴욕이 있은 뒤 동계는 덕유산에서 은거하다 5년 만에 세상을 떠난단다. 소신과 원칙에 누구보다 충실했던 삶을 재야에서 마감한 셈이지. 그래서 선생을 말할 땐 충절의 표본이라는 수식어가 따라붙기도 한단다.

조선이라는 나라가 거듭된 외침과 숱한 당쟁 등 안팎의 시련에도 불구하고 500년이나 명맥을 유지할 수 있었던 것도 그나마 이런 선비들이 있었던 덕분이 아니었나 싶구나. 비록 삶이 고단하고 보잘 것 없더라도 선비로 살다 죽어야 세상 떠나는 날 후회가 남지 않을 것이라는 확신을 품고 살았던 것이겠지.

시골초등학교가 다 그렇겠지만 보성초등학교도 참 아담하고 앙증맞단다. 운동장이 온통 검은 빛이다 보니 여기가 제주도임을 실감할 수 있겠고 갖가지 나무랑 꽃들이 소담스레 피어 있어 한층 정이 가더구나. 학교 초입에는 '나의 다짐'이라는 글이 새겨진 큼지막한 돌이 서 있는데 이렇게 다짐하고 있단다. "나는 열심히 공부하고 참되게 행하여 슬기와 용기를 지닌 훌륭한 일꾼으로 자라 어버이의 은혜에 보답하겠습니다."

아빠도 어린 시절 국민교육헌장이니 국기에 대한 맹세 따위를 줄줄 외워야 했더랬지. 뜻을 음미할 여유도 없이 다짜고짜 외우고 선생님이 시키면 뜻도 모르는 말들을 쏟아냈단다. 그때를 생각하니 웃음이 절로 나오더구나. 참 바보 같은 세월을 살았던 거지.

'나의 다짐'도 그럴까? 이 학교 아이들도 줄줄 외워야 할까? 때때로 검사도 받고 못 외우면 꿀밤도 맞고 할까? 요즘 같은 세상에 설마,

하다가도 아니 외워야 할 것 같다는 쪽으로 생각이 자꾸 기울더구나. 예전 그것들보다야 훨씬 짧은 글이지만 '나의 다짐'도 억지로 외워야 하는 글이니 아이들 입장에서는 고역이 아닐 수 없을 거야. 그래도 글에 나쁜 의도가 들어가 있는 것은 아니니 외워도 괜찮겠다, 싶더구나. 다만 일꾼이라는 말보다는 사람이라는 표현이 낫지 않을까.

삼의사비에 얽힌 이야기

│ 대정읍 보성리 입구로 들어서면 큼지막한 비석 하나가 먼저 길손을 맞아준단다. 이름하여 '제주대정삼의사비'. 삼의사란 세 명의 의로운 선비를 뜻하는데 1901년 대정을 중심으로 일어났던 '이재수의 난' 때 난을 이끌었던 이재수 오대현 강우백을 일컫는다는구나.

'이재수의 난'은 천주교의 교세확장, 탐관오리들의 탐학, 토착 무속신앙이 강한 지역정서 등이 복잡하게 얽혀 있는 사건이란다. 그래서 제주도민들은 천주교 등 외세의 침탈과 부조리한 벼슬아치들 때문에 일어난 민란이라고 보는 반면 천주교인들은 천주교 박해라며 '신축교난'이라 부른대.

삼의사비가 세워진 때는 '이재수의 난' 60주년이던 1961년. 대정 유지들과 삼의사의 후손들이 건립했는데 이후 일대의 도로가 확장되면서 이전의 비는 땅에 묻고 1997년 대정읍 연합청년회 명의로 다시 세웠다는구나.

삼의사비는 천주교에 대해 곱지 않은 시선을 보내고 있단다. "무릇 종교가 본연의 역할을 저버리고 권세를 등에 업었을 때 그 폐단이 어떠한가를 보여주는 교훈적 표석이 될 것이다." 첫 문장에 이렇게 적어둘 만큼 천주교에 불만이 많았던 모양이었고 천주교단은 이 같은 시각을 못마땅하게 여겼다는구나.

비문은 '이재수의 난'이 일어난 배경을 이렇게 설명한단다. "천주교는…도민의 정서를 무시한 데다 봉세관과 심지어 무뢰배

들까지 합세하여 그 폐단이 심하였다. …이에 대정고을을 중심으로 일어난 상무회는 이 같은 상황을 진정하기 위하여 성내로 가던 중 주장인 오대현이 천주교 측에 체포됨으로써 그 뜻마저 좌절되고 만다. 이에 분기한 이재수 강우백 등은 민병을 규합하고 교도들을 붙잡으니 민란으로 치닫게 된 경위가 이러했다."

비문에는 난의 전개과정과 결과도 간략하게 소개하고 있더구나. 민란군은 1901년 5월 28일 제주성을 함락시키지만 프랑스 함대와 조정에서 보낸 군대가 들어오면서 난은 진압되고 세 장두는 서울로 압송돼 처형되었대.

대정사람들의 의기가 느껴지는 삼의사비. 제주를 한낱 휴양지로만 대했을 땐 감히 얻을 수 없는 감동과 교훈을 역사의 땅 제주를 만나고서야 품을 수 있다는 것, 그게 바로 아빠가 유배지를 둘러보며 역사를 곱씹어보는 이유란다. 참 흐뭇한 아침이었어.

| 제주대정삼의사비

30. 추사를 만나다

　　추사기념관을 향해 걷는데 까치가 떼 지어 날아다니며 어찌나 요란스레 지저귀던지 귀가 다 얼얼할 정도였단다. 90년대 초에 엄마랑 함께 추사적거지에 왔을 땐 유배초옥만 달랑 남아 있더니 이젠 아담하지만 버젓한 기념관도 하나 두고 있더구나.

　　매표소에서 입장권을 끊은 뒤 세한도 복사본을 한 장 샀단다. 아빠의 서재에 걸려 있는 그림이 바로 그거야. 포장을 부탁하고선 유배초옥으로 걸음을 옮기는데 1층이 뚫려 있는 기념관이 적거지의 대문구실을 하고 있더구나.

　　초옥입구에는 '추사김선생적려유허비'라고 쓰인 비석이 위풍당당한 풍채로 서 있단다. 초옥은 집주인이 살았던 안거리(안채)와 그 맞은편에 있는 사랑채인 밖거리(바깥채)를 중심으로 제주의 화장실인 통시와 방앗간 등으로 이뤄져 있는데 추사가 제자들에게 글과 서예를 가르쳤다는 밖거리는 수리 중이더구나.

추사가 제주로 유배된 때는 그의 나이 쉰다섯이던 1840년 10월 1일. 유배에서 풀려난 때가 1848년 12월 6일이니 만 8년 2개월을 제주에서 보낸 셈이지. 조선 후기를 대표하는 예술가요 학자인 추사 김정희(1786~1856). 그런데 문예에 일가를 이루던 양반이 무슨 큰 죄를 지었길래 제주까지 유배를 온 걸까.

추사가 살았던 당시는 안동 김씨와 풍양 조씨가 팽팽히 맞서고 있던 때였어. 순조가 즉위한 뒤부터 70여 년 간 이어지는 이른바 세도정치의 와중에 있었지. 안동 김씨는 순조의 처가였고 풍양 조씨는 순조의 아들인 효명세자의 처가였대. 특히 안동 김씨는 수렴청정을 하던 정순왕후가 죽고 순조가 직접 정치를 관장하면서부터 권력을 틀어쥐게 되는데 순조는 안동 김씨의 지나친 독주를 막기 위해 재위 27년째인 1827년 효명세자에게 대리청정을 시킬 정도였다는구나. 조씨를 이용해 김씨를 견제하려는 거였지.

그런데 효명세자가 1830년 세상을 떠나자 순조가 복귀하게 되고 이후 김씨 세력이 권력쟁탈전의 승자로 다시 떠오른단다. 이어 순조가 죽고 1834년 헌종이 즉위하면서 김씨만의 세상이 열리게 되지. 순조의 손자인 헌종이 즉위할 때의 나이가 고작 여덟 살. 그래서 순조의 비이자 헌종의 할머니인 순원왕후 김씨의 수렴청정이 시작되는데 그녀는 안동 김씨인 김조순의 딸이었단다. 순헌왕후는 헌종 때는 물론 헌종이 후사 없이 죽자 철종을 즉위시킨 다음 자신이 죽기 5년 전인 1852년까지 수렴청정을 계속한대. 한마디로 안동 김씨의 세도정치, 독재시대가 근 20여 년 동안 이어진 셈이지.

권력기반을 다진 김씨 세력은 한때의 경쟁자였던 조씨 세력은 물론 그들과 가깝게 지냈거나 평소 못마땅하게 여겨온 세력들을 공격하기 시작한단다. 그 중의 하나가 바로 추사 집안이었어. 추사의 집안은 왕실의 외척이었던 데다 조상 대대로 높은 벼슬을 지낸 권문세족의 하나였는데 안동 김씨 세력과는 사이가 좋지 않았던가봐. 그 세도정치의 소용돌이에 추사의 집안은 물론 추사까지 휘말리게 된 거지.

1840년 추사에게 날벼락이 떨어진단다. 여러 벼슬을 두루 거치는 한편 청나라 학자들과 교유하면서 학문과 예술에 깊이를 더해가던 그는 당시 동지부사로 임명돼 중국행을 앞두고 있었대. 그런데 10년 전 효명세자가 세상을 떠나기 전 있었던 이른바 '윤상도의 옥' 사건이 재론되면서 제주 유배의 명을 받게 되는 거지.

'윤상도의 옥' 이란 윤상도라는 자가 1830년 박종훈 신위 등을 탄핵하는 상소를 올렸다가 군신 사이를 이간시킨다는 이유로 추자도에 유배된 사건을 말한단다. 당시 이 상소문의 배후자로 추사의 아버지인 병조판서 김노경의 이름이 거론되기도 했으나 크게 문제가 되진 않았던 모양이야.

그런데 10년 전의 일이 다시 거론되면서 칼날이 추사 집안을 겨누게 된 거지. 김씨 세력들은 상소문이 왕세자의 잘못을 들먹이는 등 그 내용이 너무 무엄하다면서 처벌을 주장했는데 윤상도는 유배지에서 압송돼와 국문을 받다가 아들과 함께 능지처참되고 김노경은 사사된다는구나. 상소문을 교사한 자로 추사도 지목됐으니 무사할 리 없었지.

추사는 모진 매질과 고문을 받았다는구나. 하지만 그는 끝까지 승복하지 않았대. 사형이 거론되기도 했지만 친구인 우의정 조인영의

도움으로 목숨만은 부지할 수 있었다는구나. 청국행을 앞두고 기대에 잔뜩 부풀어 있던 추사는 절망을 품은 채 회한을 곱씹으며 제주 유배 길에 올랐단다. 그는 친구 권돈인에게 보낸 편지에 억울하고 비통한 심정을 담아 보냈다는구나. "동서고금에 이렇듯 참혹하고 지독한 일 이 또 있을까요. 천만인이 모두 죽이려드는데 대감만이 오직 슬퍼해 주셨습니다 그려."

실학파의 거목 박제가의 제자로 경학 금석학 서화에 새로운 길을 열었던 추사. 제주 유배는 그에게 고난과 고독의 시간이었겠으나 그 시간이 그의 사상은 물론 시 서 화에 폭과 깊이를 더해준 세월이기도 했단다. 그가 유배생활 중 완성시켰다는 추사체만 봐도 그래. 간결하 면서도 울림이 깊고, 강한 듯하면서도 부드러운 추사체는 유배의 세 월을 수련과 모색의 시간으로 바꿔놓은 결과가 아닌가 싶구나.

유배초옥 입구에는 십 수년 전 왔을 때처럼 노란 수선화가 소담스 레 피어 있단다. 추사는 수선화를 특히 좋아했대. 그래서 수선화를 그 리고 시로 읊으며 고독을 달랬다는구나. 아마 유배처에 수선화를 심 은 뜻도 그래서겠지.

설중화(雪中花), 수선(水仙)이라고도 불리는 수선화는 12~3월에 꽃을 피운대. 한겨울에 피는 꽃. 추사의 처지가 수선화 같지 않니? 추 사는 수선화를 보며 이런 시를 썼다는구나.

한 점의 겨울 마음 송이송이 둥글어라/그윽하고 담담하고 냉철 하고 빼어났네/매화가 기품이 높다지만 뜨락을 못 면했는데/맑은 물에서 참으로 해탈한 신선을 보네

추사유배지

기념관은 추사의 명성에 비하면 초라하다 싶을 아담한 규모란다. 게다가 초옥 앞을 가로막고 서 있다 보니 남쪽바다로 향하는 시선을 막고 있어 답답한 느낌마저 주더구나. 기념관에는 추사를 소개하는 자료와 더불어 추사의 작품 30여 점이 전시돼 있어.

단연 눈길을 잡아끄는 것은 추사체와 더불어 추사의 예술혼이 집대성됐다는 국보 제180호 '세한도'. 그 옆에는 보배로운 정약용이 살고 있는 산 속의 방이라는 뜻으로 강진의 다산초당에도 걸려 있는 '보정산방', 대나무 숲에서 다향을 즐기며 정담을 나누는 선비의 방이라는 뜻으로 과천에서 말년을 보낼 무렵 자신의 거처에 달아두었다는 '죽로지실' 등의 작품이 영인본으로 전시돼 있단다.

아빠는 출구 쪽에 걸려 있는 '판전'이라는 글씨가 마음에 와 닿더구나. 경전을 모시는 곳이라는 뜻으로 서울 봉은사에 써준 작품이라는데 글씨를 가만히 들여다보면 멋을 부릴 생각도 없고, 잘 써야지 하는 강박도 전혀 느껴지지 않는단다. 아이의 마음처럼 질박하고 숨김이 없는 순수 그 자체라고 할까. 고졸하고 단아하다는 게 이런 걸 두고 하는 말이 아닐까 싶더구나. 작품 설명문을 보니 추사가 세상을 떠나기 3일 전에 쓴 글씨라는데 도를 깨달으면 아이처럼 된다더니 정말 그렇구나 하는 생각을 했더랬지.

추사는 과천에 은거하다 일흔한 살을 일기로 세상을 떠난단다. 그가 세상을 버렸을 때 사관은 이렇게 적었대. "총명 강기하고 여러 책을 박람해서 금석과 서사에 통하지 않은 것이 없었다. 때로는 참으로 기상천외한 파격적 작품을 쓰되 무어라 말하는 사람도 없었다. 당대에 꼽히는 홍장이었다 할 만하다." 홍장(鴻匠)은 재주가 뛰어난 장인을 비유하여 일컫는 말이란다.

추사의 예술에 대해 찬사를 보낸 셈인데 살아서는 고단한 여정이었으나 고난 속에서 피어난 불후의 예술혼은 영원히 꺼지지 않는다는 걸 알겠지? 매표소 직원이 구겨지지 않게 정성껏 두루마리로 만들어 준 '세한도'를 배낭 안에 조심스레 넣고선 다시 길을 나섰단다.

추사의 '판전'

세한도 이야기

　　| '세한도'를 볼 땐 한동안 뚫어져라 보고 있어야 해. 대충 스치듯 보면 이 작품이 왜 명작으로 대접받는지 알아차리기 힘들기 때문이야. 아빠도 젊어선 그랬단다. 그냥 성의 없이 슥슥 그린 것 같은데…했더랬지. 물론 심미안이 부족했던 탓이겠지만 작품을 마음으로 받아들이기보다 머리로 따지려들었기 때문이란다.

　　그림의 배경은 겨울. 지붕이 길고 벽에는 구멍이 난 집이 한 채 있고, 집 옆에는 소나무와 잣나무가 하늘을 향해 곧게 뻗어 있는 풍경. 그림을 찬찬히 바라보면 이런 생각이 든단다. 저 간결한 구도는 절제된 마음에서, 흰 여백을 많이 둔 것은 달관한 자의 빈 가슴에서, 투박한 붓질은 여전히 잃지 않은 결기에서, 스산하기 이를 데 없는 풍경은 유배객의 고단한 심사에서 나왔을 테지, 하고 말이다. 구멍난 집은 가슴 뚫린 추사를 연상시키기도 하지.

　　'세한도'는 추사가 1844년, 자신의 나이 쉰아홉 때 그린 거래. '세한'은 논어 자한편에 나오는 '세한연후지송백지후조(歲寒然後知松栢之後凋)'라는 글에서 따온 제목이란다. 추운 겨울이 오면 낙엽송들은 잎을 다 떨어뜨리지만 소나무와 잣나무는 여전히 푸르러 가장 늦게 시든다는 뜻이지. 나무에 빗대 인간사를 이야기한 거란다. 비루한 자들은 시세의 흐름에 따라 모습을 달리하지만 의리와 신의를 갖춘 자들은 겨울이 와도 변치 않는다는 뜻이지.

추사는 그림 왼편에 '세한도'에 얽힌 사연을 적어뒀단다. "세상 사람들이 온통 권세와 이익만을 좇아 움직이는데 그대는 이 바다 밖에 와 있는 초췌하고 메마른 사람을 마치 권세와 이익이 있는 사람처럼 대하누나. 송백처럼 한결같은 그대의 마음이 어찌 성인의 칭찬을 받아 마땅하지 않으리요. 또한 세상인심의 박절함이 어찌 슬프지 않으리요. 완당노인이 쓰다."

글에 나오는 그대는 제자 이상적을 두고 하는 말이란다. 이상적은 청나라에서 구한 책을 보내는 등 스승을 정성껏 보살폈다는데 그런 제자의 마음씀씀이가 너무 고마워 1843년 추사가 그려준 그림이래.

글 마지막에 나오는 완당노인의 완당은 추사의 또 다른 호야. 김정희는 추사 완당 외에도 200여 개의 호를 갖고 있었다는구나. 자신이 지은 것도 있고 벗들이 지어준 것도 있다는데 시를 짓고 그림을 그리고 글씨는 쓰던 양반이다 보니 낙관이나 도장마다 멋스러움을 담고자 했던가봐.

31. 자기 자신마저 속이는 세상

　동계와 추사까지 만났으니 아빠의 유배지 기행도 서서히 막 내릴
채비를 해야 할 것 같구나. 이제 제주시 시내에 남아 있는 광해군 송시
열 최익현 김윤식 등의 유배흔적을 둘러보고 나면 아빠의 편지도 마
침표를 찍어야겠지. 그동안 유배지를 찾고 유배객의 삶을 더듬어보고
진정한 사람의 길을 배우기도 했으나, 돌아보니 바람이 나뭇가지를
스치듯 했던 것 같아 못내 아쉽기도 하구나.
　유배지를 돌아 나올 때마다 품었던 질문이 하나 있단다. 선비란 누
구인가, 정치란 무엇인가. 유배객은 그가 왕이든 신하든, 학자든 예술
가든 하나같이 선비이자 정치가였기 때문이야. 지금이야 정치가를 별
개의 직업으로 보지만 조선시대에는 세상의 모든 선비가 많게든 적게
든, 직접적이든 간접적이든 정치에 관여해서란다. 비록 벼슬길로 나
아가지 않더라도 세상이 어떻게 돌아가는지 살펴보고 세상이 어떻게
돌아가야 하는지 발언했던 거지. 조선이라는 나라에서 정치는 선비의

의무이기도 했거든.

'그 많은 선비들이 있었는데 정치는 왜 그리 어지러웠나요?' 이렇게 물어볼 수 있을 거야. 이유는 간단하단다. 선비는 많았을지 몰라도 제대로 된 선비는 드물었기 때문이지. 욕망을 경계하고 이름과 자리를 탐하지 않는 선비들보다 그렇지 않은 선비들이 많아서란다. 소신과 양심을 목숨처럼 여기며 권력을 견제하는 선비들보다 한 줌 권세를 누려보고자 세상에 아첨하고 배신을 마다않는 선비들이 더 설쳐대서지.

그렇다 보니 정치는 어느 순간 나라를 튼튼히 하고 백성을 편안하게 모시는 일이 아니라 이익을 챙기고 힘을 과시하는 수단으로 바뀐 거야. 한낱 출세의 통로, 욕망의 배설구로 전락한 거란다. 그나마 이득이나 권력이라는 게 몇 줌 되지 않으니 그걸 차지하려는 쟁투는 날로 험악해지고 그 요란한 밥그릇싸움에 정치는 온데간데없이 사라지는 거지.

더 불행한 것은 정치가 시궁창 같은 곳으로 변해갈수록 제대로 된 선비는 그쪽으로 눈길조차 주지 않는 거란다. 스스로를 정치에서 유배시킨 셈이지. 괜히 발을 담갔다간 낭패보고 상처받기 십상이니 말이다. 결국 썩은 물에 깨끗한 물이 보태지지 않으니 물은 자꾸만 썩어갈밖에. '선비된 자, 마땅히 정치를 해야 한다'고들 말하지만 간신배들의 경연장, 그 아수라의 세계로 나아가지 않는다고 그들을 나무랄 순 없는 노릇이란다.

조선시대의 그 지독한 당파싸움이 어디서 비롯됐는지 알겠니? 왜 지금도 한국사람들은 정치판을 향해 한숨을 쏟아내는지 알겠어? 제대로 된 선비, 제대로 된 지식인을 만나기가 점점 힘들어지다 보니 정치가 욕망에 물들고 권력이 정상궤도를 이탈하는 거란다.

정치가 허접한데도 세상은 안온할 수 있을까? 아니란다. 윗물이 흐리면 아랫물도 흐려지는 법이지. 악취는 아래로 아래로 내려온단다. 사람들은 양심과 정의가 무력해진 걸 알아차리게 되고 음모와 술수, 반칙과 꼼수를 하나둘 익히기 마련이야. 그래야만 경쟁에서 이길 수 있고 욕망을 채울 수 있으니 말이다.

'합리적인 원숭이' 라는 말이 있단다. 제 것을 챙기느라 공동체의 선(善) 같은 것에는 관심을 두지 않는 사람을 말하지. 나름대로 머리를 굴리니 합리적인 것 같지만 결국 영악한 원숭이 수준을 벗어나지 못한다는 거야. 심리학에는 '사이코패스' 라는 말이 있대. 상대에 대한 동정심이나 죄의식을 느끼지 못하고 이기적 목적만을 추구하는 인격장애자를 두고 그렇게 부른다는구나.

남을 배려할 줄도, 남을 아파할 줄도 모른 채 오직 밥그릇싸움에서 이겨 제 이익만 챙기면 그만이라 여기는, 또 그렇게 살아가는 사람들. 세상 돌아가는 낌새를 살펴보면 지식인이나 정치가가 우선 해당되겠지만 백성들이라고 '합리적인 원숭이' '사이코패스' 의 혐의에서 완전히 벗어날 수는 없을 것 같구나. 모두들 그렇게 살아가느라 남을 속이고 자신마저 속이고 있으니 말이다.

며칠 전 신문을 봤더니 2007년을 상징하는 사자성어로 '자기기인(自欺欺人)' 이 뽑혔더구나. '자신을 속이고 남을 속인다' 는 뜻이래. 거짓말이 넘쳐나는 세태를 풍자한 거지. 사람들이 자기 분수를 모른 채 한도 끝도 없이 탐욕을 부릴 때 '자기기인' 이 되는 거란다. 그런 사람들의 눈엔 돈과 권력만 보일 뿐 사람은 보이지 않지. 사람이 보이지 않으니 자신을 속이고, 눈앞의 돈과 권력이 탐나니 상대를 속이고, 그렇게 속이고 또 속이다 세상을 속이고 있는 자신을 다시 속이게 되는 거란다.

'사이코패스'의 나라든 '자기기인의 사회'든 세상이 그런 쪽으로 흘러간다면 삶은 이미 온전할 수 없을 거야. 경쟁은 승자보다 패자를 더 많이 만드는 법이고, 소수의 승자도 언젠가 패자의 자리에 서게 될진대 패자에게 손 내밀지 못하는 세상이라면 눈물과 탄식만 넘쳐날 뿐이니 말이다. 대체 그런 나라가 얼마나 지탱하겠으며 대체 누가 그런 나라에서 살고자 하겠니?

선비가 있어야 하는 이유는 바로 그래서란다. '사이코패스의 나라'로 전락하는 걸 막고 '자기기인의 사회'로 추락하는 것을 저지하는 책무가 바로 선비, 곧 지식인에게 있다는 말이야. 당 태종이 이런 말을 했다는구나. "나는 야위어도 천하는 살찌리라." 선비에게 딱 들어맞는 말 아닐까. 남도 자신도 속이지 않으면서 세상을 살찌우는 사람이 선비라면 말이다.

속일 수 있는, 아니 때론 속여야 하는 게 있긴 하지. 그건 바로 입이란다. 우선 다산 선생의 말씀부터 들어보렴. "어떤 것도 속일 수 있는 것은 없다. 다만 오직 한 가지만은 속일 수가 있다. 그것은 바로 자기 입이다. 모름지기 거친 음식을 속여 넘겨 잠시 슬쩍 지나치는 것, 이것이 좋은 방법이다."

선생은 유배시절 그 방법을 터득했던가봐. 어느 여름날 상추 잎으로 밥을 싸서 먹고 있는데 옆에 있던 손님이 묻더래. "쌈 싸 먹는 것이

절여 먹는 것과 다른 점이 있나요?" 선생은 이렇게 대답했다는구나. "이것은 내가 입을 속이는 방법이라네." 상추 잎에다 밥을 한 숟갈 얹은 다음 된장이든 고추장이든 듬뿍 발라서 입에 넣으면 다른 반찬 없어도 맛있게 먹을 수 있다는 거야.

다산이 입을 속였던 것은 형편이 궁색했던 탓도 있었겠지만 그보다는 욕망을 잠재우기 위해서란다. 무릇 '자기기인'의 비극은 욕망이라는 놈에게서 비롯되기 때문이지. 욕망이 잠들고 나면 보잘 것 없는 밥상을 부끄러워하는 마음도 사라질 것이요, 변변찮은 음식이라도 입을 속여 맛나게 먹을지언정 진수성찬을 먹고자 아웅다웅하지 않겠다는 마음도 생겨날 것이기 때문이란다. 결국 입을 속이는 것은 자신을 속이지 않고 남을 속이지 않고 세상을 속이지 않기 위한 것이지.

사람의 욕망 가운데 식욕만큼 강한 것이 없단다. 입을 속여 식욕을 제압할 수 있을 정도라면 낡은 옷이나 초라한 집 따위도 얼마든지 속일 수 있을 거야. 돈과 권력과 이름에 질질 끌려 다니지 않을 테니 세상을 속이거나 자신을 속일 필요도 없겠지.

'천하흥망 필부유책(天下興亡 匹夫有責)'이라는 말이 있단다. 명말 청초의 사상가인 고염무(1613~1682)의 말인데 천하의 흥망에는 보통 사람들도 책임이 있다는 뜻이야. 그렇다고 '필부유책'이 농사꾼과 벼슬아치, 나무꾼과 선비 모두에게 똑같은 크기의 책임을 물어야 한다는 뜻은 아니란다. 고염무는 이런 말을 하고 싶었던 게 아닐까. 저 이름 없는 산골의 백성에게도 책임이 있는 것이니 더 많이 가진 자, 더 많이 누린 자, 더 많이 배운 자가 더 많이 책임지는 것은 당연하지 않느냐고 말이다.

욕망도 잠들고 밥그릇싸움도 그치는 세상. '합리적인 원숭이'도
가고 '사이코패스'도 사라진 세상. 남을 속이지도, 세상을 속이지도,
자신을 속이지도 않는 세상. 그리하여 사람과 사람이 더불어 살 줄 알
고 마침내 저 깊은 산골 나무꾼의 안방에까지 행복과 안식이 깃드는
세상. 우리 사는 세상이 그쪽으로 향할 수 있도록 지혜를 짜내고 몸으
로 실천하는 일, 그게 바로 선비의 책무이자 '노블리스 오블리제'가
아닐까 싶구나.

칼레의 시민

│ '칼레의 시민'이라고 들어봤니? '노블리스 오블리제'를 말할 때면 빠지지 않고 등장하는 이름인데 오귀스트 로댕(1840~1917)의 조각으로도 아주 유명하단다. 로댕은 알겠지? '생각하는 사람'을 만든 사람이 바로 이 양반이야. '칼레의 시민'은 로댕이 칼레라는 도시의 의뢰를 받아 제작한 거란다. 1884년 칼레 시가 조각을 부탁했던 이유는 537년 전, 그러니까 1347년 조상들이 보여준 숭고한 희생정신을 기리기 위해서였대.

당시 프랑스는 영국과 전쟁을 하고 있었단다. 1337년부터 1453년까지 이어진 그 전쟁을 '백년전쟁'이라 부르지. 1347년 칼레 시가 영국군에 포위되자 시민대표들이 자비를 구하러 갔대. 그러자 영국왕 에드워드 3세는 시민들을 살려주는 대신 6명을 교수형에 처하겠다고 했다는구나.

칼레 시는 슬픔에 잠겼지. 그런데 믿기지 않는 일이 일어난단다. 7명이 선뜻 죽음을 자처하고 나선 거야. 특히 놀라운 것은 그들이 하나같이 귀족이나 지식인, 또는 부자였다는 거지. 영국군 진영으로 출발하는 날 아침 6명이 모였대. 7명 중 칼레 최고의 부자로 가장 먼저 자원했던 생 피에르가 보이지 않았는데 그는 다른 사람들의 용기를 북돋우기 위해 스스로 목숨을 끊었던 거야. 6명의 시민은 어떻게 됐을까? 다행스럽게도 에드워드 3세가 임신 중이던 아내의 간청을 받아들여 살려줬다는구나.

'칼레의 시민'은 죽음을 맞으러 가는 6명의 시민을 조각한 거

란다. 영웅들의 의연하고 당당한 모습을 연상하겠지만 조각은 그
것과는 거리가 멀어. 하나같이 공포에 질린 표정들이지. 로댕은
죽음의 공포마저 이겨내며 자신을 희생시키는 인간적인 진짜 영
웅의 모습을 담아내고 싶었던 거란다.

　'칼레의 시민' 은 프랑스 사람들의 자부심이래. 조각작품보다
는 조각에 담긴 선조들의 정신을 더 자랑스럽게 여긴다는구나.
프랑스가 '노블리스 오블리제' 정신을 잃지 않고 있는 것도 이런
데서 비롯된 게 아닐까.

　참고로 백년전쟁은 프랑스의 승리로 끝난단다. 처음엔 영국
이 우세했지만 1429년 오를레앙 전투에서 패배한 이후 힘을 잃는
다는구나. 그 전투에서 프랑스에 승리를 안겨준 사람이 바로 열
일곱 살 소녀 잔다르크란다.

32. 제주에 핀 사랑이야기 하나

　　제주 유배객 가운데 가장 눈길을 끌 만한 인물이 정헌 조정철 (1751~1831)이지 싶구나. 영화보다 더 영화 같은 그의 드라마틱한 인생의 무대가 바로 제주이기 때문이란다. 앞에서도 잠깐 언급했지만 그는 스물여섯 젊디젊은 나이에 유배객으로 제주에 발을 디디지만 34년 뒤 백발노인이 다 된 환갑의 나이에 제주목사로 부임한다는구나. 인생 대역전의 주인공인 셈이지.

　　더군다나 정헌은 유배의 땅, 제주에 애틋한 사랑이야기 하나를 남겨뒀단다. 그에게는 연인이자 은인이기도 했던 여인의 이름은 홍윤애. 제주에서는 홍랑으로 더 잘 알려져 있다는구나. 유배온 젊은 선비와 곱디고운 제주 처녀가 나눈 아름답지만 슬픈 사랑. 두 사람이 만나고 헤어지고 산 자와 죽은 자로 다시 만나는 과정은 가련하다 못해 애절하기까지 하단다. 인생 대역전의 드라마와 안타까운 러브스토리의 주인공이니 정헌이라는 사람에게 관심이 갈 만도 하겠지?

우선 정헌의 유배여정부터 살펴보자꾸나. 1777년 제주로 유배된 그는 1790년 제주 옆 추자도로, 1803년 전남 광양으로 옮겨진 다음 1805년 유배에서 풀려난대. 스물여섯에 시작한 유배가 오십넷에 끝났으니 28년 동안 귀양살이를 했던 셈이지. 대체 얼마나 큰 죄를 지었길래 30년 가까이를 떠돌아야 했던 걸까.

정헌이 제주 유배길에 오른 것은 정조대왕 즉위 초란다. 당시 조정은 한 치 앞을 가늠할 수 없는 지경이었대. 정조가 갖은 고초를 딛고 임금 자리에 앉긴 했지만 정조를 못마땅히 여기던 노론 벽파 세력이 여전히 건재했기 때문이지. 더군다나 일단의 노론 벽파 무리들이 임금의 처소에까지 자객을 보내 정조를 시해하려다 미수에 그쳤을 뿐더러 얼마 뒤엔 새 임금을 모시기 위한 역모사건까지 꾸몄으니 그럴 수밖에 없었지.

정헌의 유배는 바로 이 망극한 사건들에서 비롯된단다. 그의 집안이 선대부터 노론이기도 했거니와 그의 아내가 노론 벽파의 핵심세력으로 모반을 주도한 남양 홍씨 홍계희 집안사람이었다는구나. 장인 홍지해를 위시한 처가일족들이 황망한 짓을 벌였으니 사건의 불똥이 튀었던 거지. 게다가 그 일족들의 노비가 수시로 부인 홍씨 거소에 들락거렸다는 정황이 포착되면서 화를 피할 수 없었던가봐.

하지만 정헌이 모반에 적극 가담한 것 같지는 않구나. 충신 집안이라는 게 참작됐다고 하는데 혐의가 또렷했다면 충신의 자손이라 해도 참형을 면하지 못했을 거야. 정조도 이런 말을 했대. "너는 나쁜 반역을 안 했을 것이다. 다만 신중하지 못한 까닭이다."

그렇다면 28년의 유배가 지나치다 여길 수 있겠지만 왕권을 뒤엎

고자 한 역모사건이다 보니 정황증거만으로도 기나긴 유배형을 받았
던 거겠지. 조선에서 임금은 지존, 곧 나라의 근본이었단다. 국본을 위
협하는 일은 망극한 범죄였으니 엄혹한 처벌이 불가피했던 거야.

　그의 유배는 가문의 비애이기도 했단다. 할아버지 조승빈과 작은
할아버지 조관빈, 아버지 조영순에 이어 자신도 유배객의 신세가 되
니 어찌 원통한 마음을 가라앉힐 수 있었겠니. 그의 아내는 친정과 시
집이 모두 몰락하는 현실에 절망해 스스로 목숨을 끊었다는구나.

　유배생활은 고통과 시련의 나날이었던가봐. 자신에게 좋지 않은
감정을 품고 있던 관리들이 일거수일투족을 감시하는가 하면 양식 얻
는 길을 금해 굶주림을 견디지 못할 지경이었다는구나. 또 새로 온 목
사가 책 읽는 것조차 금지한 데다 갑자기 집주인을 바꾸는 바람에 비
가 내리는 속에 쫓겨나기도 했대.

　그 참담한 세월 속에서 그를 지탱시켜준 사람이 바로 홍랑이었다
는구나. 홍랑은 향리의 딸로 사리에 밝은데다 타고난 미모까지 갖춘
여인이었대. 제주문화원 홍순남 원장의 '열녀 홍윤애 전'에 따르면
두 사람의 인연이 시작된 것은 유배 2년 뒤인 1779년이 저물어갈 무렵
이라는데 적소로 삼고 있던 집의 주인 내외가 잔일을 도와줄 사람으
로 홍랑을 소개했던가봐.

　만남이 이어지다 보면 사랑도 싹트는 법. 홍랑의 눈엔 외롭고 처량
한 나날을 보내고 있는 젊은 사대부가 안쓰러웠을 테고 정헌의 가슴
엔 정성껏 챙겨주는 여인이 그저 고마웠겠지. 적소를 오가는 횟수가
잦아지고 적소에 머무는 시간이 길어지면서 두 사람은 마침내 사랑하
는 사이가 된다는구나. 그리고 1781년 딸이 태어나는데 어둡고 괴로

운 현실 속에서나마 사랑을 키워오던 두 사람에게 영원히 계속될 것 같은 행복의 시간이 찾아온 거지.

하지만 사랑도, 행복도 이내 무너지고 만단다. 정헌의 집안과는 앙숙이었던 가문의 인물이 제주목사로 부임했는데 이 사람은 정헌의 죄상을 캐는데 혈안이 됐다는구나. 그러던 어느 날 적소를 오가던 홍랑이 붙들려가고 어떻게든 정헌을 요절내고자 했던 목사는 곤장을 멈추지 않았대. 홍랑은 끝내 숨을 거두고 말았다는구나.

정헌은 당시의 상황을 이렇게 전한단다. "나의 적거에 출입한 죄로 특별히 만든 서까래와 같은 매로 70을 헤아리게 때리기에 이르니 뼈가 부서지고 근육이 찢어져 죽었다." 그러면서 비통한 심정을 한 편의 시로 토해내지. "외로운 신 목숨을 건저 피눈물로 임금의 은혜를 입었는데/이제 모든 것이 이 거친 섬 한 사또의 계율에 달렸네/어제 미친 바람이 한 고을을 휩쓸더니/남아 있던 연약한 꽃잎을 산산이 흩날려 버렸네."

정헌은 옥중에서 홍랑의 상여가 나가는 소리를 듣고선 또 시 한 수를 지었대. "귤림 우거진 남성 밖에 작은 무덤이 생기겠네/그대의 억울한 넋 천 년을 두고도 풀리지 않으리/술과 제수는 누가 마련해 제사 지낼 것인가/해로성 슬픈 노래에 저절로 눈물이 고이네."

홍랑을 죽게 만든 목사는 책임도 피하고 정헌도 없앨 요량으로 역모혐의를 뒤집어씌우기까지 한대. 정헌은 100여 일 동안 삶과 죽음의 경계를 넘나드는 혹독한 문초를 받지만 조작된 혐의가 거짓인 것으로 드러나 마침내 풀려난다는구나.

그로부터 30년 뒤인 1811년. 정헌은 한 서린 땅, 제주에 목사로 부임한단다. 도착하자마자 그가 향한 곳은 홍랑의 무덤. 고독한 귀양살이에 한 가닥 빛이 되어주었고 죽을 위기에 직면해선 자신을 대신해 목숨을 버린 여인이었으니 당연히 그랬겠지.

정헌은 무덤을 말끔하게 단장한 뒤 비를 세웠대. 묘비명은 '홍의녀지묘'. 뒷면에는 그가 지은 비문이 남아 있단다. "정조 5년 사건을 꾸미면서 나를 죽이려는 미끼로 삼으려 하자 의녀는 나를 살리는 길은 오직 자신의 죽음뿐이라고 결심, 피가 낭자하도록 형장을 받았으나 끝까지 불복해 목매달아 죽었다. 그 해 윤 5월 15일이었다. 그 뒤 31년 나는 임금의 은혜를 입어 방어사가 되어 도임하고 이곳에 무덤을 마련하여 시를 쓴다."

정헌의 시는 이렇게 이어진단다. "묻힌 옥, 숨은 향기 문득 몇 년이던가/누가 그대의 억울함 푸른 하늘에 호소하리/황천길 아득한데 누굴 믿고 돌아갔나/···/이제는 일으킬 길 없고/푸른 풀만이 말갈기 앞에 돋아나는구나."

정헌과 홍랑이 감당해야 했던 그 삶과 사랑의 간단찮은 여정이 300년의 세월을 뛰어넘어 오늘에까지 전해질 수 있었던 것은 정헌이 남긴 시문집 『정헌영해처감록(靜軒瀛海處坎錄)』 덕분이란다. '영해'는 큰 바다를 뜻하며 '처감'은 구렁텅이에 빠진 것을 의미하는데 풀어쓰면 정헌이 자기인생의 구렁텅이와도 같았던 제주에서의 세월을 기록해뒀다는 뜻이지.

미리 전화를 해둔 덕분에 제주문화원에 들러 한 권 구할 수 있었단다. 소책자로 생각했는데 덩치가 만만찮더구나. 정헌이 남긴 문집 4권을 번역하는 것이 638쪽, 한문 원본이 310쪽이니 서문이나 발간사 따위를 합치면 물경 1천여 쪽에 이르는 두툼한 분량이야.

　홍랑의 무덤은 애월읍 유수암리 공동묘지에 있대. 이번 여행에선 미처 둘러보지 못했단다. 다만 제주 시내에 홍랑의 흔적이 남아 있다 길래 찾았는데 제주시 삼도 1동에 있는 '홍랑로'라는 거리명이 바로 그거야. 한국토지공사 제주지사 뒤편 주택가에 붙은 이름이야. 길 이름으로나마 제주 사람들의 기억 속에 남아 있으니 홍랑의 삶과 사랑이 쓸쓸하지만은 않을 것 같더구나.

홍랑로

정조시해미수사건

　　사랑이야기와는 어울리지 않지만 정조 초기
에 일어난 역모사건에 대해 짤막하게나마 알아볼까 해. 정헌이
역모사건에 연루된 탓도 있지만 개혁군주 문화군주로 평가받는
정조대왕이 즉위 초 어떤 고초를 겪어야 했는지, 권력을 쥔 자들
의 저항이 얼마나 거센지 알아뒀으면 해서란다.

　　정조 즉위 초에만 역모사건이 세 차례나 있었대. 사건을 주도
한 쪽은 노론 벽파의 핵심세력이던 홍계희 집안이었어. 홍계희는
이미 6년 전 세상을 떠나고 없었지만 그가 사도세자를 죽음으로
내몰았던 핵심인물들 가운데 한 명이었던 까닭에 그의 아들과 손
자들은 정조시대의 개막을 불안한 눈으로 바라보고 있던 터였지.
특히 정조가 즉위 일성으로 "과인은 사도세자의 아들이다"고 외
칠 만큼 노론세력들에 대해 사무친 감정을 숨기지 않았던 데다
정조가 즉위하고 몇 달 뒤 이들 집안사람 중 몇몇이 유배를 갔던
까닭에 불만이 극에 달했던 모양이야.

　　첫 번째가 1777년 7월 일어난 정조시해미수사건. 정조가 갖은
시련 끝에 보위에 오른 것이 1776년 초니까 임금 자리에 앉은 지
1년 조금 지나서지. 정조가 머물던 경희궁 존현각에 자객들이 침
입하는데 다행히 호위무사들에게 발각돼 암살은 실패로 돌아갔
대. 그렇다 해도 임금을 암살하려한 것은 조선이 개국한 이래 처
음이었으니 그 파장이 어땠을지는 짐작이 가고도 남겠지? 주모자
홍상범은 홍계희의 손자란다.

이어 홍상범의 죄를 묻고 있을 무렵 또 다른 음모가 발각되는데 홍술해의 처가 무당을 이용해 정조를 저주한 것이 그것이란다. 홍술해는 홍상범의 아버지로 황해도관찰사를 지낸 인물이야.

또 정조를 몰아내고 은전군을 왕으로 옹립하려는 모반사건이 추가로 발각된단다. 여기에는 홍상간이라는 인물이 연루됐는데 그는 홍상범의 사촌으로 홍계희의 큰아들인 전 형조판서 홍지해의 아들이지. 결국 이들 사건으로 홍계희의 아들인 지해 술해 형제와 손자인 상범 상간 등이 줄줄이 죽음을 맞는단다.

33. 오현단과 송시열

　유배객들에게 제주는 너나없이 피눈물의 땅이었을 거야. 하지만 제주사람들에게 유배객은 더러 반가운 손님이기도 했을 것 같구나. 특히 그가 학식과 덕망을 두루 갖춘 유배객이라면 말이다. 멀고 험하다 해서 원악도라 불렸다는 '변방의 변방' 제주에서는 물자만 부족한 게 아니라 인재도 귀했던 까닭이란다.

　특히 아이들에게 글을 가르치고 싶어도 마땅한 스승을 찾기가 어렵고 학문에 관심을 둔다 한들 길을 열어줄 스승을 만나기 힘들었을 테니 글깨나 읽었던 사대부가 유배라도 올라치면 가뭄 끝에 만나는 단비로 여겼을 법하지. 그래서 학자로 이름난 유배자들의 거처에는 학문과 사상을 배우려는 발걸음이 적지 않았대. 물론 대다수의 유배자들도 손사래를 치진 않았을 거야. 무엇인가에 열중하면 고달픔도 잊을 수 있고 시간도 빠르게 흐르는 법이니 말이다.

　제주사람들은 이들의 은혜를 잊지 않았단다. 제주시 북쪽에 있는 오현단은 그 고마운 사람들에 대한 기억의 증거지. 오현, 곧 다섯 어진 사람을 모신 제단이라는 뜻이야. 제주의 발전에 공헌한 다섯 선비를 기리고자 세웠대.

오현단은 제주성지 부근, 제주노인당 옆에 자리하고 있단다. 제주 도기념물 제1호라지만 막상 가보니 썰렁하기 이를 데 없더구나. 오현 단 비석, 오현의 위패를 상징하는 조두석, 오현의 이름을 한 면씩 적어 둔 오각형 비석, 오현의 글을 새겨놓은 시비 다섯 개. 그 정도가 전부 였어. 그것도 반경 20m 안에 말이다. 처음부터 조촐하게 꾸몄던 건 아 닌가봐. 5현의 위패를 모시던 귤림서원이 있었는데 대원군의 서원철 폐령에 따라 헐렸다는구나.

오현 가운데 김정, 정온, 송시열은 유배객이고 송인수와 김상헌은 관리로 부임했던 경우란다. 5명 모두 이름난 학자들이었으니 유배객 이든 관리든, 제주에 머문 시간이 길었든 짧았든, 가르침을 직접 받았 든 아니든, 제주와의 인연을 소중하게 여겼던 거지.

오현 가운데 청음 김상헌과 동계 정온은 앞에서 이야기했던 분이 니 제외하고 김정과 송인수에 대해선 짧게나마 소개할게. 송시열에 대해선 해야 할 말이 많아 글이 약간 길어질 것 같구나.

충암 김정(1486~1520)은 기묘사화 때 조광조 등과 함께 희생된 젊 고 개혁적인 사대부의 한 사람으로 1519년 제주로 유배왔다 이듬해 불과 서른넷의 나이에 사사됐대. 오현단 부근이 그의 유배지였다는데 김정의 넋을 기리고자 한 충암묘가 오현단의 시초이기도 하다는구나.

규암 송인수(1487~1547)는 성리학의 대가로 중종 인종 명종시대를 호령하던 김안로 윤원형 등의 미움을 사 파직과 복직, 좌천과 유배를 되풀이하다 사사된 인물이란다.

이제 우암 송시열(1607~1689)을 이야기할 차례구나. 아빠가 오현단을 찾은 이유 가운데 하나는 이곳이 그의 유배지이기 때문이야. 오현단 옆에는 그와 김정의 유허비가 나란히 서 있더구나.

우암은 조선 후기를 대표하는 학자요, 정치가란다. 학식은 율곡이나 퇴계에 버금갈 정도였지만 인품은 그다지 높은 평가를 받지 못하는 양반이지. 인간적인 매력을 느끼기도 힘들고 말이다. 『숙종실록』은 그를 두고 "지나치게 굳세고 사나우며 자비스런 마음은 별로 없었다"고 적고 있어. 그가 숙종 때 제주로 유배돼 사사된 것을 감안하면 인색한 평가일 수도 있겠지만 살다간 여정을 따라가 보면 수긍이 가는 대목도 적지 않단다.

그는 인조 때부터 숙종 때까지 서인을 이끌었던 핵심인물로 이르지 못한 벼슬이 없을 정도였대. 가히 세상을 호령했다 할 만큼 위세가 높았지만 내 편에 대해선 지나치게 관대하고 네 편에 대해선 사무치게 인색했지. 특히 성리학을 공부하는 자세에 있어 오직 주자의 해석만을 좇을 뿐 다른 시각은 한사코 배척했다는구나. 정치든 공부든 편가름이 심했던 거야.

제자이자 친구의 아들이기도 한 명재 윤증과의 애증에서 우암의 이런 면모를 엿볼 수 있단다. 두 사람은 우선 학문하는 자세에서 확연히 차이가 났대. 명재는 주자에 빠져 명분만을 앞세우는데 동의하지 않았던 데다 실사구시의 정신을 역설하는 쪽이야. 더군다나 우암이 당파에 얽매여 독선과 배척의 정치로 나아간 데 반해 윤증은 당파를 뛰어넘는 공존과 화해의 정치를 추구할 만큼 서로 가는 길이 달랐던

오현단

송시열 유허비

거야.

두 사람의 불화는 명재의 아버지인 윤선거를 조롱한 우암의 글과 스승의 행태를 가차 없이 비판한 명재의 글로 파국으로 치닫는단다. 인연을 끊는 정도가 아니라 원수지간이 되는 것이지. 두 사람의 마찰을 두고 역사가들은 '회니지쟁(懷尼之爭)', 혹은 '회니시비(懷尼是非)'라 부른다는구나. '회'는 우암이 살던 회덕(지금의 대전시 대덕 일대)을, '니'는 명재가 살던 이성(지금의 충남 논산시)을 일컫는데 그 갈등은 훗날 노론과 소론의 당쟁으로 이어진대.

문제가 된 우암의 글은 명재의 부탁으로 쓰게 된 윤선거의 비문이야. 대개의 비문은 예를 갖춰 망자를 추억하고 그를 칭송하는 방향으로 흐르지만 우암의 것은 전혀 달랐대. "아름답다 현석이여 칭찬도 잘 했구나/나는 그대로 기록해서 이 명을 쓸 뿐일세."

현석은 명재의 친구로 윤선거의 행장을 지은 사람인데 우암의 말은 현석의 칭찬이 지나치다는 것이고 자신은 단지 그걸 옮겨놓았을 뿐 자신의 생각이 그런 건 아니라는 거야. 야박한 정도가 아니라 조롱을 서슴지 않았던 거지. 우암은 왜 이렇게까지 망자를 폄하한 걸까? 대체 무슨 억하심정으로 제자의 가슴에 지울 수 없는 상처를 남긴 걸까?

우암이 윤선거에게 악감정을 품은 이유는 우암이 윤휴(1617~1680)와 성리학 해석을 놓고 치열한 공방을 벌일 때 윤선거가 윤휴를 옹호하는 듯한 발언을 해서란다. 윤휴는 성리학을 독창적인 시각으로 해석한 남인계의 문신으로 우암에겐 학문적으로나 정치적으로나 숙적이었던 인물이야. 더군다나 우암은 윤휴의 상소로 죽음의 문턱까지

간 적도 있었대. 그래서 우암은 윤휴를 두고 '세상을 어지럽히는 인간' 이라고 비난했다는구나.

두 사람의 논쟁이 한창일 무렵 윤선거는 이렇게 말했단다. "천하의 진리는 누구든지 말할 권리가 있는 것이다. 무엇 때문에 윤휴에게 말을 못 하게 한단 말인가?" 우암의 반응은 엄청 격렬했던 모양이야. "이제 윤공이 사문난적 윤휴란 놈을 이렇듯이 두둔하니 윤휴보다도 먼저 윤공이 칼을 받아야겠소." 벗이던 윤선거가 자신을 편들어주기는커녕 윤휴를 거들고 나서자 적으로 돌린 셈이지.

여기서도 우암의 편협하고 닫힌 사고를 엿볼 수 있단다. 윤선거의 말은 사물을 다른 시선으로 볼 줄도, 다른 시선을 존중할 줄도 알아야 한다는 것인데 그는 그마저도 용납하지 못했던 거지. 무릇 머리와 가슴을 열어놓아야 세상과 사람을 제대로 볼 수 있는 법인데, 그는 그럴 생각이 없었던 거야. 꿀벌이 꽃을 가리면 꿀을 제대로 만들지 못할진대 우암은 한 가지 꽃에만 앉아 꿀을 만들려고 했던 셈이란다.

모욕을 당한 명재가 가만있을 리 없었지. 그의 반격은 한 통의 편지에서 나온단다. 이름하여 '신유의서.' 신유년에 썼지만 부치지는 않는 편지라는 뜻이야. 편지에서 명재는 우암을 가리켜 '왕패병용 의리쌍행' 이라 한대. 인덕을 바탕으로 세상을 다스리는 '왕도' 를 따르는 듯하지만 인의를 저버린 채 권모술수로 세상을 어지럽히는 '패도' 를 걷기도 하며, 의로움을 말하지만 이득을 챙기는 데도 열중한다는 말이란다. 한마디로 이중인격자, 겉 다르고 속 다른 인간, 충신 흉내내는 간신배라는 의미야.

제자가 퍼부어대는 독설에 스승의 반응이 어땠을지는 짐작이 가고도 남겠지? 우암은 "윤증이란 놈이 필시 나를 죽이고 말겠구나" 했다는구나. 우암은 1689년 왕세자 책봉을 반대하는 상소를 올렸다가 제주로 유배를 가고 국문을 받기 위해 서울로 오던 도중 사사되고 만단다.

'백의정승' 명재 윤증

| 윤증(1629~1714)은 참 독특한 사람이란
다. 그는 '백의정승' 이라 불렸다는구나. 관리들이 입는 빨강 파
랑 옷이 아니라 흰 옷을 입은 정승이라는 말인데 벼슬을 하진 않
았으나 정승으로 대접받았다는 뜻이야. 이 양반은 평생 벼슬을
하지 않는단다. 36세 때 내시교관에 임명된 것을 시작으로 81세
때 우의정에 오르기까지 갖가지 벼슬이 내려지지만 이를 단 한
번도 받아들이지 않았고 대궐에 들어간 일도 없었다는구나. 임금
에게 벼슬을 사양하는 사직상소를 올린 것만도 수백 통에 이를
정도래. 그는 평생 책을 읽거나 책을 쓰거나 제자를 가르치는 일
에 열정을 쏟았다는구나. 실록은 그를 두고 "80년 동안을 하루같
이 살얼음판을 걷듯 조심조심 살아갔다"고 기록하고 있단다.

이상하지 않니? 임금이 어떻게 얼굴도 모르고 이야기 한 번 나
눠본 적 없는 사람에게 정승자리까지 내줬으니 말이다. 게다가
명재가 비록 끝까지 돌려보내긴 했지만 봉급도 꼬박꼬박 지급했
다는구나. 이유는 간단해. 그의 학식과 덕망이 그만큼 높았기 때
문이란다. 명재가 세상을 떠나자 숙종이 안타까워하며 썼다는 시
만 보더라도 알 수 있을 거야. "유림에서 도덕을 존앙하였거니와
/나 역시 그대를 사모하였소/평생에 면모를 대한 일이 없거니/아
쉬운 맘 더욱더 간절하구료."

충남 논산에는 이 분의 묘가 있는데 묘비 이름이 '백비(白
碑)' 라는구나. 비 뒷면에 아무 글도 적지 않아서 그렇게 부른대.

살아서도 죽어서도 흰 옷을 걸치고 여백을 두었던 셈이지.

그는 선비들의 존경을 한 몸에 받던 사람이란다. 관직에 오른 적이 없었지만 정치현안이 등장할 때마다 상소로 자신의 뜻을 펼쳤고 그의 발언은 정치적으로 큰 반향을 일으켰던 모양이야. 명재는 자연스레 젊은 선비들의 중심이 됐고 서인의 보수적인 노장파 '노론' 에 맞서 진보적인 소장파 '소론' 을 이끌게 된단다.

그는 왜 한사코 벼슬길을 마다했던 걸까? 나서는 걸 체질적으로 싫어했을 수도 있고, 음모와 술수가 넘치는 정치판이 달갑지 않았을 수도 있고, 권력의 무상을 진작에 알고 있었을 지로 모르겠구나. 짐작 갈 만한 구석이 있긴 해.

그가 어린 시절 지었다는 시 가운데 이런 대목이 나온단다. "잠자리야 너에게 당부하노니/처마 밑 그쪽으론 가지 말아라." 처마 밑 거미줄에 걸려 죽은 잠자리를 보고 지었다는데 벼슬을 거미줄로, 선비를 잠자리로 여겼을 법하지.

어린 명재에게 벼슬은 군자가 발을 담그지 말아야 할 패가망신의 길로 비쳤던 셈인데 그건 그가 여덟 살의 나이에 겪어야 했던 병자호란 때의 아픈 체험 때문이래. 누이와 함께 자결한 어머니의 시신을 수습해야 했던 데다 피난 갔던 강화에서 간신히 살아나온 아버지 윤선거가 "입으로는 척화를 외치면서 비루하게 도망쳤다" 는 비난 속에 인생의 후반기를 은거하며 살아가는 모습을 보고 자라서란다.

34. 다시 만나는 광해

아빠의 편지에서 가장 자주 등장하는 인물은 아마 광해군이지 싶구나. 첫 유배지인 강화와 교동, 묘소가 있는 남양주, 마지막 유배지이자 한 많은 생을 마감하는 제주로 발길이 이어진 데다 남한산성이나 왕가의 비극, 허균과 동계 정온의 이야기에서도 광해를 들먹였으니 말이다.

결국 임금이었던 자로서 장장 18년이나 감내해야 했던 유배생활과 그가 내쳤던 선비들의 한숨, 인조의 용렬한 행보가 거푸 광해를 불러낸 셈이지. 개혁과 자주를 고민하던 임금이 역사에선 한낱 비루한 임금으로 기억되고 있는데 대한 아쉬움도 한몫 거들었지 싶어. 광해를 위한 긴 변명이라 해도 어쩔 수 없겠구나.

'주중적국(舟中敵國)'이라는 말이 있단다. '배 가운데 적국'이라는 말인데 쉽게 풀면 '한 배에 탄 사람들이 적이 된다'는 뜻이야. 이 말은 중국 전국시대의 병법가 오기(吳起)의 말에서 유래됐대. "살펴보건대 나라의 보배는 군주의 덕에 있는 것이지 지세의 험준함에 있는 것이 아닙니다. 만약 군주가 덕을 닦지 않으신다면 배 안에 함께 타고 있는 사람들이 모두 적국의 편이 될 것입니다.”

'주중적국'은 군주가 덕을 닦아 올바른 정치를 펴지 않으면 자기 편도 적으로 변할 수 있음을 비유하는 고사성어로 곧잘 사용됐단다. 지도자가 옳지 못한 길로 나아가면 한 배를 탄 사람조차 언제든 적으로 변할 수 있으니 늘 스스로를 경계하라는 말이지.

뜬금없이 주중적국의 고사를 들려주는 건 광해가 제주에 도착했을 때 마중 나온 목사로부터 그 뼈아픈 말을 들어야 했기 때문이란다. 광해와 호송인들을 실은 배가 어등포(지금의 구좌읍 행원리 포구)로 입항한 때는 1637년 6월. 호송 책임자가 제주에 당도했다고 알려주자 광해는 깜짝 놀랐다는구나. 교동에서 제주로 옮겨질 때 행선지를 알아차리지 못하도록 사면을 휘장으로 가렸기 때문에 그제야 제주까지 떠밀려왔음을 알고 한탄했던 거지.

속으로 피눈물을 삼키고 있었을 광해에게 목사가 한마디 했던 모양이야. “임금이 덕을 쌓지 않으면 어찌되는지 주중적국이란 사기의 글을 아시죠?” 순간, 광해의 눈에선 눈물이 비 오듯 하였대. 자신의 부덕을 깨닫고 흘리는 뉘우침의 눈물일까? 아니면 신하들의 비루한 행태를 떠올리며 흘리는 원통함의 눈물일까? 이튿날 죄인 이혼(광해군의 이름)은 제주목 관아의 망경루 서쪽의 적소로 향했다는구나.

그의 유배생활이 어땠는지는 잘 알려져 있지 않단다. 그의 이름이 조선시대 내내 일종의 금기로 여겨졌던 까닭이지 싶구나. 다만 이런저런 자료를 보니 비교적 초연하게 살았던가봐. 자신을 감시하는 하급관리가 윗방을 차지하고 자신은 아랫방에 머물게 하는 데도 화를 내지 않았다거나 심부름하는 나인이 영감이라 부르며 멸시해도 말 한 마디 없이 그 굴욕을 참고 지냈다는 이야기가 전해지고 있단다.

광해 역시 위리안치(圍籬安置)의 형을 받았대. '위'는 에워싼다는 말이고 '리'는 울타리를 의미하니 풀어쓰면 울타리로 에워싼 곳에 안치, 곧 있게 한다는 뜻이야. 이는 유배지에서도 거주지를 제한한 형벌의 일종으로 죄인이 달아나지 못하도록 집 둘레에 울타리를 치고 그 안에 가두어 두던 것을 일컫는단다. 유배 자체가 벌인데 여기에 벌을 하나 더했으니 그만큼 죄가 무거운 자에게 내리던 형벌인 셈이지.

유배형 가운데 가장 가혹한 것은 절도안치(絶島安置)란다. 혼자 섬에서 유형생활을 하도록 하는 거야. 그 다음이 위리안치 혹은 가극(加棘, 가시를 더한다)안치로 집 둘레에 울타리를 둘러치거나 가시덤불로 싸서 바깥사람의 출입을 금지한 거지. 본향안치(本鄕安置)라는 것도 있는데 이는 죄인이 자신의 고향에서 유배생활을 하도록 한 것이니 비교적 견딜 만했지 싶구나. 드물긴 하지만 유배된 죄인이 가족이나 친지, 제자들과 함께 살기도 했대.

추측컨대 광해의 위리안치는 매우 엄중하게 적용됐을 거야. 인조가 광해의 복위 가능성을 우려해 멀리 보낸 만큼 제주라 해서 자유롭게 살 수 있도록 풀어주진 않았을 것이기 때문이지. 그는 아름다운 제주 바다를 멀리서 바라만보다 쓸쓸하게 눈을 감았을 것 같구나.

광해는 임금으로 있을 때 이런 말을 한 적이 있다는구나. "하늘이여, 하늘이여, 내게 무슨 죄가 있길래 어쩌면 이다지도 한결같이 혹독한 형벌을 내린단 말인가? 차라리 신발을 벗어버리듯 인간 세상을 벗

어나 팔을 내저으며 멀리 떠나 바닷가에서나 살며 여생을 마치고 싶
구나."

1618년 10월 4일, 인목대비를 폐위하라는 신하들의 상소에 진저리
치며 독백처럼 내뱉었던 말이래. 멀리 떠나 바닷가에서 살며 여생을
마치고 싶다는 광해의 독백. 말이 씨가 된 걸까? 그는 생의 마지막 순
간을 바닷가에서 살았지만 이렇게 참담하리라고는 상상도 하지 못했
을 텐데 말이다.

광해의 적소가 있었다는 망경루의 서쪽은 어디쯤일까? 아빠는 제
주로 오기 전 관련자료를 살펴보다 제주시 중앙로의 외환은행과 산업
은행 중간지점에 광해군 유배지 표지석이 있다는 정보를 얻었단다.
그런데 막상 가보니 구한말 외무대신을 지낸 김윤식의 표지석만 놓여
있더라구. 그는 1897년 제주에 유배됐다 1901년 풀려나는데 일제강점
기에 흥사단을 조직하는 등 민족운동에 참여한 사람이란다.

광해의 표지석을 찾느라 중앙로 사거리 주변을 이 잡듯 뒤졌는데
그나마 발견한 것은 면암 최익현(1833~1906) 선생의 표지석이었어.
그는 대원군의 실정을 비판하며 퇴출을 주장하다 1873년 군부(君父)
를 논박했다는 이유로 제주에 위리안치되었다가 1875년에 풀려났대.

제주시청에 문의전화를 넣고서야 광해의 표지석을 찾을 수 있었단
다. 국민은행 제주중앙로지점 화단 국기게양대 옆. 김윤식 최익현의
것과 똑같은 재료, 똑같은 크기의 표지석 하나가 숨어 있더구나. '광
해군 적소터'라는 글 아래 다음과 같이 적혀 있단다.

"1623년 인조반정으로 쫓겨난 광해군은 처음 강화 교동에 안치되
었다가 1637년 제주에 이배되어 귀양살이를 하였으며 1641년 이곳에

광해군 적소터 표지석

서 병사했다. 남환박물지에는 적소가 서문안에 있었다는 설이 있으며 1653년 하멜 일행이 표착했을 때 그들이 수용되었던 곳으로도 알려져 있다."

일부러 찾지 않는 다음에야 발견하기 힘든 화단의 구석진 자리. 광해의 제주 유배 흔적은 당시 그의 처지가 그랬던 것처럼 처량한 신세를 면치 못하고 있단다. 오늘날 현실주의 개혁군주로 평가받는 광해. 그러나 표지석조차 처박혀 있다시피 하니 제주 사람 가운데서도 그가 유배온 걸, 적소터가 어디쯤인 걸, 그곳에 표지석이 남아 있다는 걸 아는 이가 몇이나 될까 싶더구나.

광해는 제주에서 4년여를 살다 세상을 떠난대. 1641년 7월, 그의 나이 67세. 죽음으로 18년의 한 많은 유배생활에 마침표를 찍은 거지. 그가 죽자 제주목사는 시체를 보전하기 어려운 여름철임을 감안해 조정의 처분을 기다리지 않고 예를 갖추어 염습을 한 뒤 형문을 철거했다는구나.

이 일로 다시 조정에서는 신하들의 의견이 맞서기도 했으나 인조는 목사의 처사를 칭송하였고 7일간의 소찬으로 조의를 표했대. 광해의 사망 소식을 전한 1641년 7월의 『인조실록』은 "이때 듣는 자들이 모두 비감에 젖었다"고 적고 있단다. 광해의 시신은 그가 죽기 전 부탁한대로 어머니(공빈 김씨) 무덤 발치에 묻혔는데 남양주의 묘지가 바로 그곳이란다.

끝으로 인조반정 직후의 풍경 하나를 소개해두마. 1623년 3월 13일, 김자점 등이 주도한 반정이 성공하자 광해는 다음날 폐위된단다. 서궁에 유폐된 채 복수의 칼을 갈고 있던 인목대비는 반정을 주도한 신하들에게 이렇게 말했대. "먼저 이혼 부자의 머리를 가져와서 내가 직접 살점을 씹은 뒤에야 책명을 내리겠다." 그러자 신하들은 "왕을 내쫓고 가둔 일은 있어도 죽이지는 않았다"며 인목대비를 진정시켰다는구나.

광해와 인조의 시대를 돌아보면 참으로 무서운 것이 권력이고 권력을 향한 욕망이라는 생각을 떨치기 힘들단다. 어찌 그들의 시대만 그랬을까마는 그때는 임진왜란과 병자호란의 상처가 겹치는 참담한 세월이었으니 더 그럴 수밖에 없지. 그 비극의 와중에서도 권력을 틀어쥐고자 몸부림치는 왕실과 신하의 무리들을 보고 있노라면 제대로 된 나라를 만나기가 얼마나 힘든 일이고 백성노릇하며 살기가 얼마나 고단한지 새삼 깨달을 수 있을 거야.

광해와 3李

│ 선조와 광해대에는 존경받을 만한 훌륭한 신하들
이 특히 많았어. 3리(李)로 불리는 이원익(1547~1634) 이항복
(1556~1618) 이덕형(1561~1613) 대감이 대표적인 경우지. 조선
이 임진왜란을 극복할 수 있게끔 만들었던 공로자를 꼽을라치면
서애 유성룡, 충무공 이순신 다음으로 이 분들의 이름이 나올 정
도란다.

특히 이 세 분은 학문적인 깊이나 국정운영 능력도 빼어났지
만 고결한 성품, 높은 덕망에다 인간적인 풍모까지 갖추고 있었
고 당파와는 일정한 거리를 두고 살았던지라 뭇 선비들과 백성들
의 존경을 받았단다.

이원익은 오리대감으로 널리 불렸고 이항복과 이덕형은 우정
의 이야기로 널리 알려진 '오성과 한음'의 주인공이지. 오리, 오
성, 한음은 세 분의 호야. 이런 신하들을 많이 둘 수 있었던 것은
선조는 물론 광해의 복이라 할 만하지. 그런데 어째서 광해는 임
금 자리에서 쫓겨나는 비운을 맞아야 했던 걸까.

1613년 광해가 대북파의 충동질로 영창대군을 제거하고 인목
대비를 폐모하려 들면서부터 사정이 달라진단다. 이원익 이항복
이덕형이 광해군에게 그 부당성을 지적하고 나선 거지. 이 해 결
국 이덕형은 벼슬길에서 물러나 양근으로 내려가고 그곳에서 은
거하다 세상을 떠난대. 영창대군은 강화로 유배됐다 이듬해 사사
되고 말지.

이덕형이 세상을 뜨고 5년 뒤인 1618년, 칼날은 영창대군의 어머니인 인목대비를 향한단다. 대비는 선조의 계비였으니 광해에게는 비록 친모는 아니지만 어머니가 되는 분이지. 폐모문제가 불거지자 이항복과 이원익은 강력히 반대한대. 결국 인목대비가 서궁에 유폐되던 1618년 이항복은 관직에서 쫓겨나 북청으로 유배를 가고 그곳에서 눈을 감는단다.

그보다 앞선 1615년, 이원익도 폐모에 반대하다 홍천으로 유배를 간 적이 있단다. 하지만 이원익은 세 분 가운데 가장 연장자이면서도 가장 장수한다는구나. 그는 1619년 풀려나고 인조반정 뒤 영의정에 추대되기도 한대. 결국 세 분 모두 광해에게 현명한 처사를 당부하다 고난을 겪었던 셈인데 광해가 그 말을 잘 새겨들었다면 어땠을까.

35. 유배지에서 배운 것들

유배지를 둘러보는 세 번의 짧은 여행이 이제 막을 내리는구나. 이 세 번의 여행이 아빠에게 피가 되고 살이 되면 좋으련만 그게 단박에 효과를 내진 않을 테니 담담하게 기다려볼 참이다.

유배지를 돌아다니면서 하나 배운 게 있다면 '독립불구 둔세무민'의 정신이란다. '독립불구'는 '혼자 있어도 두려워하지 않는다'는 것이요, '둔세무민'은 '세상과 멀리 떨어져 있어도 근심하지 않는다'는 뜻이야. 조선 인조 때의 문신인 택당 이식의 '택풍당지'에 나오는 글이래.

유배객은 저마다 이런 마음가짐으로 살았지 싶구나. 그렇지 않으면 우수와 고독의 나날을 대체 무슨 수로 버텨낼 수 있겠니. 두려움과 근심에 휘둘리다 보면 끝내 삶은 추락하고 말 테니 말이다.

유배지에서만 그런 건 아닐 거야. 누구나 언젠가는 가족에서, 직장에서, 사회에서 떨어져 나와 홀로 서야 할 것이니 이때 '독립불구'하지 못하면 꼬꾸라지기 십상이지. 함께하던 사람들과 헤어져 살다 보면 가족과 동료와 벗의 발걸음이 뚝 끊어지기도 하는 법이니 이때 '둔세무민' 하지 못하면 무너져 내리기 십상이란다. 어찌 보면 '독립불구 둔세무민' 은 요즘 같은 세상에 꼭 필요한 지침 같기도 하구나. 구조조정이니 뭐니 둘러대며 유배객 아닌 유배객을 잘도 만들어내는 세상이니 말이다.

아빠는 몇 해 전 이 구절을 발견하고선 '독립불구' 하고 '둔세무민' 하리라, 속으로 다짐하고 또 다짐했더란다. 그런데 막상 '독립' 과 '둔세' 의 현실에 맞닥뜨려선 '불구' 와 '무민' 의 경지가 아득하게 느껴지더구나. 역시 중요한 것은 입과 말이 아니라 몸과 마음이라는 걸 알아차렸지. 좀 늦긴 했지만 깨달음을 얻었으니 이제부터라도 '불구' 와 '무민' 을 연마해볼 생각이야.

조선의 선비 가운데 이덕무(1741~1793)라는 인물이 있단다. 정조 대를 살았던 실학파 문인의 한 사람이지. 이 양반은 주옥같은 글을 참 많이 남겼는데 『사소절』이라는 것도 그 중의 하나란다. "천하의 큰 죄악과 큰 재앙은 모두 능히 담박함을 견뎌내지 못하는 가운데서 나오게 마련이다. 중용에는 '빈천에 처하면 빈천을 편안히 여기고 환난을 마주하면 환난을 편안히 여기라' 했다."

담박한 것을 즐길 줄 알면 가난한 것도 기쁜 마음으로 받아들이지만 담박과 가난을 견뎌내지 못하면 죄악과 재앙이 싹튼다는 말이란다. '안분한 삶' 을 즐기라는 거지. 마음 편히 잡숫고 만족할 줄 알며 살라는 거야. 욕망에 취해 뜻을 꺾기 시작하면 더 많은 욕망을 품게 되고 그러면 욕망은 미친 말처럼 날뛰어 결국 삶을 망치고 말 것이라는 충고지.

　벗들은 이덕무를 '서치'라 불렀대. 책만 읽는 바보라는 말이야. 어찌나 책을 즐겨 읽었던지 이 양반을 이야기할 땐 '한서이불과 논어 병풍'이라는 말이 나올 정도란다. 중국역사책『한서』로 이불을 삼고 공자 말씀을 담은『논어』로 병풍을 칠 만큼 책에 파묻혀 살았다는 뜻 이지.

　서치는 젊어서부터 당대를 대표하는 시인으로 이름을 날렸는데 불 세출의 독서광이었던 덕분에 그 박학다식함을 감히 따를 자가 없었다 는구나. 그래서였는지 정조대왕은 왕실전용 도서관인 규장각을 만들 때 책을 고르는 검서관으로 서치를 발탁했고 이후 여러 서적의 편찬 을 주도하게 만든단다.

　서치는 여러 개의 호를 갖고 있었다는데 아이 같은 천진함과 처녀 같은 순진함을 잃지 않겠다는 뜻을 품은 '영처', 제 앞을 지나가는 물 고기만 잡아먹는 새 청장처럼 곁눈질 하지 않으며 제 갈 길을 가겠다 는 각오를 담은 '청장관', 글이 우아하다고 해서 붙은 '아정'이 대표 적인 것들이야. 이 양반을 자꾸 마음에 품게 되는 이유는 그의 글과 삶 전체가 영처와 청장관과 아정에서 결코 벗어나지 않았기 때문이란다.

　그는 서얼이야. 첩의 자식이라는 말이지. 그래서 높은 벼슬에 오르 진 못한단다. 조선에서는 서얼의 벼슬길이 막혀 있었기 때문이지. 차 별이 극심하다 보니 서얼은 유배자 아닌 유배자 신세였던 거야. 그나 마 생각이 열려 있던 정조대왕의 시대가 되고서야 사정이 약간 나아 진단다.

　서치를 이야기하면서 '백탑시파(白塔詩派)'를 지나칠 수 없겠구

나. 유득공 박제가 등 서얼출신의 벗들과 함께 만든 문학동아리래. 백탑이란 지금의 서울 파고다공원, 옛 원각사 터에 있던 흰 대리석 탑을 말하는데 이들이 그 주변에 살아서 그런 이름을 붙였단다.

'백탑시파'는 고답적이고 관념적인 문학이 아닌 진정한 마음에서 나온, 사실에 바탕을 둔, 현실의 변화를 이끄는 글들로 조선에 생기를 불어넣었대. 그리고 모임에 『열하일기』의 저자로 유명한 연암 박지원(1737~1805)을 필두로 담헌 홍대용, 야뇌 백동수 등이 가세하면서 조선을 혁신코자 했던 이른바 '북학(北學) 운동'이 힘차게 전개된단다.

짤막한 편지에서 북학파나 여러 인물까지 이야기할 순 없을 것 같구나. 다만 앞에 나온 백동수(1743~1816)라는 인물에 대해서만큼은 몇 자 적어둘게. 아빠가 5년 전쯤 『조선의 협객 백동수』라는 책에서 이 양반을 만나고선 적잖은 배움을 얻어서란다.

그는 무인이었어. 그래서 협객이라는 단어를 보고선 무술영화에 나오는 정의의 무사쯤으로 생각하기 쉽지만 아니란다. 조선에서는 의협심 강한 선비를 그렇게 불렀다는구나. 문무를 두루 갖추고 편협하거나 막혀 있지 않으며 사람의 진정한 도리도 지킬 줄 아는 사람 말이다.

야뇌(野餒). 그의 호래. 들판, 곧 재야에서 굶주려 있는 사람이라는 뜻이지. 벼슬이나 권력에 빌붙어 구차하고 비루하게 사는 게 싫어서 스스로 그런 호를 지었대. 그의 절친한 벗이자 아내의 동생, 곧 처남이기도 한 서치는 '야뇌당기'라는 글에서 이렇게 말한단다.

"…영숙(백동수의 자)은 질박하고 성실한 본질을 지닌 사람으로서 차마 세상의 화려한 것을 사모하지 아니하고, 예스럽고 소박한 본성을 지닌 사람으로서 차마 세상의 간사한 것을 따르지 아니하여 굳세게 우뚝 자립해서 마치 저 딴 세상에 노니는 사람과 같다. 그러므로 세상 사람 모두가 비방하고 헐뜯어도 그는 조금도 야(野)한 것을 뉘우치지 아니하고 뇌(餒)한 것을 부끄러워하지 아니한다. 이야말로 진정한 야뇌라고 일컬을 수 있지 않겠는가?"

들판에서 굶주리더라도 비루하게 살진 않겠다던 야뇌. 그는 무과에 급제하고도 벼슬길이 여의치 않자 식솔들을 데리고 강원도 산골로 들어가버린단다. 이때 박지원은 어질고 능력 있는 사람이 세상에 쓰이지 못함을 안타까워하면서 "아아!…나는 그의 뜻을 장하게 여길지언정 그 곤궁함을 슬퍼하지 않겠다"고 말한대. 기린협은 지금의 강원도 인제군 기린면 일대라는구나.

그가 과거에 합격하고도 벼슬길로 나아가지 못한, 이를테면 선달로 살아야 했던 이유 또한 서얼이기 때문이란다. 40대 중반에 이른 1788년 비로소 장용영 초관에 임명된 그는 이듬해 정조의 부름을 받아 일생일대의 프로젝트를 맡는대. 『무예도보통지』 편찬이 바로 그것이지. 백동수의 무예 정리와 이덕무의 고증, 박제가의 글로 완성된 『무예도보통지』와 그 언해본은 1790년 음력 4월 29일 정조에게 바쳐진다는구나.

이식에게서 '독립불구 둔세무민'을, 이덕무에게서 '안분한 삶'을, 백동수에게서 '야뇌'를 배웠으니 이제 아빠도 아빠의 길을 가야 할까보다. 그 말들을 뼛속 깊이 새기고 있으니 쉬 흔들리거나 무너지진 않을 거야. 설령 아빠의 길이 때론 가파르고 때론 막히더라도 한 걸음 한 걸음 내딛다 보면 마침내 언덕을 넘어서고 새 길이 열릴 것이라 믿고 있단다.

유배지에서 쓰는 편지는 이제 그만 접어야겠구나. 유배지를 배경으로 삼다 보니 글이 좀 우울하고 무겁지 않았나 싶어. 유배자의 쓰리고 아린 가슴을 들여다보는 쪽으로 마음이 가다 보니 어쩔 수 없었단다. 이해하렴. 유쾌하고 재미난 이야기였으면 더 좋았겠지만 가라앉은 목소리가 더 진정에 가까운 것이니 말이다.

하염없는 글을 읽어내느라 적잖이 고생했을 텐데 아무튼 이 편지가 아빠와 너희가 어떻게 살아야 하는지를 한 번 더 생각하고 고민하는 시간이 됐으면 좋겠구나. 다 읽고 난 다음 아빠의 영원한 애인 민하, 인하가 아빠를 향해 씨~익 한 번 웃어주거나 아빠 가슴에 안겨줄 거라 기대해도 될까? 다음번엔 밝고 즐거운 편지가 너희 앞으로 배달될 테니 기대해주렴.

장용영과 규장각

　장용영(壯勇營)은 정조가 만든 친위군대란다. 굳이 새 군대를 조직한 이유는 자신에게 적대적인 노론이 여전히 군권을 장악하고 있었기 때문이야. 기존의 군대는 임금을 받드는 게 아니라 언제든 자신의 목을 겨눌 수 있는 군대였던 셈이지. 정조는 군대 재편을 통해 노론의 군권을 약화시킴으로써 그들의 위협에서 벗어나고자 했던 거란다.

장용영에 앞서 정조는 1777년 숙위소라는 걸 만들었대. 일종의 경호기관인데 숙위소는 1780년 홍국영이 대역죄로 쫓겨난 뒤 폐지된다는구나. 정조는 1785년 숙위소를 대체하는 조직으로 장용위를 설치한 데 이어 1787년 장용위를 장용청으로, 이듬해에는 장용영으로 이름을 바꾸면서 조직을 확대시켜나간다. 이후 장용영은 조선 최고 최대의 군사조직으로 성장하지만 정조가 세상을 뜨고 정순왕후가 수렴청정을 하던 1802년 폐지된대.

장용영에 공을 들인 이유로 잇따른 역모사건을 들 수 있겠구나. 숙위소가 장용영으로 발전하는 사이 정조시해미수사건(1777), 홍복영 역모사건(1784), 그리고 전 병조판서 구선복이 역심을 품은 혐의로 죽음에 이른 사건(1786) 등이 일어났던 걸 보면 말이다.

앞에 나온 구선복은 영조 때 훈련대장을 지낸 노론의 핵심무장으로 사도세자가 뒤주에 갇혀 죽어갈 무렵 세자를 놀리기도 했던 인물이란다. 하지만 정조는 보위에 오른 뒤에도 원수를 갚지 못하고 있었다는구나. 한마디로 왕권이 약했던 까닭이지.

정조는 구선복을 처단한 뒤에야 이렇게 말했대. "손으로 찢어 죽이고 입으로 그 살점을 씹어 먹는다는 것도 오히려 혈후(歇後)한 말에 속한다. 매번 경연(經筵)에 오를 적마다 심장과 뼈가 모두 떨리니, 어찌 차마 하루라도 그 얼굴을 대하고 싶었겠는가."

장용영과 더불어 정조가 권력기반으로 구축한 것이 바로 이덕무 유득공 박제가 등이 근무했던 규장각이란다. 장용영이 무(武)의 토대였다면 규장각은 문(文)의 기초였던 셈이지. 정조는 즉위 초인 1776년 역대 국왕의 글과 글씨를 보관하는, 이른바 국왕전용도서관이라는 명분을 내세워 규장각을 설치한대.

하지만 이는 노론의 반발을 무마하기 위한 것일 뿐 사실은 왕권을 위협하는 무리들을 견제하는 한편 조선의 정치, 경제, 사회 등을 혁파하기 위해 만든 조직이었단다. 정조는 대대적으로 도서를 수집 보존 간행하는가 하면 당파에 물들지 않은 젊고 개혁적인 관료들을 대거 기용했는데 규장각은 이를테면 개혁추진기구였던 셈이야.

유배지에서 쓴 아빠의 편지

첫판 1쇄 펴낸날 2008년 9월 29일

지은이 박영경
펴낸이 강수걸
펴낸곳 산지니
등록 2005년 2월 7일 제14-49호
주소 부산광역시 연제구 거제1동 1493-2 효정빌딩 601호
전화 051-504-7070 | **팩스** 051-507-7543
sanzini@sanzinibook.com
www.sanzinibook.com
책임편집 김은경 | **편집** 권경옥 | **디자인·제작** 권문경
인쇄 대정인쇄

ISBN 978-89-92235-47-1 03810

값 13,000원

* 이 도서의 국립중앙도서관 출판시도서목록(CIP)은
  e-CIP 홈페이지(http://www.nl.go.kr/cip.php)에서
  이용하실 수 있습니다.(CIP 제어번호 : CIP 2008002838)